ハヤカワ文庫JA

〈JA1501〉

月の落とし子

穂波　了

早川書房

8727

月の落とし子

工藤晃

　高度１５㎞でエンジンを点火して軌道を離れ、アルタイル７は滑らかな曲線を描いて降下を始める。スラスターを噴射して降下スピードを秒速１６００ｍから１８０ｍまで減速した後、高度２・７㎞でピッチ・オーバー、船体をゆっくりと回転させていく。

　澄んだ夜空のような宇宙を見せていた窓に、灰色の月面が映る。

『ランドマーク、確認』

　それは月面にぽっかりと口を開けている穴――直径２１㎞、外縁部からの深さ２㎞のこのクレーターは、コンパスで描いたような美しい円になっている。

　シャクルトン・クレーター。

　隕石との衝突で抉《えぐ》られて切り立ったそのクレーターの外縁部は、高さ２㎞の巨大な壁となってそびえ、太陽に照らされて銀色に輝いている。月着陸船アルタイル7はレーダーで地面までの距離《グラウンド》や地形データ《トゥルース》を取得しながら、慎重にクレーターの中を降りていく。

『110m降下、225m前進』

地球からの報告を受け、工藤晃《くどうあきら》はコックピットのデータとのズレを確認する。日本人の晃が感覚的に摑めるようにft《フィート》ではなくm《メートル》で報告・表示をしてもらっている。

続けて、アキラ、と呼びかけられた。

『アルタイルは間もなく、シャクルトンの永久影に入る』

『了解、ヒューストン』

ふっと明かりが消えるように窓の外が暗くなった。

シャクルトン・クレーターの内部は隕石が衝突してから何億年もの間、太陽光が一度も当たっていない永久影。マイナス190℃を下回る極低温領域である。

その静謐《せいひつ》な深淵にアルタイル7は沈み込んでいく。

右隣のエンジニア席にいるロシア人宇宙飛行士エヴァ・マルティネンコの荒い呼吸の音がヘッドセットから聞こえてくる。パイロットの心拍をチェックしているアメリカ・ヒューストンの管制員は、彼女の緊張を数値として明確に計測しているだろう。

ハンドレールを摑む晃の手からも、冷や汗が出てきている。

隕石が作り出したクレーターは人類英知の結晶である月着陸船を容易に飲み込み、船内の照明では払い切れない深い闇が窓から入り込んでくる。コントロールパネル上の各種スイッチやエイト・ボール《姿勢指示計》、水平速度計器が放つ光も、怯えたように弱々しくなった。

まるで、とうとうと深海に降りていく探査艇——

窓の外を、歪《いびつ》な形をした半透明の魚や巨大な口を開いたサメがたゆたっていてもおかしくない。深淵の底には腐肉を纏《まと》うクジラの骨が沈んでいるかもしれない。

『９７ｍ降下、１５１ｍ前進』

高度は現在２００ｍ。

晃は、ヒューストン、と言って、

『ファイナルランディング・フェーズ——手動操縦で目的地へ向かいます』

と伝えると、すぐに、了解《ラジ》、と応答があった。

『アキラ、気をつけろ』

着陸を試みるポイントは通称〝採掘場〟。オートパイロットで降りることもできるが、現在、その周辺の状態が不鮮明になっている。だから手動操縦で行く。

短く息を吹いた晃は、コントロールパネルにある飛行制御モードのスイッチを〝ＡＵＴＯ〟から〝ＡＴＴＩＴＵＤＥ　ＨＯＬＤ〟に倒し、手動操縦に切り替えた。

アルタイル7は大気のない空でホバリングをする。

『エヴァ、十秒毎に高度と降下率を教えてくれ』

ダー《イェス》、というロシア語が返ってくる。

『高度は180m、降下率は秒速5m』

晃は姿勢制御用と水平垂直速度制御用の操縦桿を握り、慎重にスラスターを吹かす。エヴァの声を耳に留めながら、左手の降下率調整スイッチを操作して南下していく。月着陸船の手動操縦感覚はジェット機よりもヘリコプターの操縦に似ている。

目的地上空に到達したときには高度は40m、秒速は1・5mになっていた。

すぐにミュラー・フライト《管制指揮官》の質問が来る。

『着陸できそうか』

ピッチ角を上げて水平速度を落とし、窓に目をやる。スラスター噴射が巻き上げているレゴリス《砂》がアルタイル7からの照明を受けて光り、景色を曇らせている。肉眼では月面の様子はわかりにくいものの、乗り捨てられたローバー《走行車》と月面掘削用の無人機が一か所に固まっていることをレーダーは伝えている。それは管制も確認しているはず。

『問題ありません』

100%の安全保障など、この宇宙のどこにもない。引き返すわけにはいかない。

『……いいんだな？　アキラ』

『はい』

『では、アルタイル7、着陸許可《ゴー》』

舞い上がったレゴリスで有視界着陸はとても望めない。高度や姿勢を確認できないIFR（雲や霧の中での飛行）状態で、計器を頼りに高度を落としていく。

『秒速0・9m……0・6m……』

エヴァの声を聞きながら、晃は操縦桿と降下率調整スイッチを操作してスラスターの出力を下げる。着陸の瞬間が最も危険性が高いのは間違いない。

『エヴァ、行くよ。衝撃に備えて』

『ダー』

彼女は両腕を胸の前でグッと交差させ、耐衝撃体勢を取る。

船体を極力軽くするために月着陸船には座席が設置されていなく、宇宙服《EMU》をケーブルで床と固定しているだけなので、衝撃で体が投げ出されるかもしれない。

しかも今回は平地ではなく、凹凸の多い〝採掘場〟への着陸となる。高度10mを切っても何が起こるかわからない。くぼみに足を取られるだけでも船内は大惨事だ。

晃はいつの間にか息を止めていた。音も聞こえなくなっている。

極度の集中の中で――

ポッと月面接触ランプが灯った。

軽い振動と共に、船体下部の着陸プローブが月面を踏む。窓の外には砂塵《さじん》の膜が張られてはいるものの、アルタイル7が停止していることは間違いない。

パラメータをチェック、船体は安定している。

『高度0m、降下率秒速0m』

エヴァの声が聞こえてきて、晃は瞬きを二度した。

カタカタと震えている手でシステムをシャットダウンし、エンジンを停止させる。

ふぅー。晃は静かに吐いた息と共に宣言する。

『着陸成功』

採掘場への初着陸としては完璧に近い出来と言える、が、晃の中には喜びはなかった。

隣で未だに耐衝撃体勢を取っているエヴァの横顔にも笑顔はない。

……ここから、だ。

晃はレゴリスが舞う窓の外に目をやった。砂塵に覆われた深い闇の中には、歪な形をした半透明の魚はいないし、腐肉を纏うクジラの骨も存在しない。

しかし、このどこかにエドガーとフレッドがいる。

栄光に満ちた人類のミッション――だったはずなのだ。

＊

来《きた》る深宇宙有人探査時代を前に、月面を調査するオリオン計画の第三回として、晃たち五人の宇宙飛行士はオリオン３号で３８００００㎞を飛行、月を訪れた。

１９６９年、人類初の月面着陸を成功させたアポロ１１号を筆頭にアポロ計画の六機の着陸船はすべて月の表側に降り立ったけれど、現在、人類が注目しているのは月の裏側。特に、広大な南極の盆地《ベースン》にあるクレーター群である。ＮＡＳＡは無人、有人での月面着陸を立て続けに成功させていて、不安のない第三回オリオン計画だったのだ。

実際、フロリダからの打ち上げ～月軌道到達までは、快適な宇宙旅行でもしているかのようだった。徐々に小さくなる母星の姿や果てない宇宙の深さを堪能していた。

異変は月面で起きた。

船長エドガーと副船長フレッドの二人が、月着陸船アルタイル７でシャクルトン・クレーター内の平地に着陸、そこから南にあるポイント〝採掘場〟へローバーで向かった。月裏側のマグネシウム分布などを調べるため、無人掘削機によって掘り出されている土壌試料を採取して持ち帰る、というサンプルリターン・タスク《仕事》の二日目のこと。船外活動中《EVA》のエドガーが苦しみ始め、数分後にはフレッドもその場に膝をついた。

そして突然の吐血。

無人機に搭載されているカメラ映像には、月面でのたうつ二人の宇宙服がライトアップされ、苦しみの通信音声だけが聞こえていた。月軌道上を飛行する本船内にいる晃たちにも、遥か離れた地球にいる管制員たちにも、救助の術《すべ》はなかった。

一時間後、二人は動かなくなり、宇宙服から送信される生命反応も消えた。生命維持装置による酸素の循環も止まり、呼吸が停止していることも確認された。

その段階で管制は、死、という言葉を使った。

人類が二人しかいない月面で何が起こったのか、原因は完全に不明。

そんな未曽有《みぞう》のトラブルを受けて、NASAを中心とした各国宇宙機関、各国政府の間で緊急会議が行われる。そしてクリティカル・ハザードに相当する事態の発生ということになり、即刻、ミッションの中止（残る三人の月離脱・地球帰還）が言い渡された。

しかし、当の三人――晃、エヴァ、ロドニーはこの指令を拒絶し、代わりに、月面に放置されたままになっているエドガーとフレッドの〝遺体回収〟を申し出た。

仲間を月面に置き去りにはできない。

『連れ帰らせてください、原因究明のためにも、人類のためにも』

そんな晃たちの強い意向を受け、七時間に及ぶ話し合いの結果、地球側が折れた。

すぐにスケジュールが再考される。まずは月面に取り残されている主《あるじ》亡きアルタイル7をオートパイロットで打ち上げて、月軌道上にある本船へ戻した（アポロ計画の月着陸船は一回こっきりの使い捨てだったが、アルタイル7は〝再利用によるコスト削減〟をモットーに造られているので複数回の月面離着陸ができるようになっている）。

それから各種の点検を行い、十八時間後にゴーが出た。任されたのは、バックアップクルーとして月面着陸の訓練を受けていた晃と、医師の資格を持つエヴァだった。

……そう。だから何としてもエドガーたちを連れ戻す。

月面着陸後、まずはアルタイル7の計器チェックと気密漏れの点検《リークチェック》を行った。

月面で起きたこと（起きていること）は原因不明、晃たちも月面にいる時間をできるだけ短くするために念入りに準備をしてきている。通常は一時間以上かかる各種のチェックを三十分で終わらせることができたのも、飛行士と管制員の団結の証と言える。

宇宙服を床面にがっちりと固定していたケーブルを解除すると、晃はその段になって初めて、自分の体にかかっている重さを意識した。

月の重力は、地球のおよそ6分の1。フロリダからロケットで打ち上げられてから今までは、体がふわふわと空中を漂う無重力の中にいたので、晃の体重は0から約１１kgに、着ている宇宙服も0から約１０kgに変化していることになる。

晃とエヴァはさっそくアルタイル7の減圧を開始する。

船内は純度１００%の酸素によって0・4気圧程度に保たれているけれど、このままハッチを開けるとその貴重な純酸素がすべて月面に流れ出ていってしまう。だからその前に酸素をポンプでタンク内に吸い戻して、船内も0気圧にしておかなければならない。

そんな減圧中、窓に目を向けていたエヴァの声が聞こえてきた。

『やっぱり砂塵は収まりそうもないわね』

晃も窓から月面の状態を確認する。

アルタイル7の強力なスラスター噴射で巻き上げたレゴリス《砂》はまだ景色を覆っている。

大気がある地球の砂は風化して角が取れているが、大気がない月の砂は尖っていて、例えば宇宙服の隙間に刺さって故障の原因になる。そんなレゴリス被害がかつてアポロ計画で確認されたから、オリオン計画では宇宙服・月着陸船共に防塵加工がされているけれど、さすがにこの砂塵中でハッチを開ければ船内も無傷では済まないかもしれない。

ただそれでも、砂塵が収まって月面が静寂を取り戻すまでは待てない、という結論に達している。得体の知れない状況下、なるべく早く月面を離れなければならない。

程なく船内の減圧が完了すると、晃たちはハッチの前に立った。

『ヒューストン、手動でハッチを開きます』

少ししてミュラー・フライトの言葉があった。

『君たちが船外に出てしまえば、我々管制ができるフォローは極端に少なくなる。だが今なら、着陸船を離陸させて月を離れられる——今なら引き返せる』

引き返すときは、と晃は言った。

『エドガーとフレッドと一緒に、という任務のはずです』

クレーターの永久影を体験したことで、エドガーとフレッドを連れ帰らねば、という気持ちは強くなった。光も届かない深淵に二人を残しては帰還できない。

そうか、とミュラー・フライト。

『わかった。船体に関してすべて問題ない。ハッチオープン、ゴーだ』

『ありがとうございます』

と応じると、ロドニーの声が続いた。

『二人とも、気をつけろ』

ロドニーは今も月軌道にある本船内で、地球の管制室と同じように晃たちの健康状態や宇宙服カメラ映像、無人掘削機カメラ映像などをモニターしてくれている。

『ロドニー、必ずエドガーとフレッドを連れて帰る』

『待ってるぞ、アキラ、エヴァ』

晃はハッチの取っ手を握る。瞬間、心拍数が上がったのが自分でもわかった。

極端な話、ハッチを開いた瞬間エドガーたちのように吐血して死ぬ可能性もあるのだ。

ヘルメット越しにエヴァと顔を見合わせた後、取っ手を回してハッチを開いた。

まず感じたのは、クレーターの底に溜まる闇の静けさ。

周囲を舞う砂塵はアルタイル7の照明を反射して光っているが、それでも闇が圧倒的に広い。資料映像では何度も見た永久影は、肉眼で見るとまったく別物に感じられる。

数億年の太古の闇の中に、いったい何がある。

『エヴァ、行こう』

『ダー』

短いタラップを踏んだ晃は、着陸プローブに付けられた階段を慎重に降りていく。

そして、月面に足をつけた。

アポロ11号のニール・アームストロング船長とは違う種類の緊張に満ちた一歩を踏み出す。体重が11kgしかないためか、砂が綿のように柔らかく感じられる。

とりあえず、まだ吐血はしていない。

顔を上に向ける。暗闇と砂塵の遙か上空に、アルタイル7降下中に見たクレーター外縁部の稜線が輝いている。先ほどは巨大な壁とも感じられた外縁部をこうしてクレーターの底から見上げると、太陽光を浴びる日照地帯が、漆黒の夜空に浮かんだ大地のよう。

これが月の裏側、クレーター内部の景色。月の表側とはまるで違う。

宇宙服に護られているのにちりちりとした冷気を感じ、全身に鳥肌が立っている。恐ろしく、そして美しい月の自然環境に対する畏怖に、心が揺さぶられる。

胸を打つ美しさは、恐怖のすぐ隣にあるものなのかもしれない。

次第に荒くなる呼吸を抑えて、視線を降ろしていく。丁度、階段を下りたエヴァが月面に両足をつけたところだった。少しふらついた彼女の体を支える。

『大丈夫か』

『ありがとう、アキラ』

『地球とは遠近感が違うから足下に気をつけて』

人間の目――人間の遠近感は、当然だけれど、大気がある地球上の景色をとらえることに慣れている。しかしここには大気は無い。遠くにある物も霞んだりせず、切絵でくり抜いたようにくっきりと見えるので、肉眼での距離感は当てにできない。

レーダーによると目的地までは約50m。そこには飛行士たちが乗るローバーや土壌試料採取用の無人掘削機があり、そのライトの光を暗闇の奥に微かに感じる。

『あそこにエドガーとフレッドがいるのね……』

『ああ』

いる、それは間違いない。

晃たちは腰部に繫いであるマグライトを手に、進行を開始する。

エドガーたちのバックアップクルーとして、6分の1G環境での歩行も地球で訓練している。力を入れて地面を踏むと勢いがついて跳ねるようにポン、ポンと進んでしまって止められなくなるため、競歩のようにあまり太腿を上げず地面を擦るようにして歩く。

風がないから人がつけた足跡はそのまま残る。

資料映像でしか見たことはないけれど、表側の月面にはニール・アームストロングとバズ・オルドリンの足跡や、アポロ14号のアラン・シェパードが月面ゴルフで飛ばしたボールもそのまま、人類の歴史的な歩みの証拠として今も残っているらしい。

『エヴァ、気をつけろ。クレーターがある』

マグライトの光芒に直径10m程度の小さなクレーターが照らし出される。これはシャクルトン・クレーターができた後、その内部に降ってきた極小隕石が作ったもので、これくらいの小クレーターは古いものから若いものまで多数存在している。

『もっと左を歩こう。ここは岩が多い』

『わかった』

『もう少しだ。光が近づいている』

『うん、もうすぐエドガーたちに会えるね』

『ああ、早くこんなところから連れ出そう』

パートナーの様子を確認しながら進んでいく。声をかけ合っていないと、質量を持った闇に押しつぶされそうになる。月面作業を想定した訓練をアメリカの岩石砂漠地帯でしたこともあるが、永久影という領域はその岩石砂漠の夜とは別物だと知った。

岩石砂漠の夜には息遣いがある。

月の光、それにかかる雲、風に舞い上がる土埃《つちぼこり》や、ひび割れた大地から顔を覗かせるトカゲなど……荒涼とした景色の中にも色鮮やかなざわめきが溢れていた。

しかし、ここにはそんなものはない。

隕石が衝突してこのシャクルトン・クレーターが形成されて以来、何億年もの間、太陽光が当たったことがなく、そしてこの先も未来永劫太陽光が当たることがないこの永久影領域には、色彩溢れる地球の大地のような息遣いなどはまるで存在しない。

水も揺らめかない深海よりも更に深い、静かな闇があるだけだ。

ローバーや無人掘削機が放つ光に近づいてきた。マグライトの光芒に照らし出される月面にはローバーのタイヤ痕が無数についていて、中にはエドガーとフレッドのものらしき宇宙服の靴跡もある。二人がここでタスクに臨んでいたことは間違いない。

ヘルメット越しにエヴァと顔を見合わせてから、晃が管制室に報告する。

『ヒューストン。晃、エヴァ共に採掘場に到着しました』

『ああ、見ているよ』

とミュラー・フライトの声。

『無人機カメラに君たちが映っている』

バイク程度の大きさの小型無人機が晃たちの元へとやってくる。管制室が操縦するこの無人機がエドガーとフレッドの位置まで案内してくれることになっている。音もなく（大気のない月面では音は伝播しない）進む無人機の後について晃たちは歩く。

倒れた宇宙服が見える。うつぶせの膝と背中に赤いラインがあるからエドガーだ。

すぐに近寄りたい気持ちを抑え、辺りに視線を馳せる。

直径25m、深さ8m、円形にくぼんでいる小クレーター。三百年程度のかなり若いクレーターで、穴の傾斜がなだらかで無人機が移動しやすいことから、今回のサンプルリターンに選ばれた場所である。その小クレーターの縁にエドガーの宇宙服はあり、穴の下にはフレッドの宇宙服が横たわっていることが無人機カメラによって確認されている。

エイリアンに襲われたんじゃないか――

そんなあり得ない可能性も、地球最高峰の頭脳集団によってまことしやかに囁かれていたけれど、現状、近くに何かがいる気配はない。そのことは無人機カメラの映像からも明らかだし、ここに至る50mの間も注意はしていたけれど、生物の気配は無かった。

ただ、実際にエドガーたちは死んでいる。絶対に気は抜けない。

晃とエヴァはゆっくりと歩いてエドガーの宇宙服に近づく。

その傍らに腰を落とし、

『エドガー』

と声をかけてから宇宙服を仰向けにした。

陽気だった船長の変わり果てた顔に、ドクン、と自分の心臓が高鳴った。

ヘルメットの下半分には口と鼻から出た赤黒い液体がべっとりと飛び、その向こうでエドガーは両眼を見開いている。すでに乾いて光の無い眼球からも出血したようで、エドガーが自慢していた碧眼の瞳のあちこちにぷつぷつと黒い斑点が見える。更には目の奥から血が溢れたのか、眼球を縁取るように血の涙が垂れ、顔の皺に沿って固まっている。

　予期はしていた。覚悟も決めていた。

　それでも体は否応なく反応し、その凄惨な死に顔からどうしても目を逸らしてしまう。

　フー、スー、フー、スー、という自分の呼吸音がヘルメットの中に響いている。

　一方のエヴァは取り乱すこともなく、血の飛び散ったヘルメットの中を真剣な顔で覗き込んでいる。元々、宇宙飛行士より医師としての領分が大きい彼女は、遺体を宇宙船内に入れるに際して危険がないかを判断する、という重要な役割を与えられている。

　エヴァは遺体を様々な角度からライトで照らして、より正確な情報を得ようと必死になっている。その様子を見て晃は自分を戒めた。凄惨な遺体に怖気《おじけ》づくわけにはいかない、たった二人の調査隊なのだから。頭を小さく振ってからエヴァに向き直る。

『すまない、エヴァ、時間をロスした』

『休まなくても大丈夫？』

『ああ』

　遺体の状況確認はエヴァに任せ、晃は予定通り宇宙服の状態を観る。もしも宇宙服のどこかに穴が開いて気密漏れが発生した場合には、胸部の表示制御装置《DCM》にそのことが表示されるようになっているが、今は〝SUIT P LOW〟《気密漏れ》とは出ていない。

確かにこの症状……気密漏れによる減圧症なんかじゃない。

晃はエドガーの宇宙服についているレゴリスを手で払いながら、各部に異常がないか、胴体部《上部胴体》から両手のグローブ、脚部《下部胴体》へと視線を向けていく。体はすでに死後硬直しているため、宇宙服の関節部を強引に折り曲げて遺体を損壊するわけにはいかない。

『アキラ、宇宙服の状態はどうだ』

ミュラー・フライトの質問に晃は言葉を返す。

『どこにも問題はないように思えます』

そもそも宇宙服（特に背部にある生命維持装置）は、十億円以上かけて作られる人類技術力の結晶、簡単に壊れたり破損したりする物ではない。

そこで黙々と遺体調査をしていたエヴァが顔を上げた。

『エヴァ、何かわかったか？』

『宇宙服を脱がせてみないことには何とも……』

エドガーはすでに亡くなってはいるが、だからと言ってこの場で宇宙服を脱がせるわけにはいかない。それはエヴァももちろんわかっている。真空中で宇宙服を脱がせた場合、体内の水分が蒸発して乾燥し、ミイラ状態になってしまう。原因究明からも遠のく。

ただ、とエヴァは何かを言いかけてから首を横に振る。

『ううん、とりあえずフレッドの遺体も見てみよう』

『ああ、そうだな』

　フレッドは小クレーターの斜面に倒れている。

　土壌試料の運搬中に苦しみ出して動かなくなった彼の宇宙服は、セイフティテザー《命綱》でローバーと繋がっているから、そのテザーを辿ればいい。管制が事前に大型無人機を動かして、彼の宇宙服をライトアップしてくれている。

　慎重に斜面を降り、フレッドの元へ。

　そのヘルメットの窓に付いたレゴリスを手で払うと、彼の顔もエドガーと同じ――口から吐血し、目と鼻からも血を流している。ただ、フレッドは瞼を閉じてくれていた。

　少しの間フレッドの顔を診ていたエヴァが口を開いた。

『二人を月着陸船《アルタイル》に運びましょう』

　ああ、と晃は即答したが、ミュラー・フライトの声は渋かった。

『それは遺体を本船内に運んでも大丈夫だという、医師としての判断か？』

『いえ、やはり現状だと顔を見ただけでは何とも言えません』

『そうか。予想したことだが、それでは判断が難しいな』

『申し訳ありません、医師なのにはっきりしたことが言えなくて……』

『いや、それを言うなら我々も同じ。そもそも簡単に原因究明ができるようなことなら、エドガーとフレッドが月面で亡くなるような事態は避けられたはずだ』

そこで晃は、ミスター・ミュラー、と言った。

『仲間を連れ帰らせてください、本船に——地球に』

静寂。

少ししてミュラー・フライトの言葉があった。

『エドガーとフレッドは我々管制員の仲間でもあり、我々と同じアメリカ国民でもある。地球に連れ帰ってほしい気持ちは管制員全員同じだ。だからこれは一人のアメリカ人として言う……アキラ、エヴァ、我が国のために戦った英雄をどうか、連れ帰ってくれ』

『了解、ヒューストン！』

晃とエヴァは今日何度目かの顔を見合わせてうなずく。

『まずはフレッドから。準備はいいな』

『ええ』

フレッドをクレーターから出す——その最も簡単な方法は、セイフティテザーで繋がっているフレッドをローバーの馬力でクレーターの上まで引きずることだが、空《から》の宇宙服ならともかく遺体に対してそんなことはしたくない。6分の1G環境では宇宙服を着たフレッドの体重は22kg程度だから、二人なら何とか持ち運べるはず。

シミュレーション通り、フレッドの宇宙服に繋いである小型スコップや信号発生器などの船外活動《EVA》ツールを外して重量を軽くしてから、晃が頭側、エヴァが足側に回った。

『3、2、1！』

声をかけて持ち上げ、斜面を上がる。そのままローバーの荷台に乗せてから、だらりと伸びているフレッドのセイフティテザーをリールケースを操作して巻き戻しておく。続いてローバー傍に横たわっているエドガーも荷台に運んでフレッドの隣に並べ、最後に左手の運転席に晃が、右手の助手席にエヴァが座った。屋根もドアもないこのローバーは平らな台にタイヤがついているだけの走行車で、月着陸船に搭載するために軽さを重視したシンプルな構造ではあるものの、飛行士四人を乗せても走れることは確認済み。

晃はシートベルトをかけてから、ヒューストン、と呼びかける。

『船長・副船長がローバーに乗りました。アルタイルに戻ります』

晃たちの乗るローバーはレゴリスを巻き上げながら進む。無酸素空間では吹きつける風の抵抗もなく、タイヤが月面を擦る音も聞こえず、ただ、ただ、静か。時折、タイヤが月面の出っ張りを踏んで跳ねた際、宇宙服内でガチャと鳴るのが唯一の音だった。

晃はフロントライトに照らし出される自分たちの足跡に沿って車を走らせる。点々と続くこの足跡を辿れば、小クレーターにタイヤがはまることなく来た道を帰れる。最高速度は時速16㎞だが、今は慎重に10㎞で運転している。

『エヴァ、今後の行程を再確認しておこう』

と助手席に声をかけてみたが、エヴァは何か考えている様子で返事はなかった。集中しても周りが見える質《たち》の彼女には珍しく、深く考えに没頭しているようだ。晃もそれ以上は話しかけず、この先の予定を頭の中で確認しながらローバーの運転に専念する。

『エヴァ、予定時刻を四分押している、すぐ行動開始だ』

間もなくアルタイル7に到着、砂塵はすでに収まっている。

『エヴァ、行動開始だ！』

返事がないので声を大きくする。

『ダ、ダー』

晃はエドガーたちの遺体が乗った荷台が丁度、アルタイル7のタラップの下に来るようにローバーを停車。ここから遺体にテザーを繋いで船内に引っ張り上げるのだ。

まずはエヴァが船内に上り、続いて晃が遺体からセイフティテザーを伸長させながら階段を上った。タラップから船内のエヴァにテザーを渡して、コックピットの手すりにテザーのフックを嚙ませる。後はリールケースでテザーを巻き取るだけだ。

エドガー船長を先に引き上げる。

『オーケー、上げてくれ』

エヴァが船内でリールケースを操作するとテザーは自動で短くなっていき、ゆっくりとエドガーが上がってくる。３００kgにも耐えるテザー、この程度の重さで切れることはない。遺体がタラップの下まで来ると晃が宇宙服を摑んでタラップに乗せ、そのままハッチをくぐらせて船内に入れた。同様に今度はフレッドを船内まで引き上げていく。

そして離陸時のエンジン噴射に巻き込まれないようローバーを移動させた後、晃は船内に戻ってハッチを閉めた。開始から一時間。遺体回収任務は分刻みでスケジュール管理されているのだが、この引き上げ行程に関してはほぼ時間通りにこなすことができた。

晃とエヴァはそっとグローブの掌を合わせる。

すべてはこれから。だが無事にエドガーとフレッドを連れてアルタイル７に戻れたことに安堵する部分もある。二人の死因がわからない中での月面着陸・遺体回収だったため、晃とエヴァ共に月面で原因不明のまま死亡することも、もちろん覚悟していた。

管制によるシステムチェックの間、晃とエヴァは遺体を寝袋に入れた。宇宙服全身は寝袋に収まらないが、無重力になっても遺体が船内を飛び回らずに済む。

管制チェックが終わると、即座に離陸シーケンスのゴーが出た。すぐに発つ。カウントダウンが船内に響く中、これで、と晃は日本語でつぶやいた。

これで、エドガーとフレッドを家族の元に還せる。

『5、4、3……』

船体を震わせる振動で、2、1は聞こえなかった。

永久影の闇にエンジン噴射の光が弾ける。

口を閉じて奥歯を噛み、交差させた両手で自分の体を抱く耐衝撃姿勢を取っていたが、それでも足元から押し上げてくる衝撃がある。エンジン最大出力。

ケーブルで床に固定されている全身にGがかかる。

大気のない月ではエンジンから炎の柱が立つことはないが、窓の外ではエンジン噴射によってレゴリスが大量に巻き上がっている。その煙と月面がみるみる遠ざかる。

少し揺れが大きいか。しかしこれくらいなら問題ない。

オリオン計画の第一回からマイナーチェンジを繰り返しているアルタイル・シリーズにも個体差はあり、船体の揺れに関しては千差万別。月面への降下時から大きく揺れる個体もあれば、離陸後に本船とドッキングするまで終始穏やかに進む個体もある。

高度はすでに1500m。

太陽の光を浴びているクレーター外縁部が迫り、暗い窯《かま》の底から抜け出した。

降下のときには深海に落ちていく雰囲気があったが、上昇のときには海面へと上るような感じはない。得体の知れない闇の底から逃げる、というのが晃の心情だった。

『ハイ・ゲート通過。いいパラメータが出ているぞ』

高度が上がり、シャクルトン・クレーターの円が小さくなっていく。

オートパイロットで順調に上昇している以上、船内の宇宙飛行士がすべきことはない。それでも晃とエヴァは手順書に目を向け続ける。トラブル発生時には晃たちが瞬時に気がつき、即座に打開策を提示・対処しなければならないからだ。

程なくマトリョーシカが宙を舞い始めた——

ロシアの民芸品として有名なこの人形は、エドガーとフレッドが月面に降下する際に、エヴァが天井から吊るした物。曰く、ロシア式ゲン担ぎらしい。今はアルタイル7が無重力空間に入ったことをいち早く教えてくれ、宇宙到達の指標となっている。

『月軌道投入、成功』

晃はコマンダーとして宣言した。

六日前、フロリダから発射されたロケットによって大気圏を脱し、打ち上げが成功したときのことを思い出した。五人で手を合わせ、子供がソファで跳ねるように手を上下させて喜び合った。あのときは、たった六日でこんなことになるとは思いもしなかった。

気がつくと、エヴァが晃の方にグローブを出している。

『帰ろう、みんなで』

晃はうなずいて自分のグローブを重ねて、口を開いた。

『月着陸船アルタイル7はこれより月軌道を周回し、一時間後、オリオン3号本船とのドッキングを目指します。……ロドニー、準備はいいか？』

『こっちはいつでもオッケーだ！』

『船長たちの帰還だ』

『ああ！　四人とも待ってるぞ！』

晃はエドガーとフレッドが寝袋に固定されていることを確認してから窓の外に目をやった。今はエイトケン盆地上空をメンデレーエフ・クレーター方面に飛行している。月の表側に進路を向けるアルタイル7の小窓に、地平線から上る青い星が見え始めた。

その美しさに思わず息を飲んだ。

エドガーとフレッドの事故があってからは月面の観察ばかりしていた。レゴリスに覆われた灰色の大地と黒い海（玄武岩が溶解して暗く見える領域）、そしてクレーターの永久影。三十七億年前からほとんど変わっていない天体の姿は荘厳ではあるが……

やはり人間には、地球なのだ。

遙か38000㎞離れた人類の母星は今は半分しか見えないけれど、宝石でできているように輝いている。青、赤、黄、緑の、月には存在しない彩りに溢れている。

月へ向かう訓練をしていたこの六年間は、早く地球から出たかった。

しかし今は一刻も早く地球に帰還したい。

＊

『9……8……7ｍ』

エヴァがアルタイル7と本船の距離間隔を声に出して教えてくれる。

『6……5……4ｍ、フリードラフト』

晃が操縦するアルタイル7とロドニーが操縦する本船が激突しないよう、本船側のエンジンをオフにするようエヴァがフリードラフト要請を出した。これによって月軌道上を漂っているだけの状態になった本船に、アルタイル7をゆっくりと近づけていく。

『3……2……1ｍ』

『ドッキング』

晃は秒速7㎝でアルタイル7を動かし、握った操縦桿のボタンを押した。画面の中、アルタイル7のアームが本船のドッキングポートから突き出ているピンを掴んだ。

船体は短くピッチング《上下》して安定した。

『ドッキング成功。システムはすべて適切な状態だ』

というミュラー・フライトの報告を聞いてから、晃は久しぶりの呼吸と瞬きをする。月軌道投入から一時間後、予定通りアルタイル7は本船に無事帰還した。

6分の1G環境から0G環境へ。

気密漏れが発生していないか確認した後、管制のシステムチェック中、晃とエヴァは宇宙服を脱いで冷却下着（密閉された宇宙服内で体温が上がりすぎないようチューブに水を通して体を冷やすことができる装備）姿になった。管制からの許可を得て、まずはロドニーが本船側のハッチを開き、続いて晃がアルタイル7側のハッチを開いた。

すぐにロドニーがアルタイル7に入ってきた。空中を泳ぎながら晃とエヴァの肩を叩いた彼は、エドガーとフレッドが入っている寝袋に近づいていった。

「ロドニー待って！」

とエヴァが声を上げた。

「ん？」

「原因不明の遺体なのよ。ゴム手袋とマスクをして」

「マスクもか？」

「ええ……念のため」

晃とエヴァは宇宙服を本船に保管した後、冷却下着から長袖の船内服に着替える。

その間にロドニーが三人分の使い捨てマスクとゴム手袋を用意してくれる。それを装着する際、服の袖口を手袋できっちりと覆うように、とエヴァから注意を受けた。

エドガーとフレッドの宇宙服を寝袋から出して無重力中に浮かばせ、狭いトンネルを通して司令船へ、そしてその奥の機械船へ運び込む（オリオン3号本船は、コックピットのある〝司令船〟と、簡素な居住スペースを備えた〝機械船〟で構成されている）。

エドガーたち二人の凄惨な死に顔をロドニーはすでに映像で確認しているらしく、実際に見ても声は上げなかったが、その眉間はずっと寄っていた。

遺体搬送を終えると三人でうなずき合う。

そして協力して遺体の宇宙服を脱がせにかかる、まずはエドガーから。

地球の管制室でも確認できるよう船内カメラの下で、勝手に浮遊しないよう床面に固定してから、胴体部《上部胴体》と接続されている脚部《下部胴体》を切り離す。

宇宙服の密閉が解かれ、同時に、強烈な臭いが船内に広がった。

マスクの隙間から入り込んでくる血と死の臭いにむせ返りそうになりながら、続けてエドガーの両手のグローブとヘルメットを外して胴体部を脱がせた。

ロドニーのマスクから呻き声が漏れ出る。

「何て、ことだ……」

冷却下着の上半身は吐血による血を浴びていて、下半身は下血によって赤黒く染まっている。首など皮膚が見えている部分には出血斑。凝固した血で皮膚に張りついている冷却下着を脱がせようと力を入れると、皮膚がペリペリ剝がれてその下の肉が露出した。

「うっ」

マスクを押さえたロドニーがトイレに飛んでいった。

ヘッドセットと帽子が一体になった通信用キャップは、おそらく耳からの出血によって頭に張りついている。無理に脱がせれば頭皮ごと剝がれてしまうかもしれない。水で洗浄しながらならキャップも冷却下着も脱がせることは可能だろうが、無重力空間での洗浄はとても難しく、貴重品である水も大量には使えない。このままにするしかない。

「やっぱり……」

つぶやいたエヴァはいつの間にかビデオカメラを手に持ち、管制室でこの様子を見ている医師団が診られるようにエドガーの全身を撮影している。本来なら晃かロドニーがやらなければならないことだったが、凄惨な遺体を前にそこまで考える余裕がなかった。

「エヴァ、やっぱり、って何だ？」

「ウィルス性の、出血熱の症状に似ている」

月唯一の医師の口から出た言葉に耳を疑った。

「ウィルス、だって？」

ウィルス性出血熱、などという単語を月で聞くことになるとは思わなかった。

そういうものに馴染みがない日本人の晃が知っているのはエボラやマールブルグ、デング熱などだが、エドガーの劇症はそういうウィルス性出血熱に似ているというのか。

ええ、とエヴァがうなずく。

「検査をしてみないことには正確なことは言えないけど、私が知る症状の中だとウィルス性出血熱に似ている。カメラで見ている医師団も同じ結論に達したはずよ」

「そんな、まさか……」

「私だって信じられないけど」

「レゴリスの被害とか、そういうのじゃないのか？」

ううん、と首を振ったエヴァは遺体を見ながら告げる。

「やっぱり、出血熱で亡くなった人の遺体に近いと思う」

「ここは宇宙だぞ。ウィルスなんてあり得ない」

逆でしょ、とエヴァ。

「宇宙だからこそ、あり得ない可能性も考えなきゃいけないの。月から地球に帰った飛行士を隔離する行程があるのは、感染症も想定しているからでしょ。ウィルス性出血熱も否定できない。……打ち上げ前に何度もした感染症検査が月で必要になるなんて」

オリオン3号には感染症検査のための医療器具など無い。

あるのはアレルギー薬（船内酸素循環によっては鼻炎などを起こしたりするため）や酔い止め（宇宙酔い対策の飲み薬や座薬）、それに体調管理のための血液・体液検査器具。飛行士は打ち上げ前の入念な検査を経て宇宙に出るから、宇宙で風邪をひく事態は想定されていない。重量制限のある船内には不必要な物を積載する余裕などないのだ。

「ウィルスなら、こんな手袋で、大丈夫なのか」

青い顔をしたロドニーが無重力の中をふらふらと漂いながら戻って来た。

エヴァは顔をわずかにうつむけ、自信のない表情で言葉を洩らす。

「感染経路が接触感染だけなら大丈夫……のはずだけど」

「飛沫感染、空気感染なら？」

「遺体から飛沫感染や空気感染はしないわ」

と彼女は言ってから小さく、地上では、と付け加えた。

エヴァは医師でありながら宇宙飛行士にも選抜された才人、だが宇宙で起こるすべてのことに対して知識を持つわけではない。人類は宇宙で圧倒的に経験不足なのだ。

晃たちはウィルス汚染を警戒してエドガーの遺体にもう一度宇宙服を着せた。

宇宙服は〝最小の宇宙船〟とも言われている通り、外界との繋がりを一切遮断してその内部のみで生きることを目的として構成されていて、病原体を宇宙服内に封じ込めることにも使える。もっとも、そういう目的で宇宙服を使ったことはないだろうが。

ゴム手袋とマスクも外し、交換用トイレタンクを滅菌缶にしてそこに捨てる。念のために速乾性手指消毒液を掌にかけ、指の間にすり込むようにして手指消毒を行う。

それらを終えた後の船内で、ロドニーが眉根を寄せて言う。

「感染症だとして、エドガーたちはいったいいつどこで感染したんだ」

その問題は大きい。

まず、地球《打ち上げ前》にいる時点で感染していたというのはあり得ない。毎日のようにチェックするし、検疫隔離によって人との接触も制限される。そもそもエボラやマールブルグのような強力なウィルス性出血熱がアメリカに入れば、その時点で国家的な大問題。念を入れて感染症被害が終息するまでは打ち上げ自体を延期することすら考えられる。

打ち上げ前に感染していた可能性が限りなく零に近いことは自明なので、その話は誰も口に出さなかった。別の可能性についてロドニーが言及する。

「オリオン3号に付着してたんじゃないか」

対して晃は首を横に振って言う。

「滅菌されている」

「滅菌は完璧じゃない」

「完璧だろ」

「いや。例えば、打ち上げ前日にオリオン3号を発射台まで搬送する途中で、フロリダのメリット島に潜んでいたウィルスが船内に入り込んだのかもしれない」

「……ケネディ宇宙センターにバイオ《B》セーフティ《S》レベル《L》4のウィルスが？」

「ああ、何しろ敷地が広大だしな」

「だからって、考えられない」

エヴァが、私は感染症の専門医じゃないけど、と前置きしてから言った。

「ウィルスは自己増殖ができず、宿主の細胞を利用することで自分の複製を作り出すの。つまり原則としてウィルスは宿主のいない環境では存在し続けられない。だからもしウィルスが宇宙センターの発射台付近に潜んでいたのならベクター《媒介生物》がいたことになるけど、例えば蚊や蠅がウィルスを媒介するとして、それらがオリオン船内に入れると思う?」

「いや、無理だな」

質問を向けられたのはロドニーだったが、晃がそう答えた。蚊や蠅のような大きな生物が、厳重管理されている打ち上げ前のオリオン3号内に入り込めるはずがない。

だったら、とロドニーは動物飼育セットに顔を向けた。そのケージの中には、晃たちと一緒に地球を飛び出したマウスの〝ムーンフェイス〟がいる。

「ムーンフェイスがウィルスの宿主になっていた可能性はないか」

『ないな』

と、これについてはミュラー・フライトが船内放送で否定した。

『マウスも君たちと同じように打ち上げ前に入念な検査を受けている。だから君たちと同じように何の病気も持っていない健康体のマウスだ』

「ムーンフェイスに殺人ウィルスを感染させていた可能性はないんですか」

『感染させていた? わざと、ということか?』

「ええ」

愛国心溢れるアメリカ人のロドニーから出たとは思えない言葉だが、考え得る可能性は指摘しておく必要がある――逆に言うと日本人の晃からは指摘できないことだ。

ロドニーの質問に、ミュラー・フライトが応じる。

『そんなことはNASAすべてがグルでなければできないことだ』

「だからそういう可能性の話です」

『わざわざ月面で宇宙飛行士を殺す理由が、人類には存在しない』

——人類には。

なるほど。とても大きな尺度だが、確かにその通りだ。

「だったら何か俺たちが知りえない実験のためにムーンフェイスにウィルスを感染させ、安全だったはずのそのウィルスに変異が起きた可能性は？　元々は人に感染しない類のウィルスだったのが、無重力下で突然変異して人獣感染するようになった可能性です」

『もし君たちに開示していない極秘実験があったら、NASAは終わりだ』

「それは根拠の説明になっていません」

『ああ、根拠を説明するのが難しい問題だからな。だがどんな理由にしろマウスが感染源であるなら、その飼育を担当していたエヴァが真っ先に発症するんじゃないのか？』

少しの間があってからロドニーが、確かに、と発した。

「疑うようなことを言ってしまって申し訳ありません、ヒューストン」

『原因究明の一環と理解している、気にする必要はない』

晃は、そもそも、と言ってエヴァに視線を向ける。

「本当にウィルスなのか」

「どういうこと」

「例えば細菌性ということはないのか」

「どうだろう、細菌性だと敗血症型のペストが症状的には近いけど……大量の吐血を含めてここまでの劇症は、やっぱりウィルス性の一類感染症の出血熱だと思う。ただ、今の状況だと確かなことは何も言えないから地球の感染症学者の判断を待ちましょう」

エヴァは血にまみれたエドガーに目をやって言葉を終えた。

＊

月を離脱し、帰還を開始して二十四時間が経った。

地球まで残り180000㎞。オリオン3号本船の窓から見える月は小さくなり地球は大きくなったが、それよりも圧倒的に宇宙空間の闇が広く、あの永久影を思い出す。

月で起きた事態の顛末は、すでにNASAが会見を開いて公に情報を開示している。それを機に世界中のテレビ放送でニュース特番が組まれて、映像を交えながら原因究明・安全性の確認・責任の追及などについて話し合われている。各国宇宙機関は対応に追われ、日本のＪＡＸＡにも国内外の人たちから心配の声が数多《あまた》寄せられているという。

一方、船内の晃たちにはやるべきことが山積している。

月面では短い時間しかできなかったエドガーとフレッドの宇宙服チェックとカメラでの撮影、ヘルメットから覗く遺体頭部の調査とカメラでの撮影、月面に出た晃とエヴァの宇宙服各部のアフターチェック、生命維持装置のシステムチェック、三人のメディカルチェックなどで忙しく、この二十四時間の食事はサプリメントを飲んだだけだった。

そんな折——晃とエヴァが管制指示の下で月着陸船《アルタイル7》を調べているときだった。

「ゴッボァ」

という、言葉にもならない呻き声が船内に響いた。

ロドニーの声だ。彼はオートパイロット中の計器監視のために司令船のコックピットに着いているはず。晃はエヴァと共にハッチをくぐって司令船へと飛ぶ。

「ロドニー、どうした！」

ロドニーは無重力空間で溺れるようにゴボ、ゴボと血を吐き出している。四点式のシートベルトで座席に固定されたまま全身を掻きむしるように暴れている。

「ヒューストン！　ロドニーが吐血してます！」

すぐに彼の元に向かおうとしたが、ミュラー・フライトの声が飛ぶ。

『近づくなアキラ！』

強い制止――

晃がとっさに手すりを掴んで体を止めると、続けて船内放送が来る。

『エドガーたちの遺体の映像をアメリカ疾病管理予防センター《CDC》に見せたところ、エヴァの見解と同じくウィルス性出血熱の可能性が高いとの返答があった。今、アトランタから専門家グループが向かっている。更なる発症者が出た場合の対処法も聞いている』

エヴァがミュラー・フライトに確認する。

「人人感染がある伝染病、との判断でしょうか」

ああ、と応じた彼は早口で説明する。

『状況からしてそれはほぼ間違いないようだ。潜伏期間を経た後、頭痛や筋肉痛、発熱などの初期症状がないまま、突然の劇症から一時間程度で死亡する、という経過は前例がなく、宇宙という環境を抜きにしても危険な未知の伝染病の疑いがあると言っている』

「感染症法の類型は？」

『それはまだ定かではないが、現状、エボラやクリミア・コンゴと同じ一類感染症クラスの新感染症を警戒した方がいいそうだ』

晃は苦しむロドニーを見ながら、船内カメラに訴える。

「だからってロドニーを放ってはおけません!」

尚もコックピットに向かおうとすると、エヴァに手を摑まれた。

「無防備にロドニーに触るのは愚の骨頂よ。これが未知の感染症なら——ううん、たとえ既知のものでも、現在船内にある医療器具でできることはないわ」

ミュラー・フライトと同じくエヴァの言葉も冷たいくらいに冷静だった。

しかし、彼女の手は小刻みに震えている。

……わかっている。

仲間を助けることに全精力を注ぐこと、それが最善の選択というわけではない。救助が絶望的な状況なら、きっぱりと見捨てる。それが宇宙における最善の選択。

たった三人しかいない宇宙船で、ロドニーを救助しようとした晃までもが感染したら、どうなる? エヴァ一人での地球帰還は困難になり、クルー全滅の危険性すら出てくる。

であるのなら、ロドニーを見捨ててでも自分たちの安全を確保しなければならない。

失う人員の数を最小限に留める、それが宇宙での不文律なのだ。

拳を握り締めた晃は船内カメラに顔を向ける。

「どうすればいいですか、指示をください」

『まずは機械船に移動するんだ』

「了解」

晃とエヴァは、コックピットで苦しむロドニーの横を素通りしてハッチを抜け、機械船に移動した。すぐにミュラー・フライトから指示が来る。

『CDCから聞いている対処法は〝宇宙服を着ること〟だ。完璧な密閉空間を作り出せる宇宙服は、どんな化学防護服よりも優秀な防護服になり得る』

その言葉が終わらないうちに、機械船と司令船を繋いでいるハッチが自動で閉まり始めた——管制が遠隔操作で動かしているのだ。理由はわかる、ロドニーが吐き出しているであろうウィルスが無重力空間を漂って、こちら側に流れてくるのを防ぐためだ。

絶えず響いていたロドニーの呻き声と吐血の音が、ハッチに遮断された。

『宇宙服を着てくれ』

晃は食糧庫の前で、エヴァはトイレの中で、それぞれ体を清拭して冷却下着を着て通信用キャップを被る。そして宇宙服の、まずは脚部に足を入れて、壁に固定された状態の胴体部に下から潜り込むような形で体を通し、胴体部と脚部を接続する。軍手のようなインナーグローブをはめてから左手、右手とグローブを装着、最後にヘルメットを被る。

続いてリークチェック。何度も点検した宇宙服に気密漏れが起きているはずがないが、宇宙に〝絶対〟はない。もし気密漏れがあった場合、宇宙服を着た意味がなくなる。

……覚悟していた。

ロケット打ち上げ中にトラブルが発生して焼け死ぬことや、月へ向かう途中で気密漏れが発生して窒息死すること。そういった死因は覚悟していた。

しかし、船内で感染症が発生する事態は考えもしなかった。

晃はリークチェックの手順を飛ばしそうになるのを、エヴァと口頭で確認し合いながら進めていく。永久ほども長いこの時間が最短の道のりだと自分に言い聞かせながら。

『オーケーだ、両宇宙服とも気密漏れは発生していない』

リークチェックを終えてミュラー・フライトの確認が取れたときには、体を清拭し始めてから四十分が過ぎていた。ヒューストンの管制室ではその間も船内カメラでロドニーの状態を確認していたはずだが、晃たちの集中を妨げないためにか何も言わなかった。

晃とエヴァは手動でハッチを開き、司令船内へ入った。

座席に四点式シートベルトで繋がれたまま痙攣していたロドニーの体は、今は動いていない。静寂に満ちているコックピットには、ロドニーが吐き出した血がうねうねとうごめくアメーバのように無重力空間を漂っている。かなりの出血量だ。

『ロドニー！』

浮遊する血をビニール袋で包んだ宇宙服のグローブで払いのけながら進むと、イスに座っているロドニーの口にはまだ息があった。無重力空間での表面張力によって口を覆っている血、そこに開いた穴からシュー、プク、シューと空気が抜け出ている。

右目は血で張りついて開かず、薄く開いた左目も何も見てはいない。鼻の穴には血が詰まり、シートベルトから逃れようと暴れて擦れた部分にも血が滲んでいる。

『ロド、ニー、大丈夫、か』

いや大丈夫なはずがないし、答えられる状態でもない。

どうすればいいかわからず、瞼は閉じている右目を開けてやろうとする。睫毛《まつげ》が剝がれて開いた瞼の奥には茶色の瞳はなく、内出血で赤黒く染まった眼球がある。

『ど、どうすればいい、エヴァ』

後ろを向くと、彼女は医療箱を持ってコックピットに来た。

場所を譲ると、エヴァはロドニーの前に陣取った。

『ヒューストン、CDCの専門家は管制室に来ましたか』

『到着はまだだが、この映像は見ている。何でも言ってくれ』

『了解。……感染源は現時点では不明です。船内装備では感染症の検査も検死もできない以上、感染からの経過日数はわからないけど、ここまでの劇症はやっぱりウィルス性の出血熱しか考えられません。ＣＤＣの言っていた通り、初期症状もなく突然の劇症というのは、エボラやマールブルグなどの既存の一類感染症・出血熱とも違います』

エヴァは医療箱も開かずにたんたんと報告していく、解剖室で遺体検分でもしているかのように。晃はいてもたってもいられず、宇宙と地球との報告会に口を挟んだ。

『そんなことはいい！　どうすればいいんだ！』

『……何？』

エヴァの静かな声。

『どうすればいい、って何？』

『え』

『できることはないって言ったでしょ。私だって助けられるなら助けたい。でも、たとえここが地球のＢＳＬ《バイオセーフティレベル》４対応施設だしても、今のロドニーを救う方法はないの』

『本当に……何もないのか、俺たちがしてやれることは』

『抗凝固薬があれば血液が固まるのをある程度防げるけどそれもこの医療箱にはないし、今の状態を見る限り鎮痛剤も飲み込めないでしょう』

『だったら、ロドニーは……』

無言で首を横に振った彼女の向こうで、長く過酷な訓練を共にしてきた仲間の呼吸が小さくなっていく。晃はエヴァの宇宙服を押しのける。

『どいてくれっ』

自動体外式除細動器《AED》はないから両手で心臓を圧《お》す。

『ロドニー、しっかりしろ！』

しっかりしたところで救助方法がない以上、苦しむ時間が長くなるだけだ。それはわかっているが、声をかけずにはいられない。エドガーとフレッドのように永久影の底で誰にも看取られずに死ぬわけじゃない、そのことだけでもロドニーに知ってほしい。

『ロドニー、傍にいるぞ、俺もエヴァも傍にいる！』

心臓マッサージによって吐き出されるのは息ではなく血。それでも圧し続けていると、体内からメキメキと肋骨が壊れるような振動があって、晃はロドニーから手を離した。無意識に力が入りすぎてしまったのか、体内でも出血していてもろくなっているのか。

圧していたロドニーの体には赤黒く染まったグローブの跡がついている。

……これじゃ、苦しめるだけだ。

本当にできることは何もないのか、何もしてやれないのか。掌をヘルメットに当て、何とかしてくれ、と日本語でつぶやいた晃の肩に、エヴァのグローブが静かに乗った。

『ロドニーはもう、逝ったわ……』

見ると、ロドニーの口から出ていた血が止まっていた。

『すまない、ロドニー』

そこでミュラー・フライトの声が、二人共、と言った。

『落ち込んでいる暇はない。タイムリミットがある』

突然の言葉に、晃は船内カメラに目を向ける。

『何の話ですか？』

『宇宙服内の酸素量の話だ。これがすべて尽きれば、君たちは否応なく宇宙服を脱がないといけなくなる。だからその前に感染症への対策を講じなければならない』

『感染症への対策……』

『そうだ、ロドニーの感染発覚によってオリオン3号は感染症によるカタストロフィック・ハザード状態に入った。コックピットを浮遊するロドニーの血液と、彼が飛散させていた咳の飛沫にも、大量のウィルスが含まれていることが考えられる。宇宙服の酸素が尽きるまでの八時間でこれらを何とかしなければならない。すぐに行動を開始してくれ』

『そんなこと、必要ないでしょう』

『なぜだ』

『ロドニーが感染していたのなら、俺とエヴァも感染しています。今のロドニーの姿は、少し未来の俺たちの姿です。今更ウィルス対策を講じても手遅れでは……』

晃の言葉を予期していたらしく、ミュラー・フライトはすぐに言葉を返してきた。

『そんなことはない。現状で発症していない以上、感染していない可能性は十分あるし、仮に感染している場合でも免疫力が勝って発症しないことも考えられる。しかし血や咳に含まれるウィルスを直《じか》に吸い込めば、それらの可能性を潰すことにもなりかねない』

晃は船内医師に顔を向けた。

『そう……なのか？』

『ええ。感染を免れられる可能性はあると思う』

『どうすればいい？』

『院内感染ならまずは汚染箇所を消毒して隔離するけど、ここは宇宙、具体的な対策は私にもわからない。でも私たちには宇宙船や宇宙服の専門家と、感染症の専門家がついている。私たちは彼らの指示を実践すればいい。ですよね、ヒューストン』

ミュラー・フライトが、ああ、と応じる。

『対策内容についてはこっちのチームですでに考え始めている。CDCの専門家たちも、たった今到着して管制室に向かっているとのこと。何も心配しなくていい』

CDC――アメリカ疾病管理予防センターは、晃でも知っている世界的な疾病対策の要の機関。アメリカのアトランタに本部を構えるが、脅威が発生した際には全世界に飛んで調査を行い、人々の健康と安全を守るためバイオセーフティに努める。

そんなCDCの感染症対策室長の指示に従い、晃とエヴァはロドニーの死後硬直が始まる前に彼に宇宙服を着せ、エドガーたちと同じように寝袋にくるんで固定した。

その後、船内の消毒を開始する。

速乾性手指消毒液などの消毒剤やタオルのような備品は、補塡ができず数が限られているため、消毒する物の優先順位は厳密に決められた。

①空中を浮遊している血。肉眼で見える物は残さず拭き取るようにとのこと。

②自分たちの宇宙服に付着している血痕。

③コックピットのコントロールパネル上に飛んだ血痕。

ここで消毒液をすべて使い切ってしまうわけにもいかないので、①〜③以外の壁や床についている血などは〝触らないようにする〟ことで対応するしかない、という。

晃とエヴァは宇宙服を着たまま、手分けして作業をこなす。

優先順位に従って空中の血を吸水性の良いペーパータオルで拭き取り、宇宙服やコックピットはペーパータオルで覆った上からヨウ素系の消毒液をかけた。前回同様、汚染された物は交換用トイレタンクの中に捨て、一度蓋をした後は二度と開いてはいけない。

　晃はＣＤＣの感染症対策室長に聞く。

『こんな程度で大丈夫なんですか』

『できれば船内丸ごとオートクレーブにかけたいところですが、それはできませんから。まあ、まだ対策のすべてを終えたわけじゃないので』

『オートクレーブというのは何ですか』

『１２０℃以上の高圧水蒸気によって滅菌処理する装置です。アルコール消毒に関しては効かないものには効かないのでその点は留意しておいてください。非生体に使っていただいたヨウ素系の物もアルコール系よりは強力ですが、完璧ではありません。微生物を完全に滅菌できる薬品はもちろん地球にはありますけど、宇宙船《そこ》にはないようです』

　容赦のない言葉。死ぬときは死ぬ、と言われているかのようだ。

　それから、と対策室長は続ける。

『この消毒はあくまでロドニー飛行士の血による接触感染への対策であって、船内に飛散しているウィルス含有飛沫への対策じゃありません。それら飛沫を除去する方法は現在、我々とＮＡＳＡの対策チームが宇宙船内感染症という事態を考慮して検討しています。ですので、その対策を講じるまでは宇宙服は絶対に脱がないようにお願いします』

『わかりました』

一つ確定していることは、宇宙服の酸素残量が尽きる前にウィルス含有飛沫を除去しなければ、晃たちは否応なくそれを吸い込むことになる、ということだ。

対策室長は、考えてみましょうか、と言った。

『船内感染の拡大を止めるにはこのウィルスの感染源を突き止めることですが、船内には電子顕微鏡はおろか光学顕微鏡すら無いとのことなので、推測によって考察します』

エドガーとフレッドは月面でのタスク中に同時に発症し、ロドニーは本船内で発症。ロドニーは月面には降りていないが、月着陸船アルタイル7には入っている。

という情報を対策室長は管制に確認を取ってから、

『映像を見た我々は当初、アルタイル7のどこかに感染源があるんじゃないかと考えました。しかしそうなるとアルタイル7で月面に降りたアキラ・エヴァ両飛行士が未だ発症していず、本船に残ったロドニー飛行士だけが発症したことはおかしい』

と疑問を語ると、ダー、と言ってエヴァがうなずいた。

『私とロドニーの自然免疫・獲得免疫による総合的な免疫力評価に差はないので、もしアルタイル7の中に感染源があるならロドニーよりも私がまず発症していたはずです』

『はい。そこで我々は月の試料という物に注目しました』

晃は眉根を寄せて聞き返す。

『月の土壌試料ですか？』

『ええ。エドガー、フレッド両飛行士によって月面からアルタイル7に積み込まれ、二人の死後、アルタイル7から本船に移した試料があるんですよね？』

『あります』

シャクルトン・クレーターの〝採掘場〟を無人機で掘削して得た土壌試料は、エドガーとフレッドのサンプルリターン・タスクの一日目にアルタイル7に搬入された。

そして二日目の月面作業中にエドガーたちが死亡。

月面にある遺体を晃・エヴァが回収しにいくため、無人となったアルタイル7をオートパイロットで月軌道まで打ち上げて、この本船にドッキングさせた。そのときアルタイル7内に残されていた土壌試料は、本船の保管庫に移し替えられている。

――他ならぬロドニーによって。

待ってください！　とエヴァの声が飛ぶ。

『そ、その仮説だと、月面の土壌内にウィルスが存在したことになります』

『ええ、そういう可能性を我々は考えています』

『月面でウィルスは存在できるんですか――ううん、そもそも宿主がいないのにウィルスが単体で存在できるんですか』

少し間があった後、対策室長の言葉が返ってきた。

『月面でも生きられる宿主が、クレーターの土壌中にいたとしたら?』

エヴァが息を飲む音がヘッドセットから響く。

『まさかバクテリオファージ……』

バクテリオファージというのは晃も聞いたことがある。確か〝バクテリアを食べる者〟という意味で細菌を宿主とするウィルスだったはず。それ自体は地球上ではありふれていて、大腸菌を宿主とするウィルスは培養が簡単なこともあって実験でよく使われる。

つまり、ウィルスはそれ単体では存在できないけれど、単体でも生きられる細菌の中にウィルスが存在していた——寄生していた、ということだろうか。

確かに、とエヴァが続けて言う。

『他の生物が存在できないような過酷な環境下でも生きられる微生物は地球上にも存在します。熱水噴出孔や油田鉱床など100℃を超える高温環境でも生育できる古細菌、深海の超圧力下でしか生息できない微生物、酸素を嫌い、鉄や硫酸、メタンなどを好む嫌気性の細菌などは私も聞いたことがあります。それらは確か極限環境微生物というんでしたっけ。でも、いくら細菌でも宇宙空間では生育できないんじゃ……』

『生育はできません。ですがおそらく芽胞によって耐えることは可能です』

『な、なるほど……芽胞』

とエヴァは納得したようだった。

簡単に言うと、芽胞というのは一部の細菌が取る防御形態のことらしい。過酷な環境下に置かれた細菌が芽胞を形成し、その極めて高い耐久性によって環境が改善されるまでは休眠状態になる。そしてこの間、細菌は増殖しない、と対策室長は説明し、続ける。

『シャクルトン・クレーターの〝採掘場〟という場所も、小さなクレーターだったのですよね？ その中心部を掘って試料採取していたということはつまり、試料の中には隕石の破片も含まれていたはず。おそらく、その隕石の中に在った有芽胞菌でしょう』

晃は思い出す。そういえば聞いたことがある――他の天体で生まれた細菌が隕石に乗って地球に飛来したのが、地球上に生命が生まれた起源である、とする仮説。

隕石に細菌が乗って宇宙を移動するのは、あり得るのだろうか。

しかし、と晃は疑問を口にする。

『その採掘場クレーターにしても、まだ若いとはいえ隕石落下から三百年程度は経過しています。そんな長期間、芽胞というので耐えることはできるんですか』

『地球上でも、千九百年前の遺跡や八千年前のシベリア永久凍土、四十万年前の南極氷床から発見された細菌が蘇生した、なんてこともあります。宇宙からの放射線を防げるクレーター底の土壌内であれば、有芽胞菌が休眠することは可能じゃないかと思います』

『そしてその芽胞には、凶悪なウィルスも寄生していた、と』

『ですね。月の土壌から掘り出したことで何らかの刺激があり、芽胞中のウィルスが活性化、宿主である細菌芽胞を食い破って人への感染を開始したものと思われます』

月で眠っていたウィルスを人間が目覚めさせた、ということなのか。

晃はコックピット脇にある保管庫に目をやる。

『だったら感染源の土壌試料をあんな所に入れておいていいんですか』

『保管庫は完全密閉された空間になっているとのことなので問題ありません。開けたところで現時点では処分する方法はないようなので、むしろ絶対に開けないでください』

『わ、わかりました』

そこでエヴァが口を開いた。

『エドガーとフレッド、ロドニーの感染経路は接触感染とみていいですか』

その質問に対しては、ミュラー・フライトからの返答があった。

『ああ。エドガーたちの場合は、月面での土壌試料採取作業中に宇宙服に病原体が付き、アルタイル7に帰還して宇宙服を脱いだときに接触感染した可能性が高い。ロドニーの場合は、アルタイル7から本船に土壌試料を移し替えるときに接触感染したんだろう』

対策室長が、ただし、と付け加える。

『触れなければ大丈夫、などとは考えないことです。飛沫感染はもちろんのこと、空気感染をも疑った方がいいです。無重力空間においては、唾液やエアロゾル《気体中の微小液体》に乗ったウィルスは容易に空中を飛び回るものと考えられます。地上では遺体からの飛沫感染や空気感染はありませんが、宇宙船内では遺体から出た体液や血液による空気感染はあり得ます』

あまりにも絶望的な情報に晃の口からは、了解《ラジ》、という言葉しか出ない。

間もなく、ＮＡＳＡとＣＤＣによるバイオセーフティが決定したとの連絡が入った。その指示がミュラー・フライトから出される。

『アキラ、エヴァ、まずは三人の遺体をアルタイル7に搬送してくれ』

感情を交えないその声に、晃は聞き返す。

『アルタイル7に？』

『そうだ。君たちの宇宙服に残されている酸素量は限られているし、作業終了後に再度安全性を検討する時間も欲しい。すぐに取りかかってくれ』

パンパンと手を打つ音。

晃はエヴァと顔を見合わせ、言われた通り作業にかかる。まずは先ほど寝袋に入れたばかりのロドニーの遺体を寝袋から解放し、頭側と足側に分かれて二人で運んだ。無重力下で宇宙服を含めた体重は0になっているから一人でも運べるが、それだと壁にぶつかったりハッチに引っかかったりするのを防げない、ということで運搬は二人で行う。

『仮に、ロドニーの浮遊吐血が付いたとしても気にしなくていいとのことだ。君たちの宇宙服は後でもう一度、消毒する。ペーパータオルや消毒液はまだあるな？』

『もちろんです』

『三人の遺体をアルタイル7に運んだら、うち二人をケーブルでコックピットに固定、一人を寝袋に入れて固定してくれ。誰がケーブルで誰が寝袋かは君たちに任せる』

『了解しました』

晃たちは、まだ硬直していないロドニーの遺体を寝袋に入れることにした。アルタイル7コックピットに立つのはプライムクルーのエドガーとフレッドがふさわしい。

ただ……気になる。

アルタイル7は月面離着陸をするためだけの宇宙船なので、地球の大気圏に突入できるような構造にはなっていない（突入させれば燃え尽きてしまう）。地球の周回軌道上で本船から切り離すアルタイル7に三人の遺体を搬入して固定するというのは、なぜか。

『ヒューストン、これも感染症対策なんですか』

ロドニーを寝袋に入れながら尋ねると、少ししてミュラー・フライトの声がある。

『ああ。未知のウィルスや細菌芽胞が付着している感染者の遺体・宇宙服を、君たちと同じ空間にいさせるわけにはいかない、ということだ』

『アルタイル7だって同じ空間でしょう？　ハッチで繋がっています』

ミュラー・フライトは、いや、と言った。

『当初はスケジュール通りアルタイル7を地球周回軌道まで運び、新たな調査団を打ち上げてその船内を調べる予定だったのだが、この災禍の原因が未知の強力なウィルスとわかった以上、アルタイル7を地球に連れて帰るわけにはいかなくなった』

晃は手を止めて船内カメラに目を向ける。

『待ってください、どういうことですか？』

『アルタイル7の酸素循環を考えれば、その船内の壁や酸素タンク内にもおそらく芽胞が付着しているだろう、との意見がCDCから出ている。ハッチで遮蔽すれば問題ないとの声もあったが、より高い安全性のためにアルタイル7は今ここで切り離す』

……何だって。

『つまり、アルタイル7自体を滅菌缶として使い、危険なウィルスや芽胞と一緒にエドガーたちの遺体も宇宙に捨てていくということですか』

『捨てる選択ではない、守る選択だ。我々には君たち飛行士を守る義務がある』

『納得はできません』

と言ったのはエヴァだった。

『私たちだってそう、苦渋の決断だ。が、やるしかない』

『でも実際問題、ロドニーたちの遺体を切り離す意味はないはずです。三人とも宇宙服を着ている以上、遺体のウィルスが漏出することはありませんから。もし三人の遺体を投棄しないといけないなら、ロドニーの吐血のかかったコックピットのコントロールパネルも壁面も私とアキラの宇宙服もすべて投棄しないといけないことになります』

『ああ、だがそれらの物は切り離すことはできない——』

エヴァが言葉を被せる。

『エドガーたちは切り離せるって言うんですか』

『揚げ足を取るな。君たちの命を第一に考慮した結果なのだ』

できません、と晃も言った。

『六年間、一緒に訓練してきた仲間なんです。ここで見捨てられるなら、そもそも月面に放置されているエドガーたちの遺体を回収しに行ったりしません』

『あのときと今は状況が違うんだ』

『地球では、あのときからいくつもの会議があって状況が変わったのかもしれません。けど俺たちはあのときも今も同じ、たった五人で宇宙にいます。たとえ帰還後に罰せられることになったとしても、エドガー、フレッド、ロドニーを宇宙に置き去りにするわけにはいきません。俺たちのためと言うなら、三人を切り離さない方法を考えてください』

エヴァに顔を向けると、彼女もうなずきを返した。

『お願いします』

晃たちと船内カメラとの間に、沈黙が流れる。

目で訴え続けると、ミュラー・フライトの静かな声がある。

『その選択は必ず、今後の飛行計画と帰還後の救助活動を困難にさせるぞ』

晃は両手を握り、覚悟しています、と言った。

『エドガーたちの遺体回収をエヴァとロドニーと決めたときから、覚悟しています』

長い無言の時間。対策チームに確認を取っているのだろう。

十分後、ミュラー・フライトの、わかった、という言葉が聞こえてきた。

『やはりアルタイル7自体はここで切り離すことになるが、エドガーたち三人の遺体に関してはオリオン3号に待機させたままで構わないとのことだ。遺体を宇宙服のままコックピットの各席に座らせ、シートベルトでしっかりと固定してくれ』

晃はエヴァと手を合わせてから、管制に言う。

『地球に帰ったらどんな処分も受けます。無茶を言って申し訳ありません』

『いや、無茶を言ったのは我々の方だったのかもしれない……とにかくこの後もやらなければならないことが山積している、さっそく行動を開始してくれ』

『了解、ヒューストン』


晃とエヴァは、ロドニーの遺体を司令船コックピットの座席に固定した。

ソユーズなどロシア製宇宙船では座席は各飛行士の宇宙服の形に合わせて型を取るのだが、このオリオン3号では座席は左右と下部を十段階ずつ動かすことで、百通りに可変させられる仕組みになっている。各自、打ち上げ一か月前から何度も調整して宇宙服臀部の収まりがいいように合わせているため、ロドニーに関しては元の彼の席に座らせた。

しかし船長エドガーと副船長フレッド亡き今、帰還に際しては晃が中央のコマンダー席に着き、エヴァにはレフトシーター席でフライト管理を担当してもらう。代わりにエドガーは元の晃の席に、フレッドは元のエヴァの席に、四点式シートベルトで固定した。

これでこの先の最難関行程——大気圏突入時にも遺体が座席から飛び出ない。

『それで次はどうしますか、ヒューストン』

『次は船内を真空にする』

その提案に、晃は無言でうなずいた。

予想はしていた――船内にウィルスが飛散している可能性があるのなら、おそらくそういう対策を取らなければならなくなるだろうとは思っていた。

ミュラー・フライトは続けて説明をする。

『君たちも知っている通り、船内の酸素は常に循環させているから、船内はもちろん酸素タンク内にもウィルスは付着してしまっているだろう』

船内の酸素を循環させる理由は微粒子《ゴミ》の停滞を避けるため。無重力空間では地球のように風によって自動で空気が流れていかないので、埃などがその場に浮遊したままになってしまう。それらが飛行士の体内に入ると人によってはアレルギー反応を起こしたりするので、船内の酸素は常に循環させている――その酸素循環システムがあるからこそ、船内に飛散したウィルスが酸素タンクまでも汚染してしまったことが考えられるのだ。

ミュラー・フライトの言葉は続いている。

『現在は三つのタンクのうち二つ目を使っている。そこにウィルスが混じっているなら、第二タンクは破棄しなければならない。そこで今の船内にある酸素を、飛散するウィルスごと第二タンク内に吸い取って船内を真空にした後、第三タンクに切り替える』

『それで除去できるウィルスのパーセンテージはどれくらいですか？』

『我々は67％程とみている。空中に飛散しているウィルスはこれで無くなるだろうが、壁などに付着しているものまでは除去しきれない。念のため、船内を真空にした後で宇宙服内の酸素が切れるタイムリミットぎりぎりまでその状態を維持する』

『真空でウィルスを殺すため、ですか』

CDCの対策室長が、気休め程度ですけど、と前置きしてから言う。

『未知の細菌芽胞は間違いなく嫌気性なので平気でしょうけれど、月と同じ無酸素環境にすることでウィルスを不活性化させられる可能性はあります』

『不活性、というのは？』

『簡単に言うと、休眠している状態ですね。ウィルスはその自然宿主である生物の体内では増殖をしない休眠状態で同居しています。この未知のウィルスも芽胞の中では休眠していたはずなので、無酸素環境にすることで休眠状態に戻せないかなと』

『なるほど』

『まあ、人体に侵入した時点で活性化する可能性もあるのであくまで気休めです。船内酸素交換後もロドニー飛行士の血液が付いた壁などには触らないようにしてください』

黙っていたエヴァがそこで、ちょっと待ってください！と声を上げた。

『だったらムーンフェイスはどうなるんですか』

月までの旅路を共にしたマウスのムーンフェイス。動物飼育セットを見る限り彼もまだ発症はしておらず、今も短い手足をばたつかせて無重力の中を泳いでいる。

『船内を真空にするならムーンフェイスは……』

ミュラー・フライトの声がこれに応じる。

『残念ながらマウス用の宇宙服はない』

当然の情報にエヴァは言い返す。

『そ、それなら例えばロドニーの宇宙服の中にムーンフェイスを避難させておく、というのはだめですか。それも一時的にじゃなくて、地球に帰還するまでの間ずっと』

これに、NO、を出したのは対策室長だった。

『感染し、苦しんで死ぬだけです』

『でも仮にこれが人獣感染しないウィルスだったら――』

『たとえ人獣共通感染症でなかったとしても、地球帰還後、感染可能性が濃厚なマウスを人と接触させるわけにはいきませんし、だからといって野に放すこともできません』

『そう……ですよね』

『言うまでもないことですが、あなたの宇宙服内に匿《かくま》うことも不可能です』

『はい……』

そこでミュラー・フライトが静かな口調で、エヴァ、と言った。

『残念だが、人間が危機に瀕している今、マウスの命を優先することはできない。我々がムーンフェイスにしてやれることはいくつかあるが、それを選ぶことくらいだ』

その〝いくつか〟の選択肢の内、二つは晃にもわかる。

一つ目は、これから切り離すアルタイル7にマウスを乗せて宇宙に投棄すること。ただその場合、マウスはアルタイル7に飛散しているウィルスによって発症して死ぬことになるし、万一発症しなくても餌が切れたら餓死する。どちらもとても苦しむ死だ。

そして、二つ目は――

『私がやります』

というエヴァの言葉に、晃の思考が遮られた。

『私が、ムーンフェイスを安楽死させます』

そう、安楽死。

予定されていた宇宙実験のためにある少量のマウス用麻酔薬。それを生理食塩水で希釈して注射してから頸椎を脱臼させれば、マウスは苦しむこともなく逝ける。

エヴァの言葉に、ミュラー・フライトが、ああ、と賛同を示す。

『こちらでもそれがいいだろうとの結論に達していた。君たちにばかり負担を押しつけてしまって申し訳ないが、ムーンフェイスをよろしく頼む』

『餌を……』

『ん？』

『最後に餌をあげてもいいですか』

『もちろんだ。自由にあげてくれ』

エヴァは無言でうなずいた、その顔が一瞬くしゃと崩れる。

安楽死の手順は晃もわかっている。オリオン3号がフロリダから打ち上げられる半年も前からマウスに接して可愛がってきた彼女に、そんなことはさせられない。

エヴァ、と晃は声をかけた。

『麻酔だけしてくれたら、後は俺がやるよ』

彼女は晃に顔を向けて、ヘルメットの中で首を横に振った。

『ううん、私がやる』

不慣れな者が行う頸椎脱臼は、下手すればマウスに多大な苦痛を与える。初めての者には任せられない、とても繊細な処置ではある。だが『私がやる』と断固とした口調で言ったエヴァの決意は、そんな理屈とはかけ離れたところにあるように晃は感じた。

エヴァは動物飼育セットの方に飛行していく。

……すべて、うまくいくはずだった。

成功が約束されていた、オリオン3号による月面調査計画。

それがまさか、エドガーとフレッドを失い、ロドニーを失い、地球の人々に技術発展を知らせるためだけに連れてきたマウスを、自分たちが生き延びるために殺さなければならなくなるとは、希望に満ちた打ち上げのときは思いもしなかった。

エヴァがムーンフェイスにいつものように餌をあげて、彼がそれを食べ終えた後、その体に注射針を刺した。意識を失ったマウスの首筋にエヴァが手を当て、手を離した。

宇宙服の大きなグローブの中、マウスが眠るように息を引き取っていた。

エヴァは涙を流さなかった。

動かなくなったマウスをタオルにくるみ、晃も一緒にアルタイル7の窓辺に遺体を運んだ。月を目指すすべての者にとって、この月着陸船コックピットは神聖な場所。墓所としてもふさわしい、そう思いたい。

二人とも無言、ひたすら作業に没頭する。

汚染物を封入したトイレタンクや、エドガーたちを固定していた寝袋などをアルタイル7に放り込んでから、ハッチの取っ手を回して閉め、リークチェックを終えた。

『アルタイル7・アンドッキング、ゴーだ』

『了解』

程なく、僅かな振動を残してアルタイル7が本船から切り離された。ドッキングには慎重な操作が要求されるが、アンドッキングはとても簡単、宇宙に放り出すだけ。

晃は息を吐いて窓から外を見る。

本船側のバネに押されて宇宙空間にリリースされたアルタイル7が、フリードラフト状態で寄る辺もなく暗闇の中を漂い、徐々に小さくなっていく。

とても静かな、お別れ。

月面離着陸という命運を共にした戦友だが、これでもう二度とドッキングすることはできない。オートパイロットでスラスターを吹かせても、本船には追いつけない。

やがてアルタイル7は宇宙の闇に消えた。

オリオン計画の先輩宇宙飛行士からは、月着陸船のアンドッキングは物悲しい、と聞いていたのだが、そんなことはなかった。今の晃にあるのは別の感情だった。

何を捨てても五人で地球に帰りたい、それだけだ。

そして船内酸素の交換が開始される。

ウィルス含有飛沫が飛散している可能性がある船内酸素を第二タンクにすべて吸い込ませてバルブを閉じ、そのまま真空状態を三時間維持する。

その間、晃とエヴァで手分けして排気口やトイレの壁面などを消毒した。

更にこの時間を利用して、コックピットのコマンダー席とレフトシーター席の調整をする。無重力で体が浮かび上がらないように四点式シートベルトで固定し、宇宙服の臀部がぴったりとはまるようダイヤルを調整していく。これが緩すぎては地球の大気圏突入時に宇宙服が振動して危険になるし、きつくしすぎても臀部がはまらなくなってしまう。

そこでミュラー・フライトから通達があった。

『二人とも、先にも言ったようにこの対策で除去できるウィルスはおそらく67％程。コックピットの計器盤や壁面に付着しているウィルスを除去できるものではない』

『はい』

と晃が応じると、なので、と彼は続けて言う。

『第三タンクから酸素を入れた後はコックピットへ続くハッチは閉め、アキラとエヴァは機械船内で待機し、緊急時以外はコックピットへの出入りを禁止する。計器類の監視はコンピュータで機械船内から行い、君たちが入室するときは宇宙服を着用してもらう』

うなずく。妥当な対処だと思う。

ロドニーの吐血によってウィルスに汚染されたコントロールパネルなどは消毒したが、晃たちがこの後で宇宙服を脱ぐ以上、汚染箇所への接触は避けた方がいい。トラブル発生時の対処は遅れることになるが、これはやむを得ない措置というところか。

『すべて順調であれば、次に君たちが宇宙服を着て司令船コックピットに入るのは地球軌道到達後、大気圏突入に際して機械船のアンドッキングを実行するときになる。その段階では座席調整は一切できないから、今のうちにしっかりやっておいてくれ』

『了解』

三十分かけてコマンダー席の調整を終えた晃はシートベルトを外して、隣で苦戦しているエヴァを手伝った。どれくらいが丁度いいか感覚的にわからなかったらしい。晃は隙間にグローブの指を差し込みながらダイヤルを回し、自分と同じくらいの設定にした。

『一応これくらいが基本だ。きつくない？』

彼女は、ダー、とロシア語で言った。

『ありがとう、アキラ。私、こういう調整苦手なの』

いや、と言って晃は首を横に振った。

『感謝するのはこっちの方だ』

『え、何に？』

『これまでのすべて。エヴァがいなかったら、俺はこの事態に耐えられなかった。今まで何度助けられたか、今まで何度感謝したか、わからないくらいだ』

少し間があってから言葉が聞こえてきた。

『それは私だって同じだよ。宇宙に出てわかったんだけど、私はあくまで地上の医者であって宇宙飛行士じゃなかった。打ち上げ後には宇宙酔いもけっこうあってみんなに迷惑かけたし、月にもあんまり興味がないし。もしアキラがいなかったら、私はたぶんエドガーたちの遺体を回収しに月面に降りようとはしなかった……降りられなかったと思う』

それこそ晃も同じ。隣にエヴァがいたからクレーターの底に行けたのだ。

たった一人で仲間の遺体を回収しに永久影に降りなければならないのだとしたら月面着陸はこなせなかったし、まして永久影の中を一人で歩くなど不可能だった。

だから、とエヴァが言った。

『感謝するのは、これで最後にするね』

『……最後？』

『うん。これからも協力しないといけないことがたくさん出てくるし、それらすべて協力して当然、だって宇宙には私たちしかいないんだから。呼吸をするようにお互いを補い合おう。その方がパフォーマンスの効率だって上がるから』

『あ、ああ……そうだな』

晃はうなずき、また一つ、エヴァに感謝した。

そうして忙しかった七時間が過ぎ、宇宙服内酸素残量が残り一時間となった。そのタイミングで第三タンクと船内との酸素循環が開始され、船内に酸素が満ちていく。

ミュラー・フライトから、アキラ、と呼びかけられた。

『第三タンクからの酸素流入中に、二秒ほどオートパイロットが切れていたという報告があった。コックピットへのハッチを閉める前に、念のためチェックをしてくれ』

オートパイロットが？

『二秒も、ですか？』

『ああ、二秒もだ。すぐに調べてくれ』

うなずいた晃はコックピットのコントロールパネルを点検する。

しかし飛行制御モードの切り替えスイッチは、しっかりと〝AUTO〟に入っている。システム機能の誘導や航法、制御系統などにも異常は発生していない。

その旨を伝えると、そうか、という言葉が返ってきた。

『こちらでも今はパラメータに問題は出てない』

『ハッチクローズを遅らせますか』

少しの沈黙の後で、いや、と言葉が来る。

『原因はこちらで調べる。君たちは予定通り進んでくれ』

『わかりました』

晃は指示に従ってハッチを閉め、コックピットを封鎖する。

現時点で気密漏れを点検する必要はないのでリークチェックはしない。各種のシステムも船内酸素交換による異常は出ず、すべて正常に作動しているという報告があった。

『広い、ね』

というエヴァの声で、居住スペースを兼ねた機械船内を見回す。

五人の飛行士にとっては狭くて仕方なかったけれど、二人になったことで空虚なほど広く感じる。これから地球軌道到達までは、ここが生活の場となる。

程なくミュラー・フライトからのゴーが出る。

『よし、二人とも窮屈な宇宙服を脱いでいいぞ』

エヴァが眉を寄せて口を開いた。

『緊張するわね』

確かに、八時間前はここにも病原体が漂っていたのだ。

『大丈夫だ、管制を信じよう』

『そうね』

酸素残量が無くなるまで残り九分、この段階で躊躇《ためら》ってはいられない。晃とエヴァは、3、2、1、とカウントダウンしてヘルメットを外した。

「ふー」

晃は深呼吸をしたが、酸素の匂いは宇宙服内と変わらない。

『どうだ、二人とも』

「何かが変わった感じはしません」

『だろうな。しかし空中に飛散しているウィルスは除去されたはずだ』

「はい」

『では二人とも、さっそく新品のマスクとゴム手袋を着けてくれ。そして宇宙服を脱いだ直後で申し訳ないが、早急に宇宙服の生命維持装置に酸素を入れなおしてアフターチェックをし、またいつでも宇宙服を着られる状態にしておくんだ』

「了解、ヒューストン」

晃はエヴァと顔を見合わせてうなずいた。

*

十五時間が経過した。地球まで60000㎞を切っている。

晃もエヴァも未だ発症はしていない。

地球での状況についても伝えられている。この未曽有の事態は世界に報道され、人々の関心を引いている。アメリカ人飛行士最後の一人ロドニーが発症し、手の施しようもないまま死亡したことが報道されると、アメリカ中から悲鳴が上がったという。

凶悪な感染症の原因についても、月面に降った隕石由来のウィルスである可能性が高いことをCDCが発表している。それについて様々な意見が飛び交っている。

隔離された宇宙で起こっている惨事を眺める地上の人々が最も気になっているのは、残り二名の宇宙飛行士、JAXA所属の日本人・工藤晃とロスコスモス所属のロシア人・エヴァ・マルティネンコが無事かどうか――感染しているのか、いないのか。

船内カメラの映像をリアルタイムで流すことはもちろんできないけれど、船内酸素交換対策のスケジュール表から何時何分にトイレに入ったのかまで地上に伝えられている、という話。国際協力を第一とする宇宙飛行士になったときから撮られることには慣れている晃も、これはさすがに監視されているようで気分が悪く、やめてもらった。

幸いにも今のところ飛行自体は順調に進んでいる。

業火の上を綱渡りしているような状況ではあるが、ロドニーの吐血時から今まで晃とエヴァともに発症していないので食事を採れるくらいの余裕は出てきた。エドガーとフレッドが月面で死亡してからというもの、サプリメントくらいしか採っていなかった。

ということで、食事というミッションだ。

オリオン3号には、健康維持のために必要な栄養素が詰まった基本パックの他に、好みのフリーズドライ食品を積むことができる。カレーを筆頭に、鮭やマスのゼラチン固め、鯖の味噌煮、チキンやビーフシチュー、野菜のクリームスープなど、宇宙食として認可が下りている食品は百種類近くもあり、日本でも多くの物が開発されている。

晃はお茶漬けとパン、食後用にナッツを、エヴァはビーフシチューにトヴァロークというロシアのコテージチーズを選び、密閉されている食糧庫から取り出した。

白米のフリーズドライパックに乾燥した鮭や青のりなどと一緒に水を注入し、レンジで軽く温める。ワークボードとしても使われるテーブルに持っていき、床面（と設定されている壁）のレールに両足を固定して食べ始めたものの、正直、味はわからなかった。

エヴァとの間に会話はない。

何か話したいという気持ちはあるものの、あまりにも凄惨なことが続きすぎて話題が見つからない。事故が起こるまでは何を話していたのか、それすら思い出せない。

お茶漬けが無くなると、続いてパンをかじる。

元々はスペースシャトルで食べるために開発されたパンで、無重力空間でも飛び散らないようになっていて保存もきくのでこのオリオン計画でも採用された。

お茶漬けが腹に入ったことで少しの安堵が出たのか、こちらは味を感じた。もちもちした食感も好みだし、ミルクの爽やかな甘さが口の中に広がる。

おいしい。体が少し温まった感じがする。

食後のナッツをかじり（ワインをテイスティングするように容器を回して遠心力をかけてやると中のナッツが飛び散らない）、麦茶のパックをストローですすっていると、歯形がついたトヴァロークを片手に窓の外を眺めていたエヴァがふと、ねぇ、と言った。

「昼の地球と夜の地球は、どっちが好き？」

話を振られ、晃は テーブル脇の船窓に目を向ける。

そこから見えている地球は、もうかなり大きくなっている。

かのガリレオは法廷で『それでも地球は回っている』とつぶやき、かのガガーリンはボストーク号で『地球は青かった』と言ったが、その通りだ。青く回る人類の母星。ここから見て明るく光っている面は地上では昼で、宇宙の暗闇に溶けている面は夜だ。

じっと見ていると吸い込まれそうな感じがする、ここは重力圏外なのに。

「さあ、どっちだろう……昼の方かな」

しいて言うなら、だが。月軌道上から見ることができるのは常に昼側の地球だし、宇宙空間もずっと夜だから地上で浴びる太陽の光が恋しくなることはある。ただ晃としては、昼も夜も地球の一面なので、どちらが、というのは考えたことがなかった。

エヴァが半地球の姿を見ながら、私は、と言った。

「夜の地球が好き」

「理由は?」

「人が見えるから」

晃は首を傾げる。

「宇宙から人間は見えないだろう」

「でも光が見えるよ。あの下には人間の営みがある」

彼女らしい観点だな、と思い、晃はうなずいて窓に顔を寄せる。

確かにオリオン3号と地球との距離が近ければ、都市部では蜘蛛の巣状に四方に広がる光の線がくっきりと見える。大陸の形がわかるほど海辺に沿って光が密集している場所もあれば、暗闇に浮かび上がるタツノオトシゴに似た島国も見える。希望を胸にフロリダから打ち上げられて地球軌道を周回したときは、地球周回軌道からの絶景を五人で存分に堪能していた。エヴァはずっと、人の光がここから見えないか目を凝らしていたのか。

晃も目を凝らしたが、さすがにまだ光は見えない。

「なあ、エヴァ」

「ん？」

「何で俺たちは発症しないんだろうな」

「……感染はしているって前提の話？」

「ああ」

「確かに、状況から考えて感染している可能性は高いからね」

「でも、二人とも未だに発症には至っていないだろ。おかしいよな？」

感染源は月の土壌試料――それを本船内に運搬する作業をメインで担当したのはロドニーだったが、晃とエヴァも時間の合間を見つけてちょこちょこと手伝っている。にもかかわらずロドニーは発症し、晃とエヴァは今現在も発症していない。

エヴァが首を傾げて口を開いた。

「感染源は土壌試料じゃないって言いたいの？」

「いや」

CDCの推測なので感染源は疑っていない。晃が気になっているのは別のことだ。

「CDCの対策室長が言っていただろ、ウィルスの不活性化のこと。ほら、ウィルスが自然宿主の体内では増殖しないで同居している、っていう」

「うん」

「だったら、俺たちの体内でウィルスは休眠状態になってるんじゃないか」

「それは私たちの体内のどういう要因で……?」

「さあ、俺はわからないけど」

そこで、

『病原体はミステリー、です』

と船内放送が言った。くだんの対策室長の声。

『感染症を無効化する方法はいくつかありますが、我々もちょうどその可能性について考えていたところです。お二人が感染しているとしてもいないとしても、この〝ウィルスの謎〟を解いて不活性化する方法があるのなら、脅威は格段に低くなりますから』

晃は船内カメラに顔を向けて尋ねる。

「手がかりはあるんですか?」

『あります』

『むしろ手がかりがありすぎるのが問題なんです。数多ある手がかりの一つ一つに対して有効か無効かを測っていかなければならないのですが、それも現状ではできません』

「我々が宇宙にいるから、ということですか？」

『それ以外にも不確定要素は多いです』

「そう、ですか……」

心配はいりません、と対策室長。

『CDCは必ずその謎を解き明かします。私たち感染症学者は病原体の謎を解く探偵ですからね。お二人も気づいたことがあったら、どんどん教えてください』

「わかりました」

晃とエヴァは顔を見合わせてうなずき合った。

そこで船内放送がミュラー・フライトの声に代わった。

『食事が終わったなら、二人とも大気圏突入に備えて少し眠った方がいい』

次は睡眠というミッションのようだ。

「了解です」

確かにどこかのタイミングで睡眠を取らないといけない、と晃も考えていた。

この五十時間はほとんど不眠不休状態で作業に取り組んできたから、エヴァの疲労が溜まっているのは目に見えてわかるし、晃も視界がぼやけることがある。

「エヴァ、今から地球の低軌道に到着するまで三時間交代で休憩しよう。その間はトラブル発生時以外は、基本、起きている一人が対応するということで」

「ええ」

「まずエヴァが寝てくれ」

「……いいの？」

「もちろん、レディファーストだ。日本人も意外と紳士的だろ？」

その精一杯の冗談に、エヴァは少し笑ってくれた。

こんな状況で晃が冗談を口にできたことも、エヴァがそれで少し笑顔になったことも、二人ともがまだ発症していない事実があるからなのは間違いない。

「じゃあ先に休憩させてもらうね」

「ああ、おやすみ」

席を離れたエヴァは寝袋の準備を始めた。

晃はエヴァの睡眠の邪魔をしないよう彼女から離れた位置で、クルーインターフェースコンピュータを使う。飛行パラメータを示す計器のチェックをしなければならない。

　二時間が経過したあたりでヘッドセットをして管制に小声で話しかける。

『ヒューストン、今後の行程についての確認に付き合ってもらってもいいですか？』

『もちろんだ、アキラ。何でも聞いてくれ』

　最も重要なのは、大気圏突入に至る各シーケンスの確認だ。

　それらは基本的にオートパイロットで行うが、万一のときにはコマンダー席に座る晃が手動でこなさなければならない。その手順はもちろん頭に入っているけれど、エドガーから受け継いだコマンダーの役割はクルーの命に直結する。何度でも確認したい。

　まずは地球周回軌道のこと。

　地球の周囲に広がる周回軌道にはいくつかの段階が定められている。特に重要なのは、壊れた宇宙船や人工衛星の残骸の墓場となっている高軌道《HEO》、GPSなどの測位衛星が周回している中軌道《MEO》、宇宙ステーションや宇宙望遠鏡などのための低軌道《LEO》。

　このオリオン3号は高軌道到達後、中軌道に降りて機械船を切り離し、コックピットがある司令船だけになって低軌道へ。そこで軌道離脱噴射を行うことになる。

　軌道離脱噴射というのは、言うなれば車のブレーキのようなもの。低軌道《車道》を進む司令船《車》の進行方向に対して、数分間だけエンジン噴射をして船体にブレーキをかけることで、軌道から外れる。それによって司令船体は自然に地球への落下を始めるのだ。

そして大気圏へ突入。船体は火の玉となって大地を目指す。

この段階になると、後はパラシュートが展開されるまでコックピットの飛行士にできることはない。無事に帰還するか、死ぬか――前者になるよう祈ることくらいか。

もちろん、すべての帰還ミッションがうまくいくわけではない。過去には、大気圏突入中に船体に気密漏れが発生して飛行士三人が窒息死した事故もあるし、原因不明のトラブルに見舞われて船内の飛行士に10Gもの高圧力がかかったこともあった。

晃は手順書片手に頭の中で操縦桿を握り、各シーケンスをシミュレーションする。実際にコックピットに座りたいところだが、今はハッチを開けるわけにはいかない。

三度目の確認を終えたところで、

『さて、アキラ』

とミューラー・フライトの静かな声がヘッドセットから聞こえてきた。

『君とエヴァの月面着陸が決まったときから、日本のJAXAに君のご両親が来ているということだ。君たちのミッション集中のために、あえて伏せていたのだが』

はい、と言って晃はうなずいた。

『ありがとうございます』

『今、話しておくか』

現在は発症はしていないとはいえ、いつ発症するかもわからない事態だし、発症したら会話をすることは不可能になる。だからエヴァが寝たタイミングで、家族と話す機会を取ってくれたのだろう。晃が寝た後は、エヴァにもそういう機会が設けられるはずだ。

しかし晃は首を横に振ってから言う。

『いえ、今はまだミッションを完遂していないので』

『伝えておく言葉はない、ということか？』

『帰還前に伝えるべきことは、打ち上げ前に伝えてある、ということです』

予想外の言葉だったようで間が空く。

『……本当にいいのか、アキラ。感染症のことを抜きにしても、大気圏突入には危険が伴う。わかっているだろうが、これが最後の機会になるかもしれないんだぞ』

『すべて終わってから地上で話す、と決めています』

『ふむ。すべて、か』

『はい』

また少し間が空いて、そうか、との応答があった。

『決意は固いようだな。ならばＪＡＸＡにはそのように伝えておこう』

『お願いします』

両親も、JAXAで管制員をしている妹も、わかってくれるだろう。

いや、わかってくれないかもしれないが、この意志を変えるつもりはない。家族と話してしまったら、任務中の宇宙飛行士から、ただの工藤晃に戻ってしまいそうだから。

そして約束の三時間丁度でエヴァは目を覚ました。

晃の方はまだ耐えられるので、起きてこなければもう一時間くらいは眠らせておくつもりで、管制にも彼女を起こさないように伝えていた。けれど、救命救急医をしていたこともあるエヴァはアラーム無しでも睡眠時間を正確にコントロールできるらしい。

「晃、交代の時間よ」

もぞもぞ寝袋から出てきた彼女の顔色を見る限り、疲労はまだとれていない。

「エヴァ、俺の方はまだ大丈夫だからもう少し寝てていいよ」

「でも、一度起きちゃうと六時間くらいは眠れない体質だから。今度はあなたが休憩を取らなきゃだめ。これはオリオン3号専属医師としての指示よ」

「わかったよ、ドクター」

「よろしい」

と言って彼女は、う〜ん、と伸びをした。

晃は船内カメラに顔を向け、ヒューストン、と声をかけた。

「俺はエヴァみたいに正確な体内時計は持っていないので、三時間経ったら盛大にアラームを鳴らしてください」

『了解《ラジ》、アキラ、安心して休め』

「はい、目覚めたらすぐに機械船アンドッキングですね」

と言ったが、なぜか返事は返ってこなかった。

＊

『――ラ！』

船内放送が聞こえて、晃は寝袋の中で目を開けた。

『アキラ、起きろ！』

「じ、時間ですか？」

『エヴァが血を吐いたんだ！』

その言葉が頭に浸透すると、慌てて寝袋から抜け出て辺りを見回す。窓の傍にいるエヴァ、その周囲にはロドニーのときと同じく血のアメーバが漂っている。

血に濡れた手で自分の口を押さえたエヴァは、激しく咳き込みながらも晃の方に顔を向けていた。その震える指を宇宙服に向ける——

着ろ、というのか。

「そんな、エヴァ！」

晃は拳を握ってうなずく。従うしかない。

「わかった！　待ってろエヴァ！」

体の清拭と冷却下着の着用は飛ばして、船内服の上から直に宇宙服の脚部、胴体部を装備して接続、グローブを着けてヘッドセットの上にヘルメットを被った。腹部の装置を操作して生命維持装置を起動させ、宇宙服内の酸素循環を開始する。

宇宙服着用に要した時間は十分未満、すぐにエヴァの元に飛ぶ。リークチェックは必要ない、エヴァが発症したなら晃が感染していることも間違いないから。

『エヴァ！』

たった十分の間にエヴァは意識を失っている。

晃は彼女の口についた血の泡をグローブで拭い、管制に呼びかける。

『ヒューストン！　指示をください！』

と言ったが、指示など存在しないことはわかっている。宇宙で発症してしまったら打つ手はない、そこで終わり。その事実はロドニーの死で身に染みている。

だからたった一つ、可能性があるなら——地上だ。

感染症治療についてはわからないが、地上には宇宙より遙かに整った設備があるのは間違いない。エボラなど既存のウィルス性出血熱への対処法が効く可能性だってある。

問題は時間だ。

エドガー、フレッド、ロドニーとも発症から一時間以内に死んでいる。地上に着陸した後で、医療器具を持った救助隊が来るまでエヴァの命が耐えられるか。

ただ……吐血の量や苦しみ方も、エヴァは前の三人よりも多少穏やかに見える。大量の血を噴いて失神した三人に比べて、エヴァの周囲に浮遊している血は細かく、目や鼻からも血は流れていない。たまたまなのか、何か理由があるのかはわからない——が、三人よりも耐える可能性はある。

いや、絶対に耐えてもらわなければならない。

コンピュータの計器に目をやると地球との距離は5000㎞を切っている。オリオン3号は中軌道《MEO》に入っていて、地球の姿も窓枠いっぱいまで大きくなっている。

晃はヘッドセットに、ヒューストン！　と声をかける。

『直ちに機械船アンドッキングの準備を！』

機械船アンドッキングは、最終システムチェックを兼ねるので通常二時間以上かかる。

ただし晃とエヴァが睡眠を取っていたこの数時間、管制はできるだけ早く大気圏突入を実行するために水面下でシステムチェックを繰り返し、管理状況を更新し続けている。

最短でのアンドッキングが可能かもしれない。

『ヒューストン！　エヴァを助けてください！』

言葉が返ってこない。命を天秤にかけた上での、とてつもなく難しい判断だということはわかっているが、こうしてただ返事を待っている時間すらも惜しい。

『ヒューストン、応答願います！』

少しして、すまない、というミュラー・フライトの言葉が聞こえた。

『ノー・ゴーだ』

『なぜですか！　少なくとも機械船アンドッキングをして低軌道《LEO》に降りるべきです！　そのために管制は水面下でシステムチェックをしてきたはずです！』

『……機械船アンドッキングの許可が、出ていないんだ』

『許可《ゴー》は管制が出すんでしょう？』

『今は違う』

『なら、いったい誰の許可が必要なんですか！』

『アメリカ政府。より正確に言うならケインズ大統領だ』

『なっ』

晃は息を飲み込む。ミュラー・フライトの言葉は続く。

『エドガー、フレッド、ロドニーの遺体を切り離さなかったときから、君たちの地球帰還に関してのゴー、ノー・ゴーを決めるアメリカ政府会議が行われていたんだ。それでも我々NASAは君たちの一刻も早い帰還のためにシステムチェックをし続けていたのだが、エヴァが発症した時点で政府ははっきりノー・ゴーと言ってきている――強力な未知のウィルスに感染している者たちを地球の大地に降ろすわけにはいかない、との判断だ』

絶望的な言葉。

エドガーたち三人を切り捨てないという決断をしたとき、管制が『その選択は必ず、今後の飛行計画と帰還後の救助活動を困難にさせる』と言っていたことを思い出す。あの発言の裏には、つまりこういう事態があって、それを懸念した管制の警告だったのだ。

しかし、と晃は食い下がる。

『すぐに救護をしなければエヴァは助かりません！』

『救護など……』

というつぶやきが聞こえてきた。

わかっている、帰還したところですぐに投薬が開始できるわけではないし、そもそも隔離施設に収容することすら難しい。しかし感染症への対処は地上でなければできない。今帰還の許可をもらえないと、エヴァの命の希望はここで潰えることになる。

待つんだアキラ、とミュラー・フライトが重く言った。

『こちらからも政府に掛け合っている』

『待っていられません！　エヴァはすでに発症しているんです！』

『待たなければならない……少なくとも医療用シェルターができるまでは』

『医療用、シェルター？』

『そうだ。現在、オリオン3号の着陸地点に運搬可能なBSL4対応医療用シェルターを急ピッチで作っている。帰還した君たちをそのまま収容して、未知のウィルスを封じ込めた上で治療に当たれる簡易シェルターだ。その完成までに政府を説得する』

『そのシェルターはいつ完成するんですか』

『半日ほど時間が欲しい』

半日——十二時間、長すぎる。待てという曖昧な言葉だけで結論を先延ばしにされるわけにはいかない。その待ち時間の中で起きることは、もう目に見えているのだから。

そのとき、目覚めたエヴァが血の咳と共に発した言葉があった。

『私なら、大丈夫……待てるから』

ヘッドセットから聞こえてきたその言葉に、晃はグローブを握り締める。

待てる？　命を賭して待った末に何がある？

医療用シェルターの完成を待ち、帰還の許可を待ち、ようやく地上に戻れたとしても、助かる見込みなど零に等しい。にもかかわらず地上からは帰還を拒まれている。

お前など帰ってくるな、と。

だったら、待つ意味などない。今の苦痛――ウィルスによって体が破壊されていく痛みと、生まれた星に拒まれる痛みを、一刻も早く取り除いてやることが重要じゃないか。ムーンフェイスのように苦しまずに逝ける方法を考えた方がいいのかもしれない。

そこで、

『あ、何か気分が楽になってきたかも、アキラ』

と声が聞こえてきて、愕然とした。

エヴァの血にまみれた口が、笑っていた。

それは晃と管制のための笑顔。死に瀕していても、他人のために笑えるのか。

……そんな仲間のために、自分は何ができる。

晃は深呼吸をしてから、宇宙服のヘルメットを外した。

両目を大きく開いたエヴァの口をグローブで塞ぐ。しゃべらなくていい、気分が楽になってきたはずがない。彼女が言いたいことはわかっているし、医師としてこんなことを望んでいないこともわかっている。けれど、エヴァのためにできることをしたい。

『アキラ！　何をしている！』

鼓膜を震わせるミュラー・フライトの怒声に対して、晃はヘルメットを外したまま船内カメラを見据え、その向こうにある管制室に——地球に言う。

『帰還をさせてください』

『わかっている！　わかっているがどうしようもないんだ！　いいからヘルメットを着けろ！　そんなことをしても誰に対する抗議にもならないぞ！』

もう遅い。宇宙服の中にはすでにエヴァの血の飛沫が入ってしまっている。今ヘルメットを閉じてもウィルスが宇宙服内を循環するだけだ——ただし、そもそもエヴァが発症したなら晃も感染していることは間違いない、今更宇宙服を着ても遅かったのだ。

帰還させてください、と晃は繰り返した。

『たとえ、死ぬことが決まっているとしても……エヴァを大地に還したい』

大地で死なせてあげたい。小さな頃から宇宙を目指していた晃ならともかく、エヴァは〝私はあくまで地上の医者〟と言っていた。大地で眠りたいはず。

静寂の中、晃は続ける。

『エヴァがいかに祖国ロシアを愛しているかを知っているはずです。医師としてロシアの患者を救ってきたことを知っているはずです。だからせめて……選ばせてください』

死に場所を。

地上で生まれた生物として地上で死ぬ――エヴァの命を助けることは不可能でも、それくらいの選択肢は与えられてもいい、それくらいの夢は見られるはず。

晃は、ヒューストン、と訴える。

『医療用シェルターなんて必要ない、オリオン3号の着地点に救助隊をよこさなければいいんです。ロシアの、どこか人のいない荒野に着陸させて、そのまま放置してくれればいいんです。その場所への立ち入りを禁止し、五年でも十年でも、ウィルスの脅威がなくなって安全だと判断されるまで人を近づけさせなければ、帰還することは可能のはず』

アキラ、というミュラー・フライトの静かな言葉。

『まずはヘルメットを着けろ。そうしなければ会話をすることはできない』

『もう手遅れだということは、わかっているでしょう？』

『わかっていないな。その行為も、その言葉も、我々管制に対する侮辱だ』

『……わかりました』

晃はヘルメットを装着する。

『アキラ、君の思いは理解できた』

『だったら！』

しかし、と彼は晃を無視して続ける。

『ならば我々もアメリカ政府の代弁者として言わなければならない。……オリオン3号の着地点に救助隊をよこさなければいいとの提案だが、無理だ。オリオン3号が地上に降りれば君たちを救助しないわけにはいかない、たとえ医療用シェルターの用意ができていなくともな。だからどうしてもと言うなら手動操縦で勝手に着陸するがいい』

手動操縦での大気圏強行突入は考えていなかった。実際問題、宇宙にいる晃の行動を物理的に止められる人間は、地上には存在しない。

ならばいっそ――

ただし！　というミュラー・フライトの断固とした口調に思考が中断される。

『君たちを隔離施設に運ぶ任務やその治療行為、船内調査に当たる者たちの中から、間違いなく感染者が出る。そうやって亡くなっていく人たちの命と、エヴァの命は何が違うんだ？　彼らの命と彼らの家族の嘆きを、君は負うことができるのか？』

その問いかけに、返す言葉が出ない。

『我々NASAは負うことはできない。だから君が強引に手動着陸をしたらNASAは終わりだ。手動操縦での強行突破をするなら、NASAを潰す覚悟を持ってやれ』

そうよ、とエヴァの声。

『やめて、アキラ、私は医者……人殺しになりたくない』

晃は奥歯を噛んだ。

しかしエヴァを地上に連れていくことも諦められない。

だったら、と声を絞り出す。

『俺とエヴァは大気圏突入を目前に発症して死んだ、と報道してください。その上で秘密裏にオリオン3号を着陸させれば、救助隊を寄こさずに済むはず……です』

『本気で言っているのか、アキラ』

『はい』

『そんなことをすれば、君を救助することも不可能になるぞ。仮に君が感染していなかったとしても、日本に帰還させることはできなくなる』

『わかっています』

こうして話している時間自体が、エヴァの命を刈り取っていく。

お願いです、と晃は訴える。

『エヴァはロシアの誇りでしょう？　今までロシアに多大な貢献をしてきたはずです。ロスコスモスの長官──いやロシアの大統領と話をさせてください』

沈黙、その後で言葉が来た。

『一時間、待ってくれ。ロシアに判断を仰いでみる』


一時間。

地上にいる人たちにとってはあまりにも短い時間が、永久ほども長く感じる。

その間、晃はすぐにでも機械船のアンドッキングが実行できるように準備を進める。まずは司令船へと繋がるハッチを手動で開き、その後でエヴァに宇宙服を着せて司令船コックピットに移動、レフトシーター席に座らせてベルトでその宇宙服を固定した。

そして司令船側のハッチを閉めて、晃自身はコマンダー席に座らずにエヴァの傍で、彼女に声をかけながらコントロールパネルのシステムをチェックする。間に合ってくれ、とずっと心の中で祈り続けた、何がどうなると間に合うのかもわからないまま。

しかしその一時間を、エヴァは待てなかった。

症状が急激に進行、目と鼻からも血を流し、激しく吐血し、息を引き取った。

……どうすることもできなかった。地球の医師団やＣＤＣに指示を仰ぐ暇もなく、たとえ判断を仰いだとしても現状では打つ手もなく、エヴァの命は消えてしまった。

意識が朦朧としているエヴァの最後の言葉は――

『お腹、すいた』

医者らしくもなく宇宙飛行士らしくもない、ただの女の子のような言葉。

晃は一度閉めたハッチを開けて機械船内に戻り、食糧庫にあったトヴァロークを持ってコックピットに戻ったが、そのときにはエヴァの息はもう無くなっていた。

晃は握り締めた拳で、エヴァの座席を力なく打つ。

わかっていた、発症したら終わりだと。初期症状が穏やかだったから、エヴァには抗体があるのかもしれないと淡い期待を寄せていた部分もあったけれど、甘くはなかった。他の三人が成す術なく死んでいったのに、エヴァだけが助かる道理などない。

晃は船内カメラに顔を向けずに、ヒューストン、と言った。

『エヴァが、逝きました』

そのことはもちろん、宇宙服からエヴァの生体情報を取得していた管制室も把握しているだろうけれど、晃の宣告に対して息を飲むような音が聞こえてきた。

『そう……か』

重い間の後で、ミュラー・フライトの言葉が続く。

『たった今……ほんの数秒前、ロシアからの連絡が入ったところだったんだ、ヴァストーチュヌィ宇宙基地内平原への、オリオン3号の着陸を許可するという連絡だ。ロシアの国立研究センターからも専門家を集めているから安心してくれ、と……』

晃はもう一度、握った拳で座席を打った。

間に合わなかった。

『そのことだけでも』

言葉の途中で不意に、この六年間のエヴァとの――いやエヴァとロドニー、エドガー、フレッドとの思い出が蘇り、声が震えた。唾を飲んで言い直した。

『そのことだけでも、エヴァに伝えてあげたかった』

ああ、というため息のような声があった。

『こちらの判断がもう少し早ければ……伝えることだけはできたかもしれなかった』

脳も出血している可能性があって意識混濁していた彼女にそのことを言ったとして、果たしてどれだけ理解できたかはわからないが、それでも伝えたかった――

祖国に受け入れられたこと。その事実を持って、逝って欲しかった。

晃は長い息を吐き出し、窓のすぐ傍にある地球に目をやる。

本当に美しい星だ。

ぼんやりと光る大気の幕の中、とても海水でできているとは思えない青い部分を、とても雲でできているとは思えない白い羽毛のような物が覆っている。

子供の頃はあの入道雲に乗りたいと思って空ばかり見上げていた。自衛隊でパイロットになってその雲を突き抜け、宇宙飛行士になって大気層を突き抜け、月まで行った。

そんな、夢と希望に満ちたミッションだったのだ。

ついに一人になってしまった。フロリダから打ち上げられたときと同じようにコックピットには五人の宇宙服が座っているが、声をかけ合うことはもうできない。

狭いコックピットが、とても広く感じる。がらんどうに感じる。

まるで、自分さえもここにいないかのような……

どれくらい長く窓外の地球を眺めていたのか、それともたかだか十分程度だったのかはわからないが、アキラ、とミュラー・フライトの静かな声が聞こえてきた。

『日本からも着陸許可が出ている』

突然の報告に、晃は目をしばたたく。

管制はロシアのロスコスモスと同時に、日本のJAXAにも打診していたのか。そしてJAXAが日本政府に話を通し、日本政府がこの短期間で許可を出してくれた。

『現時点でアキラが発症していないことは日本ももちろん知っているが、仮に今後、君が発症した場合でも、この着陸許可に変更はない、いつでも待っている、とのことだった。

着陸後に君を収容できる医療用シェルターも急ピッチで作っているそうだ』

手が震える。恐ろしいウィルスを抱えた自分を受け入れてくれると言うのか。

『アキラ、すぐに母国に帰れるぞ』

『日本に……』

という晃のつぶやきに、ああ、とミュラー・フライトが応じる。

『ゴーを出すのは管制でもアメリカ政府でもなく、アキラだ』

目を閉じると思い浮かぶ、両親と妹の顔、そして晃が日本に帰る度に笑顔で迎えてくれていたJAXAスタッフの顔。勢揃いした彼らがJAXA筑波宇宙センターの門戸で両手を広げて迎えてくれているような、心の奥が温かくなる申し出だった。

そして思う、やはりエヴァにもこの感情を抱いて逝って欲しかった、と。

『感謝します、ヒューストン』

『礼なら日本に言え、アメリカ政府は未だに自国への帰還許可を出していない』

『アメリカ政府の判断も国のためを想ってのことだと理解しています』

『そうだな、それもとても大事なこと。いずれの判断も簡単ではない』

『はい』

本当に、その通りだ。

さあ、と言ったミュラー・フライトがパンパンと手を打つ。

『すぐに機械船アンドッキングの準備に入るぞ』

しかし晃は首を横に振った。

『いえ、俺は日本に着陸しません』

『……何だって？』

『ノー・ゴーです。オリオン3号を日本に着陸させる必要はありません。むしろ、絶対に降ろさないでください。医療用シェルターを作る必要もないと伝えてください』

『アキラ、まさか』

晃は船内カメラに顔を向け、うなずいた。

『オリオン3号はこれから手動操縦で、地球軌道を離れます』

しかし！　とミュラー・フライトの声が飛ぶ。

『日本は君の帰還を受け入れる、ウィルスにも対処できる、と言ってきているんだ！　家族や友人に会える機会を、みすみす自分から捨てるというのか！』

『やむを得ません』

そう、やむを得ない、というのが本心だ。

オリオン3号が保有しているのは、五分の四の宇宙飛行士を殺害したウィルス。治療法が何もない環境とはいえ、致死率は実に80%に達している。地球で生まれ育ったからこそ地球で死にたい、最後に家族に会いたい、という気持ちはあるが、地球で生まれ育ったからこそ地球にこのウィルスを持ち込まずに宇宙で死にたい、という気持ちもある。

望むのは、自分の犠牲によってウィルスを葬り去ることだ。

『アキラ、君は今に至っても発症していない。ならば感染していない可能性も十分に考えられるし、未知のウィルスに対する抗体を持っている可能性だってある。しかし地球圏を離脱してしまったら、オリオン3号の酸素が尽きた段階で確実に窒息死するんだぞ』

『はい、わかっています』

晃だけが感染を免れられている可能性はほぼないし、抗体にしても確実性はない。それよりも単純に、体の自然免疫力の作用で〝たまたま今は発症していない〟だけだろう。僥い希望と、地球にウィルスを持ち込む危険性を天秤にかけるつもりはない。

晃は断固とした口調で言う。

『未知のウィルスの脅威はオリオンに封じ込め、宇宙の彼方へ投棄します』

『本当にそれでいいのか』

『ええ。……もしかするとエヴァも、祖国を想うからこそロシアにだけは降りたくないと思っていたのかもしれません。エヴァには申し訳ないことをしてしまいました』

情けないことに、死に瀕していたエヴァよりも遙かに冷静さを欠いていた晃には、彼女の気持ちを汲み取る余裕なんてなかった。ロシアへの着陸を強引に成そうとしたせいでエヴァが体のみならず心まで苦しい思いをしていたら、悔やんでも悔やみきれな――

『それは違う』

というミュラー・フライトの言葉が聞こえてきた。

『エヴァは幸せだったはずだ』

『幸せ……？』

『自分のことを想って必死に行動する君の姿を見ながら、逝けたのだから』

それはエヴァのための言葉か、それとも晃のための言葉かはわからなかったが、彼の気遣いには頭が下がる。本当にこの管制の下で月に行けてよかった。

『ありがとうございます。それからこの機械船はもらっていってもいいですか』

『それはもちろん構わないが、しかし――』

その先の言葉を晃は、ありがとうございます、と言って遮った。

『エヴァたち四人の遺族にはNASAから謝っておいてください。エドガーとフレッドの遺体も遺族に還すために月面から回収したのに果たせなくなってしまいました』

少し間があって、言葉が返ってくる。

『心配しなくていい。……他に何か、願いはあるか』

『オリオン3号が中軌道から離れた後に、両親と妹と話す時間をください。そしてもし俺が発症しなかった場合は、タンク内の酸素残量が尽きる一時間前に地球との一切の交信を断ち、その後は俺たち五人だけで宇宙航行をすることを許可してください』

酸素が尽きて苦しむ声を、誰にも聴かせたくない。

それに、宇宙飛行士として、パイロットとして、最後は独り、プライドを持って死というミッションに臨みたい。自衛隊で戦闘機に乗ったときから、その覚悟はしていた。

……だから死が怖くない、というわけではないが。

『ヒューストン？』

応答を待つが、言葉は返ってこない。

おかしい。

『応答願います、ヒューストン』

やはり返事が来ない。

代わりにヘッドセットの奥で、ブツ、という音が鳴る。

通信システムが落ちた？

異常事態――

晃はすぐに頭を切り替え、コントロールパネルに向き合ってチェックをする。

メインの電源がシャットダウンしている。

回路がショートしたのか。

予期できないトラブルが相次いでいる現状、思い当たる原因は複数ある。

酸素交換対策によって気圧が何度も変化したことで、船内に水蒸気が過剰に発生してシステムに入り込んだ可能性。あるいはロドニーがコントロールパネルに吐いた血がその内部に浸み込んでしまった可能性。ウィルスが含まれた吐血をすぐに清拭できず対処まで時間がかかってしまったことで、何らかのトラブルが発生していたことは考えられる。

けれど、原因が何にしてもただのショートなら問題はない。

程なく電源が自動でサブに切り替わった。

『ヒューストン、こちらオリオン――』

『アキラ！』

飛び込んできたミュラー・フライトの声に鬼気迫る響きがある。

『オートパイロットが切れてる！』

何だって。飛行制御モードは〝AUTO〟になっている、にもかかわらずオートパイロットが切れているのか？　現状、船体の姿勢は自動維持されているが——

『人工衛星の軌道に入っている！　手動で避けろ！』

指示が飛んだときにはもう、晃は両足を床面に固定し、操縦桿を握っていた。

中軌道を周回する人工衛星を避けるルートは計算され、オートパイロットの誘導システムに組み込まれているが、それも解除されたということ。先の酸素交換時にオートパイロットが二秒切れたと報告があったが、あの時点で問題の根が発生していたのか。

手動操縦の設定を終えた晃は、操縦桿を目いっぱい倒してスラスターを制御する。

が、遅かった。

強烈な振動で船内が歪み、視界が飛んだ。

雑に床に固定した足が外れて、体が宙に投げ出される。

意識が途切れる前の一瞬の空隙、得体の知れないウィルスの声を聞いた。

——逃がさないぞ、と。

＊

耳鳴りのように繰り返し音が響いている。

クラス1・emergencyの警報音、そう意識した瞬間、はっと目を開けた。

自分がまだ生きていること、そして体が高い圧力によって壁に押さえつけられていることをまず認識した。腹部に張りつく熱に気がついたのはその後だった。

「う、ぐ」

呻き声を漏らして熱源を調べる。

見ると、脇腹から血に濡れた棒が生えている。

壁面から斜めに突き出したハンドレールが、宇宙服を貫いて脇腹に刺さったか。おそらく人工衛星との衝突で壁が歪んでハンドレールが外れ、そこに体が飛ばされたのだ。

しかし、腹部の痛みや宇宙服の気密漏れよりも気になることがある――

体にかかっているこの圧力は、いったい何だ。

船体はどういう状態なんだ。

『ヒューストン！　こちらオリオン！　応答願います！』

腹に力を入れると傷口から激痛が拡散するが、晃は声を上げ続ける。

『ヒューストン！　こちらオリオン！』

しかし応答の気配はない。

『ヒューストン！』

だめだ、通信は完全に断絶している。

冷静になれ、と自分に言い聞かせる。取り乱すことは許されない事態だ。

鳴り響く警報音の中で、晃はまず状況確認をする。

体を壁面に押さえつけている圧力は、自分の体重の二倍くらいの重さだから2G前後。

無重力空間でどうして2Gがかかっているのか、早急に突き止めなければ。

そのために、壁に串刺しにされたこの現状を打開する。

晃は素早く壁面を調べた、が、体を貫くハンドレールは宇宙服のグローブでは壁から取り外せないことは自明。体の方をハンドレールから引き抜くしかない。

傷口から大量出血し、最悪、ショック死する可能性もある。

が、それでもやらなければならない。

躊躇う時間にも覚悟を決める時間にも、宇宙服内の酸素を消費してしまう。晃は短く呼吸を刻み、両手と両膝で壁面を押してハンドレールを腹部から離していく。

「んんんんん……」

幸い血はまだ固まっておらず、血に濡れて赤銀に光るレールがぬるぬると体内から抜け出ていく。肋骨を一本、引き出しているような激しい痛みに全身が熱を帯びる。

奥歯を嚙み、痛みで飛びそうになる意識を繫ぎ止める。

「んんぐぐぐぐ」

口から吹き出される熱気でヘルメットが曇る。

四肢に力を込めていくと、ようやくレールが体から排出された。

背中には自分二人分の体重が乗っているが、両手両足の四点で壁を押すことで何とか意識を保ったままレールを引き抜くことができた。出血具合は今は宇宙服に隠れて見えないが、どうやら大量出血はしていない。表面張力によって押さえられているのか。

吐きそうだ、が、そんなことより船体確認だ。

体を反転させて司令船内を見回した。晃が串刺しになっていた壁面は大きく歪んでいるが、それ以外のコックピットには表面上の異常は見受けられない。エヴァたち四人の宇宙服も何事もなかったかのようにそれぞれ静かに座席に着いている。

体が2Gの圧力で押し上げられる中、晃は座席やハンドレールを摑みながらコントロールパネルに向かう。その途中、開いたままになっているハッチの向こう側が見えた。

晃は目を見開いた。

ハッチの先の機械船に穴が開いている。

トイレがあった壁面が消えて、テーブルも寝袋も無くなり、ダクトもむき出し。船体の破片なのか水なのかスラスター燃料の窒素なのか、白いものが流れている先に——

巨大な、青い星が。

「なん……だ、これ、は」

窓ガラスを通さず、直に地球が見える。

信じられないほど美しい景色に、気が狂いそうになる。

何とか意識を保ち、ハンドレールを伝ってハッチまで行く。

取っ手を回して手動でハッチクローズをして、絶望に満ちた絶景に蓋をした。

荒い呼吸を落ち着けるため、頭の中で状況を整理する。

人工衛星との衝突で、機械船が大破。それによって船内の空気や物はほとんど宇宙に吸い出されたが、晃の体はハンドレールに串刺しになったことで船内に留まった。

もし晃が司令船内を漂っている状態だったら——

意識を失ったままハッチをすり抜け、宇宙の藻屑になっていた。

現在、司令船内は無酸素状態で晃の宇宙服にも気密漏れが発生しているが、服に開いた穴は小さく酸素残量も十分なので生命維持装置の機能で三十分程度はもつはず。

それよりも——

機械船の向こうに見えた地球は近づいているように見えた。

つまり、この船体が降下しているということ。

全身にかかっている2Gの正体はおそらく、その降下による圧力だろう。

晃は宇宙服に開いた穴をグローブで覆ってコマンダー席へ移動。圧力で押される体を両足を床面に固定することで抑え、臀部を座席にはめ込んでシートベルトをする。

コントロールパネルを確認する。

電力はサブ電源系に切り替わっているはずだが、メインの方が起動していると表示されている。環境制御と生命維持システム《ECLSS》、熱制御系《TCS》もダメになっている。ファイアボタンが点灯しているにもかかわらず船内に火災が見られないことが恐ろしい。

大破した機械船のみならずこの司令船にも深刻なダメージが出ているようだ。

着陸レーダーが壊れているらしく現在の高度もわからないが、今、直に見た地球との距離から判断するに高度は400㎞くらい。すでに船体は低軌道《LEO》に遷移している。

――やはり、地球に墜ちている。

機械船を手動でアンドッキングするコマンドも受けつけず、司令船は機械船を接続した状態。地球の重力に引かれるまま、吸い込まれるように降下していく。

生きている司令船スラスターは二十四機中たったの五機。その五機のスラスターの噴射程度で司令船＋機械船の降下を食い止めることなど不可能だ。

もちろんパラシュートの展開は試みる、窓から大地との距離を目測しながら高度10㎞を切った辺りでパラシュート展開、スラスターを噴射して一気に減速させる。ただ機械船が切り離せなくては船体が重すぎるし、そもそもパラシュートが開く可能性も低い。

パイロットとしての本能か、こんな状況でも頭の中は澄んでいく。

状況判断が告げている、自分は死ぬ、と。

ほぼ間違いなく、オリオン3号は地上に激突する。とっくに覚悟していた自分の終わりを再確認する。まさかこんな終わりになるとは予想しなかったが。

オリオン3号と自分の命運を変える術はもうない。

唯一変えることができるとするなら——

墜落地点。

「そのために何ができる?」

と声に出して自分に問いかけ、晃は操縦桿を握った。船体の姿勢制御などできるはずもないが、パイロットは操縦桿を握らなければ始まらないのだ。

落ち着き、〝今後〟を考える。

断熱シールドがもたずに船体が大破したとしても、破片が地上に降り注いでしまう。それが海上であれば問題ないが、陸の、それも都市の上だったら、大惨事になる。

一応、計器盤によるとスラスターの窒素残量は十分に残されているが、その表示を現状では信用できないし、生きている五機のスラスターにしても何度噴射できるかはわからない。それでも、何としてもオリオン3号を海に墜落させなければならない。

通信機能は断絶しているが晃は、ヒューストン、と言った。

『こちら晃。現在、オリオン3号はほぼ制御不能状態で、地球に落下しています。これを止める手立てはありません。しかし生きている五機のスラスターを使って、船体を何とか海上に墜落させます。可能であれば、墜落予測地点を教えてください』

晃はコマンダー席の隙間に挟んでおいた水のパックを、宇宙服の穴に張りつけておく。これで気密を保てるわけではないが、少しは酸素の流出を防げる。

——そう、ほんの少しでいい、酸素も、命も。

落下スピードが上がっていっている。

船体にかかる圧力も体感で4G程度まで上がり、肺が圧迫されて口の端から息が漏れ出る。着席状態での圧力負荷は遠心加速器で訓練しているから、8Gまでなら何とか意識は保てる。晃は肋骨に力を入れて胃を収縮させるようにしながら腹式呼吸を行う。

体に開いた穴の痛みはもう感じない。

『ヒューストン、こちら晃。可能なら墜落予測地点を教えてください』

小窓の外に見える地表が輝き始めた。

光は徐々に強くなり、コックピット内に広がっていく。

美しいが、恐ろしい光。

オリオン3号はすでに大気圏に突入、船体が断熱圧縮で3000℃にも上る火を纏っているのだ。窓外の高温世界の中を光の粒（断熱シールドの破片）が通り過ぎていく。

船体の縦揺れ《ピッチング》が激しく、コックピットには煙も漂っている。

晃は炎に包まれている窓の外を見ながら祈る。すべては断熱シールドが耐えられるかどうかにかかっている。どうか死ぬ直前まで、この船体をもたせてくれ。

『ヒューストン、墜落予測地点を教え――』

そのときだった。

一瞬だけ窓外に炎の切れ間ができた。

戦慄が体を突き抜ける。炎の切れ間は一秒に満たないわずかな瞬間だったが、見間違えるはずがない。眼下にあるのは晃がよく知る、タツノオトシゴに似た島国の形。

「そんな……」

口内に溜まっていた唾液を飲む。

墜落まであと何分だ。いったい何分の猶予がある。

晃は操縦桿を握った両の手に力を入れる。
何としても、何としても、海に。

工藤茉由

　日本時間、八月五日、午後三時過ぎ。

　今年の最高気温を記録した強い日差しが降り注ぎ、蟬の大合唱が響き渡るＪＡＸＡ筑波宇宙センター管制棟の屋上で、工藤茉由《まゆ》は両手を合わせた格好で空を見上げていた。

　息を失う景色が、夏の空に浮かんでいる。

　もこもことした巨大な入道雲を突き抜けて、その雲の切れ端とも断熱シールドの燃えカスともわからない白い煙の尾を引きながら、火の玉が飛んでいる。

「ああ……」

　初めは小指の先くらいだったそれはだんだん大きくなって、地上に近づいてくる。

　宇宙船オリオン３号が日本に降ってくる。

その司令船は軌道上で機械船を切り離せずに、今も繋がったまま。大気圏突入に耐えられる構造になっていない機械船は、火の粉になってみるみる崩壊している。

その様はとても美しく、そしてとても絶望的。

司令船体は断熱シールドで守られているから、きっと大丈夫のはずだけれど、人工衛星との衝突でシステム系統にも被害があったことは報告されている。

茉由は合わせた両手を握り締めた。口からは呻き声が漏れ出る。

「うう……」

あの火の玉の中に、兄がいる。

オリオン3号での惨事の行方は、もちろんここJAXAでも追っていた。

茉由もこの三日間は家に帰らないで、管制員として兄の地球帰還に備えていた。けれどオリオン3号は原因不明の電源ダウン。直後にサブの電力系に切り替わったものの、オートパイロット機能に不具合が出て、船体が人工衛星のルートに入ってしまった。

迫る人工衛星を兄は手動操縦で避けようとした。でも間に合わなかった。

衝突。

その衝撃が軌道離脱噴射（進行方向にエンジン噴射をしてブレーキをかけること）の役

割を果たしてしまって、船体は重力に引かれるまま地球へ落ち始めた。

交信断絶、遠隔操作での船体制御も不可能、という最悪の事態。

落下速度が遅かったその時点で残ったスラスターを吹かせば、もしかすると軌道上に留まることはできたかもしれないけれど、兄は人工衛星との衝突でブラックアウト《気絶》。その後も宇宙服からの心拍は届いていたものの、服に気密漏れが発生したことも判明した。

目を覆いたくなる情報が次々羅列される中、管制室から悲鳴が上がったのは、制御不能のオリオン3号が日本の空域に入ったという情報が飛び込んできたときだった。

茉由はいてもたってもいられず管制室を飛び出して、屋上に駆けた。

そこで、空から降ってくる火の玉を見たのだ。

その場に座り込んで、入道雲に穴を穿《うが》ったオリオン3号を見守る。覚悟はしていた、それでも、いざそのときが空から降ってくると全身の震えが止まらなくなる。

「パラシュート……」

という単語が茉由の口から出ていた。

パラシュートさえ展開できれば、まだ希望はある。

ただ、高度10㎞を過ぎている今の段階で開いていないから故障しているのかもしれないし、仮に開けたとしても機械船がドッキングしたままじゃ船体が重すぎる。せめて機械船が完全に燃え尽きてしまえば、落下速度を減速させられる可能性も出てくるのに。

そこで――

屋上に集まっているＪＡＸＡ職員たちから、わっと大きな声が上がった。

彼らが顔を向けている無重量環境試験棟の先に、それが見える。

地上から空に上っていく光。竜のような。

……何？

その光は、宇宙船を打ち上げるロケットのように煙を吹きながら、ぐんぐん高度を上げていく。空から降ってくる火の玉に向かって上昇していっている。

そんな、まさかあれは……

その正体がわかって、全身の力が抜けていく。

地対空ミサイル。

日本に危害を及ぼす可能性がある弾道ミサイル《武力攻撃》を自衛隊のミサイルによって迎撃して撃ち落とす、それと同じ措置がオリオン３号に対して取られたのだ。

オリオン３号墜落を阻止するため、未然に破壊する、あるいはその衝突によって船体の落下軌道を変えて海上に落とす、という防衛対策に違いない。

何て無慈悲で、正確な判断。

機能するかどうかもわからないパラシュートの展開なんて、待ったりしない。

茉由の胸にあるのは、絶望一つだった。宇宙船は武力攻撃なんかじゃない。あの中には兄が乗っている、宇宙飛行士になって月まで行った自慢の兄が乗っている。

どうか外れて――

けれど祈りは届かない。

打ち上げロケットと同じく音速を超える排気の力で上昇するミサイルは、獲物を狙うサメのように一直線にオリオン3号に向かって空を泳いでいく。

やがて両者は衝突した。

職員たちの悲鳴の中、カッと光が弾ける。

直後、音とも振動ともつかない衝撃波が上空で起こる。

吹きつけた風に髪が揺れ、同時に全身の鳥肌が失せた。あまりのことに声も出ず、茉由は胸を押さえる。ここは宇宙じゃないのに、空気があるのに、息ができない。

それでも目だけは閉じなかった。

光が散り、白く染まった空には、二つに割れた火の玉があった。ミサイルによる破壊は失敗したのか、それとも二つに割ることを狙っての迎撃だったかはわからない。

ただ、割れた火の玉の一つが、空気を裂く音と共に迫りくる。

それは一瞬で筑波宇宙センターの上空を越えていった。

ゴォォォォ、という風を切って飛ぶ音。

「お兄ちゃんっ」

茉由は火の玉に向かって叫んだ。

噴出する煙の尾を追って屋上の端まで駆ける。

柵から手を伸ばした遙か先で、火の玉は日本と交わる。

＊

震える足を叩きながら歩き、慌ただしく人が出入りする管制室へ向かう。

いつも静かで落ち着いている管制室が揺れている。

それもそのはず、今は各チームのほぼ全員が集まっている。バックルームにいる技術支援チームや運用管理チームまでいるから、合計五十人くらいがひしめき合っている。茉由は行き交う人たちを避けながら進み、自分が担当するARIES《船内活動支援》のデスクに向かう。

通り過ぎるモニター画面には、〝その結果〟が並んでいる。

オリオン3号に対するミサイルでの迎撃は失敗。破壊された機械船の一部は東京湾沖に墜落したけれど、司令船は海まで届かず、千葉県の船橋市内に墜ちている。

そのニュースが映るモニター画面から、茉由は目を離せなくなった。

流れているのは、船橋市の高層マンションの映像。撮影者は、マンション上層階から空に向かって生えている巨大な腕を見上げている――

違う、腕じゃなくて煙。

オリオン3号がマンションに突っ込んだのだ。

「う、そ……」

ニュースキャスターが必死に状況を報告しているけれど、その内容がまったく頭に入ってこない。二つの眼球はただ、空に伸びている煙の動きだけを追っている。

あの煙の根元に兄がいる、なんて、考えられない。

オリオン3号はマンションへの激突以降、今もなお地面に落下していないらしく、船体はマンション内に突き刺さったままになっている、ということだった。

そのとき、近くにいた管制員の一人がデスクを打った。

「くそ、自衛隊が余計なことをしてくれた」

茉由が視線を向けると、彼はぶちぶちと言う。

「工藤飛行士は手動操縦をしていたんだ。残存スラスターを吹かし、それによってオリオンの落下予測地点は徐々に変わりつつあった。仮にパラシュートが展開できなくても、司令船・機械船ともに海上に墜ちることができたかもしれなかったんだ」

なのに、と苦い顔で続ける。

「あの迎撃ミサイルで軌道が大きく変わっちまった」

彼は茉由の立場を考慮して、わざわざ茉由に聞こえるように言ったのかもしれない。けれど、そんなことは聞きたくなかった。聞いたってどうしようもないから。

そこで、パンパンと手を打つ音。城森《しろもり》フライトディレクターだ。

みんな手を止め（あるいは止めずに）、管制室を統括するリーダーに顔を向ける。

「オリオンの墜落現場に、ＪＡＸＡからも調査班を出すようにとの政府からの要請だ。宇宙での惨事を把握した上での判断、オリオンについての正確な知識が不可欠だから、管制室からも二名の人員を出す。何より晃はＪＡＸＡの宇宙飛行士、我々が迎えに行く」

言って管制室を見回した城森フライトは、機械船内構造・機構系担当チームの管制員から一人と、技術支援チームの管制員から一人の名前を挙げた。

「――以上二名に託したい。緊急救助隊・感染症対策チームとして至急、ここにいる深田《ふかだ》研究員と共にまずは筑波研究所に行った後、現場の船橋市に向かってくれ」

ＮＡＳＡがＣＤＣからアドバイスをもらっていたように、ＪＡＸＡでも理化学研究所・

筑波研究所（ここ筑波宇宙センターと同市内にある）から専門家を呼んでいた。

「待ってください！」

と選ばれた一人が金切り声を上げる。

「わ、私は行けません！　あんなことがあったオリオンに近づくことになるんですよね。ウィルス対策の防護服を着たとしても、そんなところには行きたくないです！」

僕も、ともう一人も申し訳なさそうな声を出した。

「今年、子供が生まれたばかりなんです、勘弁してください」

城森フライトは苦い顔をして、そうか、と言った。

「……であるなら立候補にした方がいいな。この件の全容を把握し、かつ、司令船の構造にも明るい者、救助隊員として現場に行くことができるなら挙手してくれ」

五十人もの人員がひしめく管制室の中で、手を挙げたのはたったの二人。通信・電力・管制系担当チームからベテランの広瀬《ひろせ》管制員と、ARIES担当チームの茉由だけ。

茉由は、私を、と城森フライトに言った。

「私を感染症対策チームに入れてください」

茉由もARIESでは飛行士の船内での活動支援の他に、日本が開発に参加している機械船の機器・物品の管理も行うから、オリオン3号の構造については勉強している。

だから決して戦力外じゃない、現場でも力になれる自信がある。

「お願いします！」

城森フライトの鋭い目が茉由を見据える。

「工藤はだめだ。現場は大混乱が予想される。君が行っても邪魔になるだけだ」

「あそこにいるのは私の兄なんです！」

「そうだ、だから行かせられない。君は応接室でご両親の傍にいてあげろ」

茉由は頭を振った。

「私だって今ここで足を止めてしまいたい、それならどれだけ楽になるか……でも、日本に降ってきた工藤晃の妹として、そんなことはできません。今はここにいるより現場にいる方が動けます。お願いしますフライト、私も現場に行かせてください！」

城森フライトは少し黙ってから口を開く。

「現場にいる方が動ける、というのは本当だな」

「はい」

「やるべきことをこなせるんだな」

「意志は固まっています」

言って茉由は城森フライトの目をじっと見る。

「いいだろう。あのような現場では志がある者の方が動けるかもしれない」

「あ、ありがとうございます」

「しかし肝に銘じておくんだ。現場で取り乱すことは絶対に許されない。君一人の事情で連れ戻すことはできないからな。君が救助隊の枠を一つ取っていることを忘れるな」

茉由は、はい、と大きくうなずき、心の中で言う。

……待ってて、今行くから。


緊急救助隊は、消防と警察から成る救助チーム、医師や看護師から成る医療チーム、自衛隊の部隊、そして感染症対策チーム（主に理研・筑波研究所と国立感染症研究所の研究員）で編制されている。ＪＡＸＡ職員はこの感染症対策チームに組み込まれる。

茉由と広瀬管制員は、感染症専門家としてＪＡＸＡに来ていた深田直径《なおみち》研究員と一緒に車に乗り、筑波宇宙センターを出て同つくば市内にある理研・筑波研究所へ向かう。以降はこの深田研究員をリーダーとする深田班の班員として行動することになるようだ。

携帯電話で話している深田研究員を、茉由は横目で見やる。

三十歳前後か、もう少し上、兄と同じくらいかもしれない。顔はまあまあだけれど、髪が長くて不潔に見える。ただ研究者という職業柄か、爪はきれいに切り揃えている。

そんな深田研究員の人差し指が、茉由の肩をつついてきた。

「な、何ですか」

「うちの研究員が宇宙船内で起きたことの情報を共有したいと言ってるので、できれば通信記録を渡してほしいんですけど、そういうことって可能です？」

「城森フライトに伝えておきます」

「よろしくお願いします……あっと、見えてきました、理研」

という深田研究員の言葉通り、白い建物には〝理研〟の文字とロゴマークがある。ロケットの実機が寝そべっている筑波宇宙センターとはまた違った雰囲気の建物だった。

「この研究所は、日本で三番目にBSL4対応実験室が設置された施設なんですよ」

深田研究員の話によると、BSL4対応実験室というものは安全キャビネットやオートクレーブ、専用の排気換気装置などを備えることが条件で、エボラやマールブルグといった最も危険な一類感染症のウィルスをも扱うことができるとのことだった。

筑波研究所の門を入ってすぐの駐車スペースにはすでにずらりとバンが並んでいて、茉由たちが乗る車と入れ替えに次々と発車していく。その車内には消毒剤、マスク、ゴーグル、手袋、防護ガウン、呼吸具の酸素タンクなどが大量に積まれているらしい。

それらが無駄に《使われない》なることを祈って茉由はバンを見送る。

建物に入った茉由たちは防護服着用時の注意を手早く受けた。トイレを済ませて簡易おむつを着け、更衣室でスーツからインナーに着替え、ヘッドセットを被って通信システムのチェック——こういう手順は宇宙服と似ていて、JAXA職員には馴染みやすい。

タヌキ顔の女性職員が赤い防護服を持ってやってくる。

「現場での損傷には十分に気をつけてください」

「はい。靴は脱がなくていいんですか」

「ええ、そのままどうぞ。上からシューズカバーを着けますので」

防護服に足を入れ、手を通してからファスナーを首元まで上げると、ツンとする消毒剤の匂いが濃くなるけれど、後で呼吸具を着けるから今だけだ。女性職員がシューズカバーを装着してその上から紐で固く結んでくれ、更に接合部を粘着テープで巻いていく。

それをしながら彼女が、あの、と言った。

「月で見つかったウィルスって……本当なんですか」

「本当、と言うと？」

「月ってあまりにも遠いし、宇宙飛行士って私たちには馴染みがないから、現実感がなくて。ただ宇宙船が何かのミスで墜落しただけじゃないんですか？」

これが一般人の認識。宇宙飛行士は何をしに月に行き、宇宙でどんな仕事をするのかといったことは、すべて公開されているにもかかわらずほとんど知られていない。

ただ、同じつくば市内にあって、過去には宇宙での細菌実験も委託されたことがあった筑波研究所の職員なのだから、もう少し知識を持っていて欲しかった。

茉由は、本当です、と言ってうなずいた。

「宇宙飛行士四名の命が、感染症によって奪われました」

「何名中、ですか？」

「五名です」

「じゃあ宇宙船で最後まで生き残ったのは日本人の宇宙飛行士一人だったんですね」

「はい」

「……それならいっそ月から帰ってこなければよかったのに」

ビキ――

と心臓にヒビが入るような痛みがあって、茉由は防護服の上から胸を押さえる。この女性職員は茉由が〝その日本人宇宙飛行士の妹〟なんて知らないのだろう。

「どうしました？　寒いですか？」

「い、いえ……」

怖い。

むき出しの敵意を向けられたようで、彼女が怖い。とても可愛いタヌキ顔なのに。

ここから逃げたい。

ただ、宇宙と無関係の日本人には彼女と同じ思いの人も多いはず。工藤晃飛行士の帰還を願っていたのは、家族や友人とJAXAの管制員だけだったのかもしれない。

粘着テープを巻き終わると、彼女が茉由の全身を見る。

「はい、これでオッケーです。ゴーグル一体型のマスクと呼吸具、アウター手袋については現場に近づいてから深田研究員の指示に従って装着してくださいね」

「わかりました」

「大変だと思いますけど頑張ってください」

ありがとうございます——

という言葉はどうしても出てこなかった。


茉由は移動の車内で、ニュース報道とネット動画を携帯電話で見続けていた。

火の玉となって降るオリオン3号を撮影した映像は、プロ・アマ含めて多数ある。その船体がミサイルで迎撃された後、船橋市の〝プライムタワー船橋〟という三十二階建てマンションに衝突したときのネット動画を、茉由は震える指で再生した。

まず映し出されたのは、ミサイルによって二つに割れた火の玉。

それは初め、夏の青空に浮かぶ小さな点だったけれど、加速度的にどんどん大きくなっていって、数秒後には円錐型の司令船体が確認できるほどになる。

周りのざわめきは、火の玉が空気を切る音にかき消される。

青空を滑りながら、一つは海へ、一つは市街地へ。

そしてマンションへの衝突が起こる。

ドォン！

爆弾が爆発したような音が辺りに響き渡る。衝撃によって内部から弾けるようにマンションの窓ガラスが散った直後、マグマのような真っ赤な炎と巨大な黒煙が吹き出す。

悲鳴すらなかった。

衝突があったのは二十五・二十六階で、吹き出した炎と噴煙がぐんぐん空に昇って上層階を覆い、吹き出したコンクリートの粉塵が下層階を覆う。炎と噴煙は更に昇って上空にキノコ雲のように広がり、その後、マンション全体が綿にも見える白煙に覆われる。

それが、たった三十秒の間に起きたこと。

白煙は風で徐々に流されて、今は衝突箇所から立ち上る黒煙だけがある。

死傷者の規模は不明、消防庁は生存者の確認を急いでいる。二十五・二十六階の生存者は絶望視されていて、最上階付近の住人たちも下層に降りることができないでいる。

壁面から剝がれたコンクリートが上空から降ってくる現状、消防のはしご車も地面に設置できなくて、救助活動は難航している。救助チームがマンション内に入って住人の脱出に努めているものの、下層に取り残されている人もまだ大勢いる、という話だった。

これが、マンションに宇宙船が墜ちた結果なんだ……

ニュースでは高層マンションの高水準防火設備（煙を排出する設備や自動消火スプリンクラー、避難階段、非常用エレベーターなど）について説明しているけれど、マンション内にいる住人が撮影した動画を見る限り、防火設備がうまく機能しているとは言えない。煙が充満した通路には時折破裂音が響き、床には煙によって中毒症状を起こした人たちが倒れている。その中を人々が我先にと逃げまどっている様子には恐怖しかなかった。

「お、あれですかね」

という深田研究員の声で、茉由は携帯電話から顔を上げた。

現場マンションまでまだ数㎞はあるけれど、雨雲のように空を覆う巨大な黒煙が車窓から見える。この距離からだと、工場の煙突が煙を吹き出しているみたいだ。

マンション上空を飛んでいるのは、消火剤を積んだヘリコプター。もうもうと立ち上る煙を避けながら、屋上に避難した人たちを順番に救助していっているのだろう。

……あれが、現場。

更に近づくと晴天だった空が暗くなって、紙の燃えカスが風に乗って降ってくる。車のフロントガラスにそれが張りつくので、ワイパーで払いながら進んでいく。

「この灰にもウィルスが乗っているかもしれないんですよね」

広瀬管制員の疑問に深田研究員が答える。

「現時点で恐ろしいのはウィルスよりも細菌の芽胞です。さっきも言いましたけど、ウィルスは単体なら灰に乗る前に火災で燃えてしまう可能性が高いのでね」

「あ、ああ、そうか……どうもウィルスと細菌の違いがわからなくて」

「違いですか。わかりやすく言うと〝細菌は勝手に増えるデカいやつら〟、対して〝ウィルスは宿主なしには増殖できないちっこいやつら〟というところですかね」

「はあ、ちっこい……では、細菌の方が毒性が高いんですか」

「いや、問題なのはウィルスの圧倒的な増殖力なんです。宿主の細胞に侵入したウィルス一つから、十万もの子ウィルスが複製されます。その細胞は破壊され、子ウィルスたちは出芽して別の細胞に侵入していくわけです。倍々ゲームどころか十万倍ゲームです」

そ、それは恐ろしい、とつぶやいて広瀬管制員は顔を引きつらせる。

「そうだ、ウィルス性出血熱の感染経路についても教えてもらっていいですか」

「エボラやマールブルグは血液や体液、分泌物などへの接触による感染、デングやチクングニアは蚊の刺咬《しこう》によるベクター媒介感染になります。ただ、月土壌から掘り出されたウィルスの感染経路は現時点でまったく不明なので、その点は留意していてください」

「空気感染まで警戒しておいた方がいい、ということですね」

「はい。まあ防護服を着ていれば大丈夫ですが」

「すいません、この段階で聞くことじゃないのはわかっているんですけど……」

「気にしないでください、あなた方は宇宙船の専門家なんですから。逆にオリオン3号への対応については、僕はどこをどういじくればいいのかわからないのでお任せします。そうそう、お聞きしたかったのですが、月の土壌自体に危険は無いんですか」

「ウィルスがいること以外、土壌試料はマグネシウムに富んだレゴリスのはずです」

「マグネシウムは地球のマグネシウムと同じなんですか」

「ええ、ただのマグネシウムです」

そこで茉由は、あの、と深田研究員に声をかける。

「兄は……どうして発症しなかったんですか。感染してなかったんですか」

少しの沈黙があった後、いえ、と返ってきた。

「それは考えられません。工藤晃飛行士とほぼ同じ条件下で行動していたエヴァ飛行士が発症したので、工藤晃飛行士も感染していたはずです。これは僕個人の予想なのですが、彼が感染したのはロドニー飛行士と同時期だったんじゃないかと思います」

「だったらどうして……」

「一つは免疫グロブリンという可能性です」

「免疫、グロ……？」

「所謂《いわゆる》、抗体です。体内に侵入したウィルスと結合することで、その感染力を弱める働きを持つのが抗体、免疫グロブリンという物質です。工藤晃飛行士の血液や体液の中には、月土壌由来のウィルスに結合できる免疫グロブリンがあったのかもし――」

言葉の途中だけれど、茉由は割って入る。

「兄がこのウィルスを鎮める要素を持ってたってことですか」

「それを調べるために僕たちはオリオンに行こうとしているわけです」

「……そう、なんだ」

知らずにここまで来ていた。

「もし工藤晃飛行士の血液や体液が得られ、そこから免疫グロブリンを見つけることができれば、このウィルスに対抗する力が得られるかもしれないですから」

茉由は拳を握る。兄の体内からこのウィルスへの抗体が得られるかもしれないというのは、とても有益な情報だった。これから向かう先が見定められた、感じがする。

でも、と茉由はふと思ったことを問いかける。

「その免疫グロ何とかが無かったら？」

深田研究員は質問には答えず、ぽつりと言う。

「〝病原体はミステリー〟だったかな」

印象的な言葉だったから覚えている。

「オリオンの船内放送で、ＣＤＣの人が言ってたことですね」

「はい。もしも工藤晃飛行士の体内に抗体ができていないにもかかわらずあれほどの間発症していなかったのなら、ウィルスが不活性——休眠状態になっていた可能性があります。つまり彼だけが〝ウィルスの不活性化条件〟を満たしていた可能性ですね」

「兄だけが満たしていた、ウィルスの不活性化条件……」

「まあ、いずれにしても工藤晃飛行士の体を調べないことには何ともです」

ただ、と続けて彼は窓外のマンションに視線を向ける。

「果たして、オリオンまで上れますかねぇ」

＊

午後五時過ぎ。

プライムタワー船橋まで300mくらいまで近づくと、行き交う消防車や警察車両の数も多くなった。砲身のない戦車のような車もあって、それは深田研究員によると、生物剤のエアロゾルを検知して識別する自衛隊のNBC偵察車というらしい。

拡声器から流されている防災放送や、消防、警察、自衛隊、先発して現着している感染症対策チームのアナウンスやらサイレンやらがひっきりなしに鳴り響いている。

『六丁目、七丁目に避難指示が出ています』

『警察官が誘導しています、慌てず落ち着いて行動してください』

『防護服のない救助隊員はここから先には行かないで!』

『救急車が通ります! 道を開けてください! 救急車が通ります!』

プライムタワー船橋から近いJRは現在、船橋駅を含めた東船橋~西船橋間で運行停止にしていて、バスやタクシーなども避難該当区域に入ることを禁止されている。

なのに、この区域には未だ大勢いる。

もちろん、マンション内にいる家族の救出を待つ人もいると思う。でも車道にはみ出して携帯電話でマンションを撮影している人たちもいて、現場に向かう救助チームや怪我人を搬送する医療チームの邪魔になっている。実際、撮影に夢中になって前後不覚になった男性が車道に飛び出して消防車にひかれる、なんていう事故も起こったという。

茉由たちが乗るバンは、プライムタワー船橋から200m程離れたデパートの立体駐車場に入る。その一階が感染症対策チームにあてがわれた駐車場らしい。

「それでは呼吸器の装着を開始します」

と言った深田研究員が、茉由と広瀬管制員に説明しながら手順を実演してくれる。

まずインナー手袋の上にアウター手袋をして接合部を粘着テープで巻き、続いて酸素ボンベをリュックサックのように背負う。ボンベから管で繋がっているゴーグル一体型のマスクで顔をぴったり覆い、フィットテスターで気密性をチェックする。

「酸素ボンベ交換の目安は二時間です。現状を考えると我々感染症対策チームが二時間以上現場に留まることも十分に考えられますから、酸素が切れる前にこのバンに戻ってボンベを交換するようにします。口元のチューブを吸えば、背部の飲料水タンクから水分補給ができます。このタンクは容量500mlだから、こっちも適宜交換してください」

「わかりました」

茉由たちは二重の手袋をはめてテープを巻いて、酸素ボンベを背負うところまでは自分でやった後、深田研究員にマスクの装着と気密チェックをやってもらった。

深田研究員がゴーグルを覗き込んできた。

「息苦しい感じはないですか」

「ないです」

深呼吸をすると新鮮な酸素が肺に入ってくる。臭さもない。

ヘッドセットで通信していた運転席の浅川研究員がこちらを振り返った。

「深田。マンション一階のエントランスホールは窓ガラスの破片が散ってる上に、天井からのスプリンクラーで水浸しになってて歩行困難な状況らしい。駅のロータリー上部にある遊歩道からもマンションに行けるから、そっちの出入り口を使ってほしいってさ」

ふーん、と深田研究員が応じる。

「で、その遊歩道へはどうやって行くの？」

「このデパートの二階からそのまま繋がっているらしい」

うなずいた深田研究員は茉由たちを見て、

「では行きましょう」

と言ってバンの後部ドアを開け、外に出て行った。

車外に出ても立体駐車場からではプライムタワー船橋は目視できないけれど、あちこちから鳴り響いているアナウンスの声とサイレンの音が大きくなる。

いよいよ現場へ——兄に再会するときが来た。

委縮する心に活を入れるように胸を叩いてから、茉由は歩を進める。デパートに入って階段で二階に上り、救助隊が行き交っている店内を横切ってロータリーの上に出た。

遊歩道は開けていてプライムタワー船橋まで見通せる。

マスクの下で呼吸が荒くなってくる。映像で見ていた通り、黒い腕のような黒煙が立ち上り、その根元には未だ炎がちらついているのが見える。プライムタワー船橋のみならず付近のビルの窓も、宇宙船衝突時に発生した衝撃波でほとんどが割れてしまっている。空中には灰の粉雪が舞い、時折、ドンという爆発音がマンションの中から響いてくる。

「どいてください！　どいてどいて！」

声を張り上げながら救助隊員が傍を通り抜けていった。

遊歩道は人でごった返している。

頭から血を流している人、足を引きずっている人、泣いている人、倒れている人、その人たちを診ている医療チーム、見守っている家族、隙間を縫うようにマンションに向かい走る救助チーム、口をハンカチで覆ってマンションから出てくる人、担架で運び出されてくる人。ひっきりなしに流れているアナウンスを無視して携帯電話でマンションや救助隊員を撮影している人もいるし、防護服を着ていない救助隊員も少なくない。

――と、人がぶつかってきた。

すっげ！　すっげ！　と言いながら興奮状態になっている男子高校生三人組は、茉由にぶつかったことにも気づかず携帯電話で辺りを撮影している。

そんな遊歩道の手すりから下に目を向けると、ロータリーには玉突き事故の車がそのまま乗り捨てられて、救助隊車両が通る隙間もなくなっている。停まった車の中にいる人や車と車の隙間に倒れている人、車の屋根上を飛び移ってどこかに向かう人も見える。

茉由たちはプライムタワー船橋二階出入り口に向かう。

ドン！　という音が鳴る度に細かいコンクリートが雨のように降ってくるから、遊歩道にいる人たちはコンクリート片が溜まっている範囲内には入らない。マンション内にいる救助隊員や怪我人たちもヘルメットを被り、タイミングを見計らって出てきている。

そんな様子を見ているだけで全身から汗が噴き出してくる。

「ちょっと、君たち」

と呼び止められて振り返ると、一人の自衛隊員が近づいてくる。彼は自衛隊用の防護服を着て酸素ボンベを背負ってはいるものの、マスクは外している。

「医療チームか？　怪我人は我々が連れ出すから、君たちは外で待機していてくれ」

いいえ、と深田研究員が対応する。

「僕たちは感染症対策チーム・深田班です」

「感染症、対策……」

自衛隊員の曇った顔色に構わず、深田研究員は尋ねる。

「僕たち宇宙船まで行きたいんですけど、中はどんな感じですか」

自衛隊員は首を横に振った。

「中は……排煙設備が壊れているらしく、溢れた煙が上から降りてきている状況だ。エレベーターが使えないから階段で上に向かうわけだが、我々もまだ十九階までしか到達できていない。二十階で大規模火災が発生していて、それより上と断絶されているんだ」

「なるほど。救助隊員たちのウィルス対策は万全ですか」

「そんなものに構っていられない。そもそもウィルスなんて燃えちまってるだろ。とにかく今は救助チーム以外は中に来ないでくれ。住人の救助が優先される」

そう言うと自衛隊員はマンション内に行ってしまった。

浅川研究員が肩をすくめた。

「待った方がよさそうだな。実際問題二十五階までは辿り着けそうにないし、俺たちは邪魔になりそうだ。状況が安定するまで時間を置いた方がいい。感染症対策はこの場でもできる、まずはここにいる人たちにマスクとゴーグルを配って注意喚起、ってとこか」

「うん、現状だと仕方ないね」

と深田研究員が言い、広瀬管制員もうなずく中、待ってください、と茉由は言う。

「〝状況が安定〟って具体的にどうなるまでですか」

深田研究員がこれに答える。

「住人が脱出し、消火活動が終わるまでですね」

「そ、そんなのいつになるかわからないじゃないですか！　待っている間に感染症の被害が出てもいいんですか！　対処を早くしないと手遅れになるでしょ！」

うーん、と深田研究員は唸ってから口を開く。

「工藤晃飛行士の妹であるあなたの気持ちはわからなくはないんですけど、今は焦ってマンションに入らない方がいいです。消防や警察、自衛隊と違って僕たちは緊急救助の訓練は受けていません。そんな、ずぶの素人集団が急場に入れば、救助活動の妨げになって、最悪、僕たちがいたせいで手遅れになってしまう人も出るかもしれないんです」

「私たちはできるだけ早く兄の抗体を手に入れないといけないはずです！」

「あくまで〝できるだけ〟早くです。今マンションに入るのは、できないこと。それに工藤晃飛行士の体内に免疫グロブリンがあると決まっているわけじゃないですし」

「でも――」

そのときだった。

突如、背後から上がった悲鳴で声がかき消された。

何？

辺りを見回した直後、上空から降ってくる巨大な影を見た。

床面が跳ねる、強烈な振動。遊歩道の手すりをつかんで焦点を合わせると、３ｍはあるコンクリートの塊が遊歩道に突き刺さっている。

茉由は息を飲んで視線を上げた。

コンクリート塊が落下してくる、いくつも、いくつも。

声を上げる間もなかった。数ｍものコンクリートの塊が土砂降りとなって降り注ぎ、世界を揺らす。前方から巨大な怪物のような黒煙が押し寄せてくる。

ドドドドドドドド――

すべての音を飲み込む轟音で、何も聞こえなくなった。

辺り一帯が一瞬で黒煙に覆われ、質量を持った暴風に防護服が押される。

逃げないと、という本能はあるけれど、体が動かない。

何も見えない、何も聞こえない。

死ぬ――

そう思ったとき、黒い霧の中から伸びてきた手に、右腕を掴まれた。

その手に引かれるまま、茉由は走る。

走り、走り、何かにつまずいても、ひた走る。

やがてデパートの店内に滑り込むように入った。振り返ると、ドアの外を黒煙が走り抜けていく。逃げた獲物を追うように黒煙はデパート内にも入ってくる。

『こっち!』

という声がヘッドセットから聞こえ、茉由の右腕を掴む深田研究員と目が合った。そのまま腕を引かれ、徐々に黒煙に覆われていくフロアを駆け、奥の店舗に逃げ込んだ。

頭の中ではただ、兄や両親との思い出が走馬燈のように巡っていた。

体を固くして振動と音が去るのを待つ。天井の落盤に潰されて死ぬとしても、一瞬。踏みつぶされる蟻と同じで痛みすらないんだ、と必死で自分に言い聞かせながら。

そうしないと、自分の心が壊れてしまうから。


永い永い時間が流れた。

あるいは、ほんの一瞬だったのかもしれない。

気がつくと、世界が壊れるかのような揺れは収まっていた。

耳鳴りがする中、くっついた瞼を恐る恐る開いて眼球を左右させた。手を覆う手袋が見え、自分が防護服を着ていることを思い出す。どうやら頭を庇《かば》う格好で丸くなっていたらしい。自分の体じゃないように震えている両掌を開閉させる、そのことに集中する。

ふいに背中をつかれるような感触があって、徐々に聴覚が戻ってくる。

周りの雑音と共に深田研究員の声が聞こえてきた。

「工藤さん、工藤、茉由さん」

病院での診察のように呼ばれ、茉由は喉の奥から声を出す。

「は、はい」

「怪我はありませんか。立てますか？」

背骨が固まり、体が筋肉の動かし方を忘れてしまっている。

「体が……動かせません」

「大丈夫です」

深田研究員がかがんで体を支えながら、ゆっくり助け起こしてくれる。彼は決して筋肉質なタイプじゃないけれど、それでも男性の力には身を任せられるものがある。

支えられてもすぐには立ち上がれなくて、足がくりと震えて転びそうになる茉由は、深田研究員に手を貸してもらいながら、ようやく立ち上がることができた。

防護服に付着したコンクリート片がパラパラと床に落ちていく。

「あ、ありがとう……ございます」

「いえ」

と言った彼は茉由を左手で支えたまま、右手で煙を払いながら辺りを見回している。茉由も周りに視線を向けると、無我夢中で逃げ込んだこの場所はどうやら女性用の衣類売り場で、厚い霧のように埃が立ちこめている中に何人もの人影が見える。

いつの間にか茉由に目を向けていた深田研究員が言う。

「チューブから水を飲むといいですよ」

言われた通りチューブを吸うと、冷たい水が喉を降りていく。それで体がからからに乾いていたことを知った。一気に半分を飲むと、水が全身に行き渡る感じがある。

様子を眺めていた深田研究員が、さあ、と言った。

「確かめに行きましょう」

何を、とは聞かずに無言でうなずく。

茉由はまだふらつく体を彼に支えてもらいながら煙の中を歩く。防護服のシューズカバーの下には、散らばったガラス片を踏んだじゃりじゃりという感触がある。

煙の中に倒れ伏す人々が見える――四つん這いの救助隊員、集まって丸くなっている店員、両手で耳を塞いで縮こまっている男性、ぺたんと座った格好で携帯電話を握り締めている女子高校生、自分の体を抱えたまま彫像のように固まっているスーツ姿の女性。

どこか現実感のない景色の中を歩いていく。茉由自身はどこを歩いているのかもわからなくなってしまっているから、方向感覚が優れていそうな深田研究員に任せる。

進む先にカフェテリアが見えてくる、遊歩道に面していた店舗だ。こぼれた飲み物が埃と混じって床を染め、テーブルやイスはすべてが倒れている。窓際のカウンター席はガラスがほとんど割れ、形だけ残ったスツールが吹きさらしになっている。割れた窓ガラスにはどこから飛ばされてきたのか麦わら帽子が引っかかっていて、風に揺れてい――

「ひっ」

と思わず息を飲む。

遊歩道に面したカウンターから生えている巨大な棒に、男性が頭を潰されている。

全身から汗が噴き出して、体の震えが大きくなる。

「死んでいます」

と深田研究員が言った。見ればわかるから口にしないでほしかった。

巨大な棒の先端に見覚えのある赤・青・黄の丸窓があることに気づく。信号だ。遊歩道にある信号がここまで飛来してきて、男性の頭を潰してから床に突き刺さったのだ。

あまりの事態に茉由はその場に膝をつきそうになり、踏み留まった。

兄の元に行く、兄を取り戻しに行くんだ。

「歩けますか?」

と聞いてきた深田研究員にうなずきを返して、カフェテリア横の通路を進む。

そして煙が吹き込んでくる出入り口に到達し、デパートの外に出た。

遊歩道に落ちていた黄色いハンカチが躍りながら空に舞い上がり、雲海のように遊歩道に漂っていた白い煙と共に風に流されていく。塵が防護服のゴーグルに当たる。コンクリートと土が混じった匂い、布や木材が焼ける匂いを防護服を着ていても感じた。

変わり果てた街並みに、茉由は瞬きを忘れる。

灰色の景色の中で――

そびえ立っていた巨大なマンションが消えていた。

かつてプライムタワー船橋だった瓦礫の山が広がり、隣接していたビルを飲み込み、周りの道路を飲み込み、ロータリーと遊歩道の半分を飲み込み、残った半分の遊歩道上では泣き声や呻き声、雄叫《おたけ》び、誰かの名前を呼ぶ声があちこちから響いている。

茉由は何かに向かって右手を伸ばし、一歩、二歩と歩いた。

「お、にい、ちゃん」

という言葉が、喉の奥から出てきた。

瓦礫の山からは黒煙が立ち上り、生き物のように蠢《うごめ》いている。折り重なった瓦礫の奥には火の手も見える。マンション倒壊の圧倒的な圧力でも消えなかった炎、あるいは倒壊によって新たに生まれた炎によって、空中には細かい火の粉が飛び回っている。

茉由は目を動かす。

けれどオリオン3号は影も形も見えない。

見えるのは別の物ばかり。半壊した遊歩道には、瓦礫の粉を被って灰色のマネキンのようになった人間の頭部や手足が転がっているし、瓦礫の下敷きになった人の血溜まりや、落下して潰れた死体もある。ロータリーにいくつも並んでいた怪我人搬送用の大型車両はすべて瓦礫に埋もれ、車内待機していた人たちの遺体が窓やドアからはみ出ている。

茉由はそんな景色の中に、遺体の中に、兄の姿を探す。

どこ？　ねぇ、どこにいるの？

頭の中がぐちゃぐちゃに混乱していて、自分でも訳がわからなくなっている。

死んだ、みんな、死んだ。マンションの中にいた住人たちも、出入り口から列をなして出てきていた人たちも、茉由たち感染症対策チームがマンションに入ることを拒んだ救助隊員も、もうこの世にはいない。茉由が死を免れられたのはただの偶然に過ぎない。

寒い。体が、体の芯が、凍える。

体が一度ぶるりと震えると、止めどなく顎ががくがくと痙攣し始める。それが喉に、肩に、腕に、腹に、腰に、太腿に伝播し、自分の意思では止められなくなる。だめだ、こんなことじゃ、と自分に言い聞かせる。こんな情けない姿を、兄に見せられない――

突然、ヘッドセットからノイズが聞こえ、通信が入る。

『深田！　工藤さん！　無事なら返事をくれ！』

浅川研究員だ。離れ離れになった感染症対策チームメンバーの声に、茉由の心の中にわずかな火が灯るものの、声を出すことができない。深田研究員が通信に応じる。

『浅川。僕も工藤さんも何とかデパート内に逃げられた』

『そうか、よかった』

『そっちは？　広瀬さんは？』

『ああ、俺も広瀬さんも無事だ。二人で固まって遊歩道の中央にあった階段でロータリーに降りて逃げたんだけど、その階段は今はもう瓦礫に飲まれちまったみたいだ』

『まだ崩れる可能性がある、瓦礫には近づかないように』

『わかってる。じゃあとりあえず二人でデパートの二階に向かおうか』

『いや待っ――』

そのとき遊歩道の先から、何事かを喚《わめ》きながら男がデパートに走り込んできた。両手を振り回しながらフロアを横切る彼は、そのままの勢いで柱に激突して床に転がった。

気がつくと、遊歩道に立ち込めた煙の中にいくつもの声が起こっている。みんな半壊した遊歩道から脱出しようと走り回り、煙の中で影がぐるぐると躍っている。柵を乗り越えてロータリーに飛び降りる人もいて、その後から後からどんどん人が落下していく。

パニックを起こした人々は、茉由たちがいるデパートにも押し寄せてくる。我先にと他人を押しのけて走るその様を見たデパート内の人たちも釣られて逃げ出す。

「どけ！」

「邪魔だっ」

「早く行け！」

「押すなバカッ」

足がすくんで逃げられない。

体当たりされたような衝撃があって、スーツの女性が茉由に倒れかかってきた。彼女も後ろから押されている。連鎖した力が圧力となって体を押し合う。声にならない声や息遣い、靴音、衝突音が渾然一体の轟音になって響き、人の波から抜け出せず流される。

離れた深田研究員の方に茉由は手を伸ばす。けれど届かず、彼は人の波に飲まれて見えなくなった。すぐにヘッドセットからその声が聞こえてくる。

『こっちは大丈夫です！　足元に気をつけて！』

『はい！　深田さんも！』

誰も他人に構う余裕なんてないんだ。道の途中に倒れている者は怪我人でも踏みつけ、怪我人につまずいた者をも踏みつけ、群れは一心にデパートの階段に向かっていく。

止まれない。もし転んだら踏み潰される。

人の波に流されるまま階段に行き、階下に突き落とされる。

勢い余って壁にぶつかったものの、踊り場の隅っこにはまり込んだ。

背後を人々が雪崩《なだれ》のように通り過ぎていく中で、茉由は悲鳴を喉の奥に押し込め、角に張りついて体を縮めている。早く行って、早く去って！

『どうしたんですか、深田さん！　工藤さん！』

広瀬管制員の通信音声に茉由は応じる。

『遊歩道から人々が押し寄せてきて、流されてしまいました』

『な！　だ、大丈夫ですか！』

『ええ、何とか……』

人の波はまだ収まっていないけれど、徐々に少なくなってきていて、体を動かせるようになった。ただ、階下からは人の群れが生み出す喧騒が聞こえてくる。

そこで、ふー、という吐息がヘッドセットから聞こえてきた。深田研究員か。

『僕の方も何とか抜け出せました』

下まで流された彼が、壁に張りつきながら階段を上がってきた。

『一階は大混乱です、駅の方からも人が押し寄せてきているらしくて。今はまだ降りない方がいい、無理をして防護服を破いては元も子もありませんから』

確かに、人の波の中で防護服が破れてもおかしくなかった。

『広瀬さん、合流は状況が少し落ち着いてからにしましょう。折りを見て連絡を入れるから、それまでは駐車場のバンの中で浅川と待機していてください』

『わかりました。くれぐれも無理なさらず』

『了解です』

深田研究員は茉由に目を向けて一つうなずき、口を開いた。

「というわけで二階へ戻りましょうか」

「はい」

とにかくできることを、何かできることをしなければ。

救助隊として役に立ちたいと思うのと同時に、自分の中に焦りがあることに気がつく。鼓膜には、筑波研究所の女性職員に言われた一言がこびりついている。

——いっそ月から帰ってこなければよかったのに。

二階に戻るとフロアにはまだかなりの人が待機していて、遊歩道から吹き込んでくる煙と共に、絶望を顔に張りつかせた怪我人たちがぽつりぽつりとデパートに入ってくる。その中にはたぶん、今のパニックの波に巻き込まれて怪我をした人もいるのだろう。

倒れている人たちの間を防護服姿の医療チームが走り回る。

「舌根沈下！　気道確保して！」

「AED準備できました！」

「昇圧剤、早くしろ！」

つい先程までは遊歩道にたくさんの医療チームが待機していたのに、マンションの倒壊を無事に逃れることができた医療チームが少なすぎて人手はまったく足りていない。

止血剤や化膿止め、包帯、飲み薬の他、緑、黄、赤、黒のトリアージ用タグをデパートの買い物籠に入れてフロアを回っている女性看護師に、茉由は声をかける。

「感染症対策チームです。私たちに何か手伝えることはありませんか」

茉由の防護服を見た彼女は、デパート二階の出入り口に目を向けた。

「遊歩道にはまだ動けない人がいると思います」

それだけ言うと、彼女は向こうに行ってしまった。

確かに煙が立ち込めている遊歩道にはまだ、逃げられなかった怪我人がいるかもしれない。ただ、すでに半壊している遊歩道が更に壊れる危険性はある。

茉由の肩を深田研究員が指でつつく。

「無理ですよ、あそこに行くのは」

「でも、助けを待っている人がいるかもしれません」

「それは救助チームや自衛隊に任せましょう。僕たちには何もできません」

「ううん、私にだって怪我人に肩を貸すことくらいできます」

「そ、そうですけど……」

マンション倒壊によって何人もの救助隊員が亡くなっている。防護服の数も足りているはずがないから、必然、防護服を着ている者が対応しなければならないし、何より宇宙飛行士・工藤晃の妹として、できることをしたい。それが自分の誇りなのだから。

そのとき、あの、と声をかけられた。

「救助隊の方ですか」

遊歩道からやってきた中年の男女。二人とも怪我をしているらしくお互いを支え合いながらゆっくり歩み寄ってくるので、茉由の方から二人に近づいた。

「大丈夫ですか」

と声をかけると、男性がうなずいた。

「私たちは大丈夫です。ただ、どこかから子供の声が聞こえました。立ち込めた煙でどこにいるかはわからなかったんですが、たぶん標識の近くだと思います」

「標識、ですか」

「ええ、ロータリーから飛んできたんだと思います」

「わかりました。すぐに行ってみます」

と言って一礼した後、茉由は遊歩道に向かう。後ろから深田研究員が呼ぶ声が追ってくるけれど、茉由は足を止めずに出入り口を抜けて、視界を覆う煙の中に入った。

マンション倒壊前の遊歩道とはまるで違っている。

飛び交うコンクリート粉末でゴーグルが白くなり、視界の端にも粉が徐々に溜まっていく。茉由はゴーグルを庇うように右手を前に出して進みながら子供を探す。

「救助隊です！　誰かいませんか！　救助隊です！」

煙の密度は徐々に薄くなってはいる。それでも闇雲に歩くと前後左右がわからなくなってデパートに戻れなくなるから、柵の手すりを左手で触りながら歩く。

程なく煙の中に斜めに立っている標識を見つけた。

茉由は視線を左右させて辺りを確認しながら標識に向かう。

「た、すけ、て」

という声は標識の近くから聞こえた――
七、八歳くらいの男の子が、柵に寄り掛かるようにして倒れている。
その腹部をガラスの破片が貫いていて、遊歩道には血溜まりができている。男の子は焦点の合わない目をして、乾いた唇をぱくぱくと動かしている。

「あつ、い、たす、けて、こ、わ、い」

茉由はその傍にしゃがんだけれど、どうすればいいのかわからない。

ガラス片を抜いたら出血多量になる、いや、もうすでに大量の血が体から出てしまっている。たとえ茉由が医者だったとしても、この子は死ぬ。それは変えられない。

「ママ」

「あ、え、私は……」

「くす、ぐっ、たい、マ、マ」

乾いて光を失っていく目は、茉由を映していない。

それでも茉由はその小さな手を両手で握りしめる。奥歯を強く嚙み、男の子の最後の声に耳を傾ける。それしかできない。両手の中から今にも命がこぼれ落ちていく。

途切れ途切れに口から漏れていた言葉が、やがて聞こえなくなった。

ぽっかりと開いた口はもう動かない。

もう、ママと言わない。

溢れ出てくる涙を奥歯を嚙んでこらえる。それでもゴーグルの中に水が溜まっていく。手の先から血の気が引いて、チリチリと痺れる。息が苦しい。

マスクを外そうとした手が、横から摑まれた。

「それは、だめです」

見ると、深田研究員が隣に片膝をついている。

「この子、死んじゃ……じゃった」

「うん」

「ママ、ママって、ああ赤ちゃんみたいに、い言ってた」

「うん」

できることをしたかった、でも──

「私、何も、も、できな、なかっ……」

彼は首を横に振って口を開いた。

「それは違う。工藤さんはこの子の傍にいたよ」

「傍に」

「そう、傍で手を握っていた。僕は見たよ」

「……うん」

傍にいることしかできなかった、けれど、確かに傍にいることはできた。

「じゃあ、この子をデパートの中に運んであげましょう。このまま——ガラスに貫かれたまま、遊歩道で吹き曝しにさせておくわけにはいかない」

茉由がうなずくと、深田研究員は続けて言う。

「工藤さんは体を押さえていてください」

「はい」

茉由が男の子の小さな体を抱きかかえるように両手で押さえると、深田研究員がガラス片を両手で摑んで力を入れ、体からゆっくりと引き抜いた。

鋭く尖ったガラス片の先端が離れると、茉由はすぐに男の子を抱え上げた。体の穴からとろとろと流れ出てくる血が、茉由の防護服を濡らしていく。

「僕が抱っこしましょうか？」

という申し出を、茉由は首を横に振って断る。

煙の中を先導する深田研究員の後についてデパート内に戻ると、医療チームが遺体を並べているスペースに連れて行った。もっと静かな場所に寝かせようかとも思ったけれど、一人でいるより他の人たちと一緒の方がいいだろうと考え直した。

この子の〝ママ〟もここにいるかもしれない。

＊

避難区域でのパニックが収まる（軽症者や野次馬が逃げ去る）と、茉由と深田研究員は駐車場で広瀬管制員たちと合流して酸素ボンベと飲料水タンクを交換した。

内閣府に設置された対策本部からの指示で、茉由たちは感染症対策チームとして引き続き救助活動に参加することに。今の状況でＪＡＸＡ管制員が役に立つかはわからないけれど、このままつくば市に帰ることはできないし、茉由としてもできることをしたい。

プライムタワー船橋が倒壊してオリオン３号が瓦礫に埋もれてしまった今、ウィルスが漏出したかを確かめることは困難。だから事後対策、つまり〝ウィルス汚染がある〟という想定で動く。とは言え、人々にマスクとゴーグルを配ることしかできないけれど。

粒子の９８％をカットできるマスクと縁がゴムになっていて顔の輪郭に合わせられるゴ

ーグルをバンから持ち出し、それを載せた台車を押しながら避難区域内を歩く。

一瞬にして煙に変わったマンションによって、街は灰色だった。

瓦礫に潰された無数の車の迷路を抜け、落下している居酒屋や牛丼屋の看板を避けて、盛り上がった地面から吐き出されている街路樹の枝をかき分ける。

あちこちから拡声器の音声が響いている。

『離れてください、熱で車が爆発するかもしれません！　危険です！』

『そこで何をしている！　ここは立ち入り禁止だ、下がれ！』

『どうなってる！　隊員の数を確認しろ！』

怪物に裂かれたように亀裂の入っているビルの下に、灰色になった男性の遺体が放置されたままになっているけれど、救助隊員たちは決して彼のために足を止めない。救助隊の不文律は〝助けられる者が優先〟、歩を進めながら手を合わせることしかできない。

横倒しになった電柱に腰掛けてうなだれている人、放心した表情で寝転がっている人、玉突き事故の車中で縮こまっている人、呻きながら壁を両手で叩き続けている人、瓦礫の山を見てただ笑っている人――その人たちに感染症対策のマスクとゴーグルを渡す。

「そこ、マンホールに気をつけてください」

先頭を歩く深田研究員が注意喚起した。マンホールの蓋が飛んで落とし穴になっているところもあるから、蓋が近くにある場合は四人で協力して蓋を閉めておく。

「救助隊です！　誰かいますか！」

と声をかけながら避難区域内の店やビルを手分けして一軒一軒見回る中、北側のコンビニを見回っていた浅川研究員からの通信がヘッドセットに入った。

『ちょっとこっち来てくれ！　人が倒れてる！』

茉由はすぐに作業を中断してコンビニに向かい、倒れたゴミ箱の脇から割れたガラスをパキパキと踏んで店内に入った。新聞やスポーツ紙が床面を覆い、ドミノのように倒れた棚から投げ出された商品が散乱、ＡＴＭの機械がレジカウンターに突っ込んでいる。

そのレジカウンターから繋がる奥のスタッフルームに、先着した広瀬管制員の防護服がしゃがんでいて、足元には店の制服を着た若い男性が倒れている。

深田研究員が傍に行って声をかける。

「生きていますか？」

広瀬管制員は男性店員の頰を叩きながら、ええ、と言って、

「心臓は動いています、けど意識がありません。奥で火も出ています」

とスタッフルーム奥の調理スペースを指した。

「浅川さんは消火器を探しに行っています」

出火の規模はそれほど大きくない。ただ赤く染まった火元から噴出した煙が調理スペースに充満しているから、防護服を着ていなかったら呼吸が苦しいかもしれない。多くの消防車が現場入りしているけれど、倒壊したマンションへの放水で手いっぱいで周りのビルで発生した火災にまでは対処できない現状、できる者が対処していくしかない。

広瀬管制員が提案する。

「私が彼を背負って外に連れ出します」

対して深田研究員が、いや、と首を横に振る。

「僕たちは酸素ボンベを背負ってるから、一人で背負うことはできません」

「あ、そうか」

「一緒に運び出しましょう。僕が頭の方を持つから広瀬さんは足側をお願いします」

「わかりました。レジまで引き出して足の方に回ります」

二人はそれぞれ位置取りをして、せーの、で男性店員を持ち上げた。

防護服のマスクは口元がせり出していて床が見にくいから、茉由は先行して床に散らばった商品をどかし、先導するように割れたガラスドアの上を歩いて店外に出た。

「足元に気をつけてください。ガラスが散っていて滑ります」

「了解。広瀬さん、ゆっくり行きましょう」

浅川研究員にコンビニの消火は任せ、茉由たちは台車に男性店員を寝かせて、医療チームのバンや救急車の待機場として使われている天沼公園に連れて行く。

園内にいた男性看護師に事情を説明し、その指示に従って救急車内の寝台に横たえる。

怪我人搬送の担当者がすぐに、受け入れ可能な近隣の病院に運んでいった。

怪我人からの採血は感染症研究所に送られて分子検査にかけられることになっているらしい。目的はもちろん未知のウィルスが検出されるかどうかを調べること。たった一人でも陽性反応が出れば、感染症対策の面でとても大きな収穫になる、という話だった。

ただ、と言った深田研究員の表情は渋い。

「この方法、おっそいんです」

「……遅い？」

「ええ。採った血液は三重に包装した上で、ドライアイスと一緒にオーバーパック容器に入れなきゃいけないんですよ。しかも、専用の適合車両で慎重に運ばないといけないし、検査結果が確定するまで数時間かかるし、大人数の血液を調べることもできません」

言っていることはよくわからないけれど、

「それは大変なんですね」

と言った。

「まあ、その大変さが報われないことが、最上の結果ですけどね」

「あの……気になってたんですけど、一つ聞いてもいいですか。もしもオリオンの保管庫からウィルスの飛散があったら、地上でもオリオンと同じことが起こりますか」

対して深田研究員は、普通の質問に答えるようにさらりと言う。

「ええ、間違いなく」

茉由は唾を飲み、現場から立ち上がる巨大な煙に目をやる。あの煙に未知のウィルスが含まれていたら、いったいどれだけの人がそれを吸い込んだのだろう。


遊歩道付近の交差点まで戻ると、そこで右往左往していた女の子が走り寄ってくる。中学校の物らしき制服は灰色に染まり、手足にも擦り傷がいくつもある。

「助けてください！　お母さんが！　お母さんが！」

茉由たちは顔を見合わせてうなずく。

「お母さんはどこですか」

「こっちです！」

女の子は交差点から東に駆け、ビルとビルの間の路地に入っていく。

そこはプライムタワー船橋に隣接していた区画で、倒壊の瓦礫を浴び、周りのビルが連鎖して崩れる可能性もあるから近づかないように、と通達されている場所だった。確かにコンクリートの雪崩を受けたビルの屋上から路地にかけて瓦礫が溢れていて、路地にある建造物はすべて灰色になっている。これらのビル群もいつ崩れてもおかしくはない。

「待ってください！」

深田研究員が呼びかけると、女の子は足を止めた。

「お母さんはどういう状態なんですか」

「瓦礫に埋まってるんです！」

「瓦礫に……」

彼女は息せき切って訴えてくる。

「あたしとお母さんは瓦礫の下敷きになったまま今まで気を失ってて、目を覚ましたらお母さんがあたしを庇ってくれてて、あたしだけ何とか瓦礫の隙間から這い出てこれたんですけど、お母さんは足が瓦礫に挟まってて出てこれなくて！　それであたしが助けを呼びに来たんです！　早く！　早く来て！　お母さんが瓦礫に潰されちゃう！」

悲鳴に近い声を上げながら女の子の目から涙が流れていく。

深田研究員が諭すように、待って、と言った。

「ここは救助隊もまだ入れない、立ち入り禁止になっている場所なんです」

「じゃあお母さんはどうなるの！」

「現状では、すぐには助けられない、と言うしかありません」

「そんな！」

「下手をすれば、君も僕たちもこの周囲のビルの倒壊に巻き込まれてしまう危険性があります。命を懸けて君を庇ったお母さんが、そんな事態を望んでいるとは思えません」

実際問題、倒壊し終えたプライムタワー船橋の敷地内よりもこの区画は危険視されている。被害状況や危険性を考慮しての瓦礫撤去作業優先度に関しても、プライムタワー船橋を中心に東西南北に分けてこの区画は三番目、つまり〝後回し〟となっている。優先度の高い駅周辺に対して、ここは状況が安定するまで様子を見た方がいいとされている。

ただ、生き埋めになった母親の子供がそんな事情を理解するはずもない。

「いいからお母さんを助けて！　救助隊でしょ、助けてよ！」

救助隊と言っても感染症対策チーム、茉由に至ってはJAXA管制員だ。マンション倒壊という事態にどう対処すればいいかもわからない役立たずなのは間違いない。

それでも、茉由は女の子の方に踏み出す。

「私が状況を確認してきます」

そんな言葉が口から出たことが、自分でも意外だった。管制員の仕事――ARIES《船内活動支援》ではどちらかと言うと保守的な提案を出すことが多かったのに。

「工藤さん、何を言って……」

という深田研究員の声を背に、茉由は女の子に尋ねる。

「あなたの名前は？」

「伊吹美穂《いぶきみほ》です」

「美穂ちゃん、急ぐ気持ちはわかるけど、あなたが急いでもどうにもならない。私がお母さんの様子を見てくるから、あなたはここで待っていて」

どちらも救助に関しては素人。ただし茉由は防護服を着ている。それは大事。

「でもあたし、すぐ戻るからってお母さんに言ったから」

「救助隊が行けば、お母さんはちゃんとわかる」

「でもあたしも行きたい」

「それはだめよ」

「でも――」

「お母さんを助けるには短い間にいくつもの手順を踏まないといけない。美穂ちゃんが、でもでも、って言っている間にもその時間は過ぎていっちゃうの。聞き分けて」

まるで、兄のことで焦る自分に言い聞かせているみたいだった。

伊吹美穂は首を縦に振る。

「……じゃあ、お母さんを、お願いします」

「うん、任せて」

と茉由も大きくうなずきかける。

伊吹美穂から瓦礫の下敷きになった母親の詳しい場所を聞くと、茉由はビル屋上からの瓦礫落下に注意しながら進んでいく。路地の先にある細長いマンションの入り口になっている場所で、車二台程度が停められるスペースは瓦礫に埋もれている。

まずはその場で周りを確認する。

プライムタワー船橋に近い隣の雑居ビルは空から降り注いだと思《おぼ》しき巨大なコンクリート板に抉られて傾いているけれど、この細長いマンション自体は飛散した瓦礫の被害もそれほどなく、現状、倒壊の心配はなさそうに見える——あくまで素人目に見て。

路地を覆っている瓦礫が崩れないかを確かめながらその上を歩き、マンションの駐車スペースに入ったとき、後ろから深田研究員が追ってきていることに気がついた。

なんだかんだ言っても、来てくれると思っていた。

「応援を要請しておきました」

「ありがとうございます」

茉由と深田研究員はうなずき合い、辺りに声を張り上げる。

「伊吹さん、聞こえますか！」

「救助隊です！　できるなら声か音を出してください！」

すぐにコンコンと石を打ち鳴らすような高い音が聞こえてきた。マンション入り口前の左手、何枚かのコンクリート板がブロック塀を突き破っている辺りか。

「今そっちに向かいます！　音を出し続けてください！」

高い音が鳴らされる中、茉由と深田研究員は瓦礫を崩さないように慎重に音に近づいていく。そして重なったコンクリート板の隙間から中を覗き込んだ。

女性がいる、３ｍくらい奥。

「伊吹さんですか！」

はい、という弱々しい声が聞こえてきた。

「美穂は……娘は無事ですか」

「無事です！　救助隊が保護しています！」

「そうですか、よかった」

「伊吹さん、他にも閉じ込められている人はいますか！」

「いえ、私だけです」

「わかりました！　もう少し待っていてください！　今あなたも救出します！」

と声をかけてから茉由は深田研究員と顔を見合わせた。

「たぶんこの穴を美穂ちゃんは這い出てきたんですね。伊吹さんの上にある大きなコンクリート板は二枚で、その下の方が彼女の足を挟んでるんだと思います。それほど大きくはなさそうなので、これくらいなら何人かで持ち上げられるんじゃないですか？」

「問題はあっちです」

と言って深田研究員は隣の傾いた雑居ビルを指して続ける。

「何がきっかけであっちが倒壊してくるかわかりません」

折れ曲がって影を落としている雑居ビルを見上げる。確かに、この場で救助活動をしているときにあの雑居ビルが倒れてきたら、救助隊員たちは逃れようがない。

ただ、と深田研究員は言った。

「火災も起きていないし、瓦礫のバランス状態も悪くなさそうに見えます」

「ですよね」

「ええ、やってみる価値はあると思います」

もっとも、実際に救助活動を行うのは茉由たちじゃなく、レスキューのプロ。ＪＡＸＡ管制員も感染症研究者もその点に関してはまったく役に立てない。

救助準備のために一旦この場を離れる旨を伊吹美穂の母親に伝えてから、茉由たちは路地を引き返した。マスクとゴーグルを装着した伊吹美穂が走り寄ってくる。

「お母さんは、みっ、見つかりましたか？」

茉由は首肯して、大丈夫、と言った。

「しっかり音を鳴らして居場所を教えてくれたから、すぐ見つけることができたわ」

「助かる可能性は……？」

「私は救助隊の感染症対策チームだからはっきりしたことは言えないけど、消防士や警察官、自衛隊員ならお母さんの上の瓦礫をどかせる可能性はあると思う」

軽はずみなことを言ってはいけないのはわかっている、でも言っていた。

「本当ですか！」

「だから私たちは信じて待ちましょう」

すぐに近隣区画を巡回していた救助チーム三名がやってきて、深田研究員の案内の元で母親が埋まっている現場を視察に行った。彼らが視察から戻ってくる頃には二十人近くの救助チームと自衛隊、瓦礫撤去に使う資機材を載せたトラックが集まっていた。

各チームリーダーによる五分程度の話し合いがあった後、即席で二つの班（瓦礫撤去班と、撤去途中で火災が発生した場合の消防班）が編成された。選抜された勇壮な男性たちがレスキュー用のカットオフソーや重量物排除用のジャッキ、テコバール、ロープ、消火器、暗視装置、音響探査装置などを台車に積み込んで、現場に向かっていった。

茉由たち感染症対策チームも伊吹美穂も、現場に入ることを厳重に禁止された。人が多くなるほど瓦礫は崩れやすくなるし、狭い路地では邪魔になるから仕方がない。

「お母さん、大丈夫かな」

「大丈夫。きっと、お母さんは助かる」

大丈夫、助かる、助かる、と言い続ける。

伊吹美穂を励ましながら待っていると、約一時間後、キャリーマットに乗せられた母親が救助チームに付き添われて路地から出てきた。周りから、わあっと歓声が上がる。雑居ビルの倒壊も起こらず、母親も挟まった足を切断することなく救助されたのだ。

「お母さん！」

声を上げて泣きながら伊吹美穂が駆け寄っていく。

まだ瓦礫の下敷きになっている人はいるだろうし、現時点での死者の数も膨大だから諸手を上げては喜べないけれど、この救助成功には茉由も涙を止められなかった。

「やっぱり、そうなんだ……」

絶望の中にも、希望はあるんだ。

待機していた救急車に一緒に乗る伊吹美穂に、茉由は声をかける。

「美穂ちゃん！　お母さんにもマスクとゴーグルを渡してね！」

「はい！」

彼女は振り返って笑う。リスに似ている、可愛い笑顔だった。

＊

午後八時を過ぎた。

オリオン3号墜落から五時間、茉由たちの現着から三時間。

数日前まで五人の宇宙飛行士が行っていた月が、銀色に輝いている。救助活動は依然続けられている。煙と火は消防の消火によってほとんどが消え、今は自衛隊が用意したいくつもの照明器具によってマンション倒壊の惨劇現場がくっきり照らし出されている。

あの瓦礫の下に眠る宇宙飛行士のことを考えている人は、もう誰もいないだろう。

だからこそ私がここにいる意味がある、と茉由は考えることにした。

潰れた遺体、焼けた遺体、引き裂かれた遺体やその一部分はあちこちに転がっているけれど、カラスさえ寄ってこない。そんな中をライト付きのヘルメットを被った防護服姿の救助隊が、生存者を探して歩き回っている。

瓦礫が積もって足場も安定しないプライムタワー船橋跡の敷地内に入れるのは消防・警察・自衛隊だけ。茉由たち感染症対策チームはその外枠を巡回して、更にその外の瓦礫がまったく飛散していないエリアに医療チームが待機（怪我人を治療）している。

生き埋めになった生存者は日が落ちるまでに何人か発見された。

ただ、降り積もった瓦礫は微妙なバランスで積み上がっている場合も多く、救出が成功することは稀、ほんの少しの振動で瓦礫が崩れて要救助者が潰されてしまうこともある。生存者の存在が判明しても瓦礫のバランス上すぐには救助できないこともある。

伊吹美穂の母親のときは隣接したビルは倒壊しなかったけれど、あれは運がよかった。似た状況で落盤によって救助作業中のチーム二名が亡くなる事故もあった。

死者数は未だ不明ではあるものの、現時点で三百人を超える怪我人が出ている。彼らを搬送する近隣病院にも空きが無くなっていくから、軽症者は現場から近い小中学校の体育館や市民文化ホールなどに搬送されて、そこに詰めている医療チームに診てもらう。

それ以外にも街のいたるところに応急処置・薬剤配布ができる災害用テントが設営されていて、被災者で長蛇の列ができている街並みを歩いているだけでも不安感は募る。

そんな船橋市に対して、世界各国から哀悼の意や物資、医療スタッフの支援表明の声が寄せられているというニュースは、バンに戻ったときに車載テレビで見た。

WHOに次いで調査団の日本派遣を発表したのはアメリカとロシア。

アメリカ国内ではオリオン3号の帰還禁止を決定したケインズ大統領に対して、国民からの批判が高まっている一方、ロシアの国民は工藤晃《こう》飛行士とエヴァ飛行士の国内着陸を共に許可した同志として、日本を心配する声を多く寄せているとのことだった。

災害現場も日本政府も多方面への対応に追われて慌ただしく揺れる。

そして午後九時、ある情報が全救助隊員に一斉通達された。

ウィルスの第一感染、発覚。

端緒を開いたのは、様々な困難の果てに感染症研究所に持って行って分子検査にかけていた怪我人たちの血液じゃなかった。報告は千葉県外から入ったのだ。

第一感染したのは現場から避難した女性――の飼い犬。

プライムタワー船橋の十五階に住んでいた彼女は、愛犬と共に避難指示に従って下まで降り、遊歩道でマンションを眺めていた。その後、茨城に住んでいる父親が迎えに来て実家に向かったけれど、その車内で犬が吐血し始めた。道中に見つけた動物病院に駆けこんだものの犬は吐血と下血を繰り返して死に、事情を聴いたその動物病院の院長が墜落した宇宙船からのウィルス漏出を疑って電話をかけてきた、という。

人間より体の小さな犬は、感染からたった六時間で発症・死亡してしまった。

ただ、この犬のおかげで船橋のマンション倒壊現場にウィルスが漏出していることが確定した。今は潜伏期間で無自覚だけれど、多くの人が感染していることは間違いない。墜落から一日が経てば、次々と発症者が出てオリオン3号と同じ悲劇が繰り返される。

対策の初動は、厚生労働省と文部科学省。

それぞれが所管する国立感染症研究所と理研・筑波研究所の実働部隊がその動物病院へ赴いて、犬の遺骸を引き取った上で、犬が吐血した車と動物病院を徹底的に消毒・滅菌。そして両研究所から指示を受けた茨城県警の機動隊員が動物病院の周りを封鎖した。

研究員は現場に検査器具を運び、動物病院の獣医と看護師、その場にいた動物と飼い主とその家族に対して採血を行い、人獣感染の有無を検査している。その結果が出るまで誰にも接触させず、どこにも出かけないよう機動隊が監視する、という厳戒態勢。

感染症対策チーム・深田班は後発班に現場を任せて、筑波研究所に戻ることになった。さすがに休憩が必要だということもあるけれど、深田研究員の意向が強い。

「感染研に犬の遺骸は持ってかれたらしいんですけど、吐血した血液や犬の毛などを筑波研でも取ったから帰りましょう！　未知のウィルスが見られますよ！」

ウィルスについて語る彼は、明らかに生き生きとしていた。

　とは言え、瓦礫が撤去されてオリオン３号が露出するまで現場に留まり続けることもできないから、茉由も一旦つくば市に戻ることにした。

　防護服を着たまま理研・筑波研究所に戻った茉由たちは、駐車場から直接通じている搬入口でシューズカバー裏の消毒をして奥に進む。バイオハザード標識のある重々しい扉を開け、陽圧に設定されている室内を抜けて、奥にあるＢＳＬ４対応区画へと向かう。

　深田研究員は案内の研究員に話しかける。

「第一感染動物の血は来てます？」

「ええ、すでに安全キャビネットに入れてあります」

「やった！」

　と彼は拳を握った。

　茉由たちはＢＳＬ４対応実験室専用のシャワー室で両手を上げて回転しながら消毒液を浴びた後、深田研究員にシューズカバーから防護服まですべて脱がせてもらった。使ったアウター手袋などはオートクレーブ《高圧蒸気滅菌器》という装置にかけて処分するとのこと。

　およそ五時間ぶりに全身を覆っていた防護服を脱いで、手指消毒剤を指の間にすり込むようにしながら丁寧に両手を洗った後で、念のために別室で採血を受けた。

「お湯が出る普通のシャワーを借りてもいいですか」

「ええ、こちらです」

女性職員の案内で、シャワー室を使わせてもらう。

女子更衣室で服を脱ぐと、あちこちにアザができている。気づかないうちに打っていたらしい。アザをさすりながら、顎を上に向けて喉にシャワーを当てて体の汗を流す。

心に垂れ込めている暗雲は流せないけれど、べたべたしないだけで体は軽くなる。

「ふう」

吐息と共にシャワーを切り上げて自分の服に着替え、女子更衣室を出る。

女性職員と通路を歩いていると、再び防護服を着た深田研究員と会った。彼が着ているのは、茉由たちが今まで着ていた防護服よりも防護レベルの高い物（管から酸素が供給されるタイプの実験室専用陽圧式防護服）で、着ぐるみのようなフォルムをしている。

フェイスウィンドウの向こうで彼は、工藤さん、と言った。

「広瀬さんは先に玄関口に行っているそうです」

広瀬管制員はお湯が出る方のシャワーは浴びなかったようだ。それよりも早く家に帰ってゆっくりと風呂につかりたいです、と採血のときに言っていた。

深田研究員は自分の防護服を点検しながら、じゃあ、と言った。

「うちの職員にＪＡＸＡまで送ってもらってくださいね」

茉由は、あの、と言って頭を下げる。

「ありがとうございました、いろいろ……」

「ん？」

「深田さんには本当に助けられました」

「まだ何も終わっていませんよ、感染症対策は」

素っ気なく言った深田研究員は、同じ着ぐるみ防護服を着た浅川研究員と話しながらＢＳＬ４対応実験室に行ってしまった、振り返りもしないで。ただ、未知のウィルスについて話す彼の顔は、やはり生き生きしているように見える。

……この人の頭には感染症しかないの？

ＢＳＬ４対応区画の外まで女性職員に送ってもらって広瀬管制員と合流した。職員に礼を言った上でＪＡＸＡまでの送りを断って、代わりにタクシーを呼んでもらう。未知のウィルスのことでこれから忙しくなる筑波研究所の職員《戦力》を削るわけにはいかない。

タクシーを待つ間、管制室への報告は広瀬管制員に任せて、茉由は両親に電話をする。二人は今もＪＡＸＡ筑波宇宙センターの応接室にいる。これから筑波宇宙センターに帰ることを伝えると、母は通話を切るまでに三度も、気をつけてね、と言っていた。

タクシーでは第一感染動物の情報を確認する。

現場にいた女性の飼い犬が未知の感染症によって死んだことは、もちろんニュースになってはいるものの、事態の深刻さに対して扱いが小さい気がする。

発症したのが犬だったから、なんて理由で楽観されているわけじゃないと思うし、パニックを警戒しての措置なのだろうか。今は人間の発症者はまだ出ていないから、このくらいの報道レベルだと現場じゃ重要視されないかもしれない。

乗車前から管制室と話をしていた広瀬管制員が、ようやく電話を切った。

「フライトから通達です」

「城森さんから？　何ですか」

「感染研・筑波研におけるウィルス検査の進捗状況に合わせて厚労省の有識者会議が予定されているようなので、私たちにも参加してほしいとのことです」

「えっ、今から都内に行けってことですか」

「いえ、筑波宇宙センターからモニター越しの参加でいいみたいです。現場を視察した管制員として意見を求められたら答えてほしい、という感じのようです。……ああ、これで当分は家に帰れそうにありません、風呂に入るのはまだ先になりそうです」

「宇宙センターのシャワーを使えばいいじゃないですか」

「いえ、私は湯船派なので。それに家族の顔も見たいですし」

「お子さんはいるんですか？」

「ええ、もう二十歳ですが今回のことでは心配させてしまったみたいです」

「ですよね、私も両親に心配をかけました」

「それはこちらの心配の種でもあります。早くご両親に顔を見せてあげてください」

「はい」

「第一感染動物のニュースはどうでした？」

「流れてはいますけど扱いは明らかに小さいですね。避難区域外での不要なパニックを避けるために、あえて報道を規制しているんでしょうか……？」

「かもしれないですね。マスクを外していた救助隊の人たち、大丈夫ですかね」

うーん、と茉由は唸る。

「今は防護服着用が義務づけられているみたいですけど……」

ただ、感染してしまった人が今から防護服を着たところで手遅れなことは明らか。

広瀬管制員がため息を吐いてから、とりあえず、と言った。

「管制室に行って報告書の作成です。できることからやっていきましょう」

「はい。ああ、見えてきましたね」

ＪＡＸＡ筑波宇宙センターの入り口には大勢の報道陣が詰めかけている。

「運転手さん、そのままま っすぐ行って、裏口に回ってください」

広瀬管制員の要求に対して運転席から返ってきたのは返事じゃなく、質問だった。

「おたくら、ＪＡＸＡの人？」

「え、はい」

チッとあからさまな舌打ちが聞こえた後、報道陣の真ん前でタクシーが停まった。

「お代はいいから、すぐに降りてくれ」

「え？」

「さっさと降りろって言ってるんだよ」

温厚そうだった運転手から吐き出された乱暴な言葉に、茉由は耳を疑った。運転手の理不尽さに眉を寄せた広瀬管制員が、ちょっと！　と大きな声を出した。

「それどういうことですか！」

「どうもこうもねぇ。ＪＡＸＡっつったら、あの最悪な事故の元凶だろが」

その言葉と共に後部座席のドアが開けられる。

「さあ出てけ！」

「そんな言い草はないでしょ――」

声を荒らげる広瀬管制員に、茉由は首を横に振る。

「広瀬さん、いいから出ましょう」

料金表示を見て、代金を座席に置いてタクシーから降りた。

すぐに記者たちからフラッシュとマイクが向けられる。

「JAXAの職員ですか」

「マンション倒壊について一言コメントをください」

「宇宙船墜落という事態の責任問題についてはどうお考えでしょうか」

「マンション倒壊による死者は現時点で二百人とも言われていますけど、遺族に対する言葉はありますか」

その勢いに圧倒され、茉由は、え、あ、と声を漏らす。

答えられるものには答えようと思っていたのに、どの質問に対しても何も言葉を発することができなかった。答えを持っていない、それらを考える余裕がとてもなかったから。

結果、マイクから顔を背けて逃げるように敷地内に入ることになってしまった。

答えようとしなくて大丈夫です、と広瀬管制員に言われた。

「質問には後でJAXAとして答えるから、工藤さんは何も言わなくていいんです」

「はい。でも……」

「ん？」

「答えたかった、心の中では答えを言えるようになりたいんです」

と言うと、へぇ、と声が返ってきた。

「やっぱり兄妹ですね。工藤晃飛行士と同じく真摯です」

「ううん、兄とは違います。……私はただ意固地なだけです」

未だ慌ただしく揺れている管制室に入り、城森フライトに報告（オリオン3号まで辿り着けなかったことはすでに報告済みだから、形だけの帰還報告）をした後、ＡＲＩＥＳのデスクで報告書の作成を始めようとしていると、広瀬管制員が傍にやって来た。

「報告書はこっちでやっておくので、工藤さんはご両親の元に行ってください」

「いいんですか」

「もちろん。その方がこっちも安心できますからね」

「じゃあ、すいません、お願いします」

「思い切り甘えて、安心させてあげてください」

……甘えて？

「私、もういい大人ですよ？」

「大人が強くいられるのは、甘えられる場所があるからです」

「甘えられる、場所……」

「ええ、私も帰宅したら妻と二十歳の子供に甘えようと思います。臭い臭い、ってとてつもなく嫌がられるでしょうけどね」

そんな広瀬管制員の心遣いに一礼をして、茉由は両親のいる応接室に向かう。

歩きながら、でも、とつぶやく。

「ずっと船内で戦っていたから……工藤晃飛行士は」

――だから、私も、できるだけ。

茉由は応接室の前に立つ。両親に甘えて決壊しないように心を整えてからドアを開けると、すでに泣いている母親に抱き着かれ、その上から両手を広げた父親に覆われた。

「茉由！」

「ただいま、お母さん、お父さん」

「おかえり、おかえり、どこも怪我してない？」

「大丈夫、怪我なんてしてないよ」

この数時間で起きたこと、洗いざらい話して自分の不安を軽減させたい。

けれど、災害現場でのことを言えば両親を不安にさせるだけだと思う。どれだけ茉由自身のことを話したところで、二人が最も知りたいことは何も話せないわけだし。

茉由はソファに座って味噌まんじゅうを頬張りながら、窓に目を向けた。

月が浮かんでいる、昨日の夜と同じように、明日の夜と同じように。

そんな月を見ながら、もしも、とふと思った。

ここにお兄ちゃんがいたら、気兼ねなく甘えられたのかな。

＊

午前二時近く、厚労省有識者会議の連絡が入ったらしく、筑波宇宙センター職員が申し訳なさそうな顔で応接室に茉由を呼びに来た。この会議は報告書と違って広瀬管制員に丸投げするわけにはいかない。救助隊の枠を一つ潰して現場に赴いた責任がある。

「茉由、待って、どこ行くの」

怯えた顔の母に答える。

「厚労省の会議だよ」

「心配なの、また茉由が現場に行かなきゃいけなくなるんじゃないかって――」

茉由は、心配しないで、と口に出したけれど、心の中は違った。

機会があるならもう一度現場に行きたい。

今度こそ兄に会うために。兄の体内にあるかもしれない抗体を手に入れるために。

「ま、待って、茉由」

縋《すが》りつこうとしてふらついた母の体を父が支え、口を開く。

「お母さんは大丈夫だ。茉由は、茉由にしかできないことをしなさい」

「大げさだよ、ただの会議だって。じゃ、行ってくるね」

応接室を出た茉由は、職員の後について会議室に向かう。かつて宇宙機関長会議が行われた由緒正しい会議室には、すでに城森フライトと広瀬管制員がモニターの前に待機している。二人に、失礼します、と口の中で言ってその横のイスに静かに座る。

スタンドマイクが備えつけられたモニターの向こうには、U字のテーブルがある広い会議室が見える。まだ会議は始まっていないので室内にはパラパラとしか人はいない。

「モニターの向こうは霞が関中央合同庁舎の厚生労働省・会議室だそうだ」

城森フライトが説明してくれる。

対策推進本部を設置するための会議だそう。各方面から有識者を募り、マンション倒壊現場での感染症災禍に対する情報共有を目的としている。今は厚労大臣の到着待ち。

茉由は卓上に置かれていた冊子に目を通しておく。

国立感染症研究所が作成した物でウィルスに対する基礎知識を始め、オリオン3号での感染症蔓延の経過や飛行士の症状、バクテリオファージ、細菌の芽胞、極限環境微生物、未知のウィルスの発生源に関するCDCの見解などについてまとめられている。

会議が始まったのは二時間近くが経ってから。

エボラなど既存のウィルス性出血熱の項目を読んでいると、モニター画面の向こうが慌ただしくなった。着席していた参加者一同が起立してネクタイを直したりしている。

そんな中、何人もの取り巻きを伴って厚労大臣が入室した。

足早に自分の席に向かった厚労大臣が着席するタイミングで、進行役を務める厚労省大臣官房厚生科学課課長がマイクに声を通す。

『それでは、第一感染動物発覚に関する有識者会議を開始します』

厚労大臣が着席し、起立していた参加者一同も着席した後、霞が関中央合同庁舎まで出向いている国立感染症研究所の所長がマイクに向かって口を開く。

『まずこちらをご覧ください』

その言葉が終わらないうちに室内が暗転して、同時に前方の巨大スクリーンに画像が連続して映し出される。焦点を定めにくい画像だったけれど、茉由はそれが何なのかすぐにわかった。ＪＡＸＡ管制員はこの二日の間に何度も目にしている。

一枚目に映し出されたのはオリオン3号の機械船内、その中央には吐血して亡くなったエドガー飛行士の姿がある。兄とエヴァ飛行士が月面から回収した後、オリオン3号に移動させて宇宙服を脱がせたときの画像で、確かエヴァ飛行士が撮影した物だったはず。同様に、二枚目はフレッド飛行士、三枚目はロドニー飛行士の遺体の画像だった。

会議室に広がるどよめきは徐々に大きくなっていく。ここに集まっている人たちはオリオン3号で起こったことは情報としては知っていても、実際の遺体の画像を見るのは初めてという人も多いはず。どよめきは四枚目のエヴァ飛行士の遺体画像でピークになって、その後、茉由たちも初めて見る地上第一感染動物の遺骸が映し出された。横たわった犬の種類がわからないくらいにその毛は赤黒く濡れて染まり、周りには血が散っている。

暗闇に感染研所長のマイク音声が流れる。

『以上がオリオン3号内感染症蔓延の被害者四名と、今回の第一感染動物の遺骸です。うちでの検査の結果、この犬の血液中からは未知のウィルスが検出、体表からも未知の細菌芽胞が発見されています。筑波研究所でも同様の結果が出ていると伺っております』

筑波研所長の声が、ええ、と応じた。

『こちらでも未知のウィルス・芽胞が検出されています』

『そしてこれがそのウィルスです』

スクリーンに電子顕微鏡のものと思われる画像が映し出された。それは、エボラウィルスやマールブルグウィルスにも似たミミズのような形をしている。

『現段階ではわからない部分も多いのですが、エボラ同様、宿主レセプターに吸着できるエンベロープという膜に覆われているRNAウィルスのようです。条件は不明ですが、とぐろを巻くように丸くなっている休眠状態の個体も確認されています』

ウィルス画像がスクリーンから消えると、室内が明転した。

そこで進行役が皆に尋ねる。

『今の発表に対してのご質問・ご指摘等はありますか？』

すぐに大学の生物学研究室の席から次々に声が上がる。

『現時点で感染経路は判明しているんですか？』

これに感染研所長が応じる。

『不確定です。我々はエボラと同じく接触感染、飛沫感染の可能性を考えています』

『空気感染はどうでしょうか』

『空気感染に関しては細菌の方に可能性があるかもしれません。芽胞の状態で空気中のエアロゾルに乗って浮遊する、という脅威は考えられます』

『細菌の種類は判明してますか？』

『確定ではないですが、バチルス属の通性嫌気性有芽胞菌かと思われます』

『バチルス属の芽胞……では宇宙船内で使われたというヨウ素系消毒剤は、効果が無かった可能性もあるということですか』

『ええ、細菌芽胞に対して実験してみましたがアルコール系、ヨウ素系共に抵抗性を示しました。より強力な塩素系や酸化剤、アルデヒド系での消毒は可能でした』

『その実験の詳しいデータが欲しいです！　もらえるんでしょうか？』

その質問に対しては進行役が答えた。

『両BSL4対応実験室の検査結果をまとめたデータの譲渡に関しましては後程、担当者から説明があります。少々お待ちください。他に何かありますでしょうか』

医薬・生活衛生局の席で手が上がる。

『指摘になり得るかはわかりませんが、確認のためにいいですか』

『お願いします』

『未知のウィルスはエボラウィルスに形が似ているようですが、このウィルスがエボラの変異体ということはあり得ないんでしょうか、ウィルスというのはすぐに変異しますし。つまり、第一感染動物となった犬の飼い主がエボラに感染していた可能性です』

進行役が、それはありませんね、と手元の資料を確認しながら言う。

『飼い主の女性は一年以内の海外渡航歴がないようです』

『本人が海外に行っていなくても周辺からうつされた可能性もあるでしょう。エボラの潜伏期間は、あー、およそ二日〜三週間とこの冊子には書かれています』

『エボラの場合、潜伏期間にはインフルエンザ様の症状が出ます。飼い主の女性はそのような症状の人とは一か月以内には接触していない、とのことです』

『うーむ、感染研の考えも同じですか』

感染研所長がマイクに、はい、と発した。

『エボラの突然変異等ではないと考えています』

『その根拠は？』

『両者は形こそ細長い直鎖状で似ていますが大きさが異なっております。エボラ自体もかなり大きなウィルスですが、この未知のウィルスはエボラの1・5倍——2000nm《ナノメートル》近く、とぐろ状態でも200nm程度あります。無症候から短時間での劇症という特殊な発症の仕方には、このウィルス自体の大きさが関係しているのかもしれません』

『そもそも、宇宙飛行士と犬が感染したのは同じウィルスなんですか』

『現時点では宇宙飛行士の遺体を調べることができていないので確定ではありませんが、彼ら四人の症状と状況、犬の症状と状況から推測しても、両者が感染したのは月面クレーターから発見された致死率８０％のウィルスに間違いないと考えられます』

その発言に対して、四方からヤジが飛ぶ。

「致死率８０％だって？」

「飛行士の５分の４——８０％って数字はあくまで宇宙船内でのことだ！」

「そうだ、対応策がなかったからだろう！」

「この地上で致死率を８０％と表現するのは早いんじゃないかね」

ですが、と感染研所長がマイクで応じる。

『現状、薬もワクチンもないので地上においても致死率は変わらないかと思われます。宇宙飛行士たちと第一感染動物のウィルスが同一のものであると政府が明言し、現場に致死率８０％のウィルスが漏出していることを報道して注意喚起した方が良いかと』

「事故現場において数字がもたらす影響は大きいんだ！」

「そんな報道したら船橋に人がいなくなりますよ！」

「そういう報道はウィルス飛散範囲を調べて避難区域を決定させてからじゃないと」

「そうそう、避難不要の人たちまで逃げだして混乱が広がるだけです」

そこで厚労省医政局の席から感染研所長に質問が出た。

『それよりもその薬やワクチンはいつごろ完成するんですか』

『それに関してはまだ何とも……うちや筑波研、CDCを始めとする各国の感染症研究施設の他に、一類感染症の検査キットやワクチンを試験している製薬会社などにも協力を要請することになると思いますが、それでも数か月はかかるかと思われます』

『ではどうやって治療するのでしょう』

『現時点で有効と考えられる治療法は、感染しても死ななかった者、感染から回復した者の血液による血清の注入――つまり〝元患者の体で作られた抗体の投与〟です』

血清療法。既存のエボラウィルスに対して最も有効とされるその治療法については、茉由も深田研究員から聞いている。だからこそ兄がオリオン3号内で最後まで発症しなかった理由、そしてその血液に抗体ができているかどうかが重要だという話だった。

待て待て、と大臣官房の席から声が上がった。

『現時点では犬にしか感染していないんでしょう?』

『犬が感染していたということは、人間の感染者も多数いるはずです』

『宇宙では飛行士に感染したけど、地上じゃ犬にしか感染しないかもしれないでしょ。感染症への対応策は人間の発症者が出てからでもいいんじゃ？』

『しかし実験では人間の細胞にも――』

という感染研所長の言葉に、厚労大臣が割り込む。

『要するにだ、感染症による二次災害への対策よりも、まずは一次災害の現状をどうにかすべきではないか、ということだよ。現状はビルの倒壊による被害が大きいことは君も承知しているだろう？　今はその救助活動に全力をかけねばならんときではないか』

『で、ですが大臣、感染症に対して何もしないということは――』

『いやいや、我々が何もしないということではもちろんない。現に厚労省にウィルス対策推進本部を設置することは先の閣議でも決定しているわけだからな。ただ、優先順位の問題なんだよ。現場で血を流している者と流していない者、優先すべきはどちらか？』

その圧力で委縮したのか感染研所長は口を閉じてしまった。

城森フライトがオフレコで、

「現場に行った者としてはどう思う？」

と聞いてきた。

広瀬管制員は無言で首を横に振り、茉由も、うーん、と唸った。

確かに感染症が恐ろしいことはわかるけれど、マンション倒壊による被害は圧倒的だった。現状だと感染症よりも倒壊による怪我人の規模が大きいことは間違いない。

ただ判断としてはかなり難しいと思う。軽はずみな意見は言えないので、

「ちょっとわかりません」

と言っておく。

画面内の会議室では厚労大臣の発言があった。

『第一感染動物ではなく第一感染者が出たときに改めて本部会議を開き、対応策を考える用意を進める、ということで現時点での感染症対策については結論としていいかな』

厚労省トップの言葉に、内部部局から一斉拍手が起こる中、

『それでは遅すぎますね』

とはっきり反発する声があった。

たった今、会議室に入ってきた男性がマイク片手に発した言葉。悠々と室内を横切った彼は、空いていた席に自分のネームプレートを置いて続ける。

『遅れて申し訳ありません。大臣補佐官をしております、霧島清十郎《きりしませいじゅうろう》と申します。会議の映像と音声は移動の車中で取得していましたので、話の内容は把握しております』

そんな彼に、厚労大臣が声をかける。

『霧島補佐官、それでは遅すぎる、とは何だ？』

『感染症への対策は早急にすべきだと私は考えます』

『苦しんでいる怪我人よりも、苦しんでいない感染者を優先すべきだと言うのか？』

『まあ、そうなりますね』

『私はそうは思わん。この未知のウィルスの潜伏期間は人間の場合は二十四時間程度で、その間は吐血などの症状はないんだ。であるのなら今は怪我人への対処をすべきだ』

観客となった内部部局の参加者たちがうなずいている。

けれど霧島補佐官は首を横に振った。

『その潜伏期間が恐ろしいんです』

『潜伏期間が……？』

『先ほども話に出ていましたが、エボラなどは潜伏期間にインフルエンザ様の症状が出るので自覚でき、だからこそ感染者を隔離できるんです。しかしこの未知のウィルスの潜伏期間には自覚できる症状がありません。つまり自分が感染者だという認識がないまま、体液や血液に接触した医療従事者などにウィルスを広めてしまう可能性があるんです』

『本当か？』

『ええ。実際、今も感染者には何の症状もないので、病院も行かずに普通にウィルスをまき散らしながら暮らしているはずです――そうですよね、所長？』

振られた感染研所長はうなずく。

『その通りです。無症候性キャリアへの対策を打っておかないと……』

『ということなので、大臣、私は現時点からウィルスの撲滅に全力をかけるべきだと考えます。そのための好機を逃す手はありません』

厚労大臣は腕を組んで聞き返す。

『ふむ。好機とは?』

『地上への感染は犬のおかげで六時間で示されました。人が発症するまでは現時刻から最速で十二時間、この十二時間の猶予により感染症への対策を講じることができます』

『だが救助活動に全力を注がねば国民は納得せんだろう』

『感染者は必ず出ます。今は第一感染者発覚がいつになるかを待っている状況です。ならばその発覚以前に準備を進めて、発覚と同時に対策を敷けば、国民は厚労省に厚い信頼を寄せます。逆に少しでも対処が遅れた場合、政府は壊滅的なダメージを受けるかと』

『……うむ、そういう考え方もあるか』

そのとき、あのー、と別の声が会話に入ってきた。

『今夜だけでも現場の照明を消すことって可能ですか?』

これまでの流れにまったく関係がない質問――それはあの深田研究員から発せられたものだった。参加者の鋭い視線が一斉に筑波研のモニター席に向く。

質問に対して厚労大臣が答える。

『それは厚労省では決められない』

『あー、ですよね。じゃあ、はい、すいません』

霧島補佐官が腑に落ちない様子で声をかける。

『しかしなぜそんな質問をしたのでしょうか？』

『照明を消せれば多少なりとも感染者を減らせるかと思って』

『ん？　どういうことです？』

『光の照射が、ウィルスを活性化させる原因だからです』

深田研究員が何気なく言った言葉に、霧島補佐官は目を丸くする。

『な、何でそんなことがわかるんですか？』

『簡単です。第一感染動物から検出されたウィルスと有芽胞菌は、合計五つのパターンに分かれていました。①活性化状態のウィルス単体、②休眠状態《とぐろを巻いた》のウィルス単体、③活性化状態の細菌単体、④芽胞状態の細菌単体、⑤ウィルスが入った芽胞状態の細菌、です。ウィルスにしろ有芽胞菌にしろ現状では謎の部分が多いから、僕は①〜⑤のそれぞれに対して実験をしてみたんですよ。まずは酸素と熱と光を当ててみる実験です。まあ、確信があったわけではなかったんですけど、とりあえずやってみました。そしたら――』

『ちょ、ちょっと待ってください』

と霧島補佐官が止めた。

『何でしょう？』

『どうしてその三つ――酸素と熱と光なんですか？』

『ああ、月の土壌から掘り出されて月着陸船内に持ち込まれた土壌試料中のウィルス・細菌がまず感じるのが、その三つである可能性が高いからです。まあつまり、クレーターの永久影には存在しないけど月着陸船内には存在するもの、ってことになりますかね』

霧島補佐官は顎に手を当ててうなずいた。

『ウィルスについて少し勉強してこの会議に臨んだのですが、そういうことは思いもしなかったな。なるほど、確かに土壌試料採取に行った飛行士が月着陸船内で感染したなら、その三つの要因のいずれかによってウィルスが解き放たれたと考えられますね』

『何らかの複合的な要因も考えられますけどね』

『ふむ。続けてください』

『はい。僕はウィルスと細菌の①～⑤のパターンに対して、酸素と熱と光を当てて反応を調べたわけです。そしたら酸素と熱にはどれも反応しなかったんですけど、④芽胞状態の細菌単体と、⑤ウィルスが入った芽胞状態の細菌だけ、光を照射したときに反応がありました。その細胞が代謝を再開して、発芽したんです』

『発芽というのはつまり、芽胞を解いて増殖を始めた、ということですか』

『まあそうですね、休眠型から増殖型に移行したわけです。④に関してはそのまま細菌が増殖を始めたんですけど、問題は⑤です。細菌が光によって代謝を再開すると、それが刺激になったのか、細菌内に存在するウィルスも活性化したんです』

『ウィルスも増殖を開始したと？』

『ええ。ウィルスは細菌細胞のエネルギーを餌として、爆発的に増殖しました』

『それはまさに……バクテリアを食べるもの《バクテリオファージ》ですね。月面クレーターの永久影という闇の底にいたウィルスが光によって目覚めるわけですか』

『そんな詩的なものじゃありません、バイキンの生存本能、ただの増殖プログラムです。とにかく、活性化した状態のウィルスが体に入ると人間はほぼ死亡しますけど、光を浴びていない芽胞状態の細菌が体に入ったなら、もしかすると嘔吐や下痢程度で済むかもしれません。同じバチルス属の納豆菌のように人体に有益な有芽胞菌もありますし』

『な、なるほど』

『ということで、今夜だけでも現場の投光器具をオフにできれば、例えば建物の陰や瓦礫の下の暗闇なんかに飛散した有芽胞菌はそのまま眠らせておけるかと思ったんです。未だ瓦礫の下に埋もれている人たちを、少しでも致死感染症から遠ざけられればと』

いつもの調子でたんたんと語った深田研究員の説明を、茉由はぽかんと口を開けて聞いていた。あの人、見た目よりすごい人なのかもしれない……と少し思った。

わずかな間があった後、霧島補佐官が口を開いた。

『大変参考になるお話だったのですが、すべての照明を切ることはやはり現状では不可能です。夜を徹して行われるマンション倒壊現場での救助活動や医療活動、生存者の捜索、瓦礫撤去作業など、夜間は照明がなければどうしようもありません。宇宙船墜落後から七十二時間が経過するまでは、人命救助のために光は灯し続けることになります』

深田研究員の声がぽつりと言う。

『とりあえずやっちゃって、後でごめんなさいじゃだめですか？』

『え？』

え？

室内には間が抜けたような空気が流れる。

茉由も目をぱちぱちさせた。

顔をしかめる参加者も多い中で、霧島補佐官が吹き出した。

『ふっは！　あなた面白いことを言いますね！』

『だめですよね？　やっぱり』

『まあ、だめですね。照明がないと何人もが困るんです』

『だけど、今夜だけでも照明を消せれば何人もが助かるんだけどなあ』

『うーん……ウィルスの活性化条件はわかりましたけど、不活性化させる条件はわからないんでしょうか。つまり増殖を開始したウィルスにとぐろを巻かせる方法です』

そっちはまったく、と深田研究員は即答した。

『一度増殖を開始したウィルスを、暗闇に置いても不活性化はしませんでした』

黙って聞いていた厚労大臣がため息と共に言葉を発した。

『何だ。ならば意味がないではないか』

対して、深田研究員のふてくされたような声が応じる。

『だからさっき、すいませんって言ったじゃないですか』

その後、一時間程続いた会議の中で茉由に発言が求められることはなかった。深田研究員ほどの度胸がない茉由じゃ、あー、だの、うー、だのとしか言えなかったと思う。

厚労大臣の退席と共に会議が終了すると、窓の外はすでに明るくなっていた。

茉由は城森フライト・広瀬管制員と会議内容について話し合い、JAXAでの緊急会議に出席して、管制室に行って管制員として作業をこなす。動いていた方が気が楽というのはあるけれど、さすがに午前七時を過ぎると意識が途切れることが多くなってきた。

城森フライトに許可をもらって両親がいる応接室に戻り(両親も寝ずに茉由の帰りを待っていてくれた)、そのソファで横になる。この数日は緊張の連続でろくに睡眠を取れなかったこともあって、ソファに倒れこむと同時に泥のように眠りに落ちた。

＊

マンション倒壊現場での瓦礫撤去作業によってオリオン3号が露出した、という一報が入って起こされたのは正午過ぎ、深田研究員からの電話によって。

茉由は頭を左右に振って脳を眠りから覚醒させる。

『ちょ、ちょっと待ってください』

電話口に小声でそう言って辺りを見回すと、向かいのソファで両親が寝ている。茉由と同じく眠れない日々を過ごしていた二人を起こさないようにしないといけない。

足音を立てずに応接室を出ると、携帯電話に向かって聞き返す。

『本当ですか、瓦礫撤去でオリオン3号が露出したって』

興奮した声が鼓膜の中で転がる。

『ええ、たった今、入った情報です！　今回はＪＡＸＡの上層部から二個班が現場に向からしいです。工藤さんはそのJAXA班に選ばれました?』

『ううん、初耳です』

現場のオリオン3号の情報は管制室には届いているはずだから、茉由の元に連絡が来なかったのは応接室で両親と一緒だったからか、力不足と判断されたからか。

『そのJAXA班の目的は上層部のオリオン3号視察がメインらしいから、管制室からは選ばれないかもしれないっていう話です。僕のところにも現場への出動指令が来たんですけど、今回は一〜二人くらいの少人数での調査班にするように——』

茉由はその言葉に割り込む。

『私も現場に連れて行ってください!』

『僕も、工藤さんにオリオン3号の状態確認をお願いしたいと思って電話をしました。もちろん、だめなら広瀬さんに頼むつもりでしたけど』

『広瀬さんは今朝方、家に帰りました、だから私を連れてって!』

『わかりました、一緒に現場に行きましょう。三十分で準備をしてください、バンでそっちに向かいます。防護装備はすべて車内に用意して行きますから、工藤さんは上からそのまま防護服を装着できるようなインナーとして使える服を着ておいてください』

『わかりました。何から何まで、ありがとうございます』

電話を切って応接室を覗くと、両親はまだ眠っている。室内に入って付箋に〝兄を迎えに行ってきます〟と書き残し、出入り口で二人を振り返った。

「待ってて」

小声で言ってから、そっとドアを閉めた。

洗面所で顔を洗ってトイレを済ませ、動きやすい服に着替えてからエントランスに降りた（食事の時間はなかったからガムを噛んだ）。電話を切ってから三十分丁度でやって来た深田研究員と合流して、駐車場にある理研・筑波研究所のバンに向かう。

マスク・ゴーグル無しの防護服姿の彼は歩きながら、茉由の上下を見てうなずく。

「その服なら基準クリアです」

「このまま現場に向かうんですよね？」

「ええ、急いでください。救助隊が待ってます」

「あの、何で私なんですか？」

「ん？」

「勢いで言っちゃったけど、何で広瀬さんより先に私に電話してくれたのかなって」

茉由がそう言うと、彼には珍しく驚いた顔をしている。

「ああ、何ででしょうね、僕も現場への出動指令を受けた後、勢いで電話しちゃった部分はありますけど……ちょっと待ってください、考えてみます」

「あ、別に考えることでもないからいいんですけど」

と言ったけれど、彼は考え始め、少しして口を開いた。

「工藤さんとは一緒に行動した時間が長いから、広瀬さんと行くより楽というのはありますよね、僕けっこう人見知りするタイプですし。モグラに地上を案内してください」

「モグラ？」

「ええ、僕には〝筑波研のモグラ〟という二つ名があります」

確かに、あの何重もの扉の奥にあるBSL4対応実験室に籠《こも》っているなら、モグラの異名を取ってしまうかもしれない。見た目も何となくそれっぽいし。

それに、と彼は言った。

「やっぱり会わせてあげたいですから、お兄さんに」

「ありがとうございます。どんなことになろうとも、私はこの選択を後悔しません」

「ええ、あなたはそういう人だと思っています」

筑波研職員が運転するバンに乗り込み、深田研究員に手伝ってもらいながら防護服を着てシューズカバーで靴を覆うと、寝ていた間のオリオン3号墜落事故関連情報を携帯電話で確認する（一睡もしていないらしい深田研究員に補足してもらいながら）。

まず、茉由も参加したあの厚生労働省の有識者会議の四時間後、官房長官による緊急会見が総理官邸で開かれていた。第一感染動物の出現、そしてその第一感染動物と飛行士たちのウィルスが同一の物だったという有識者判断によって、国務大臣を本部長としていた〝オリオン3号墜落事故非常災害対策本部〟が格上げになり、総理大臣を本部長、全閣僚を本部員とする〝オリオン3号墜落事故緊急災害対策本部〟が設置されたのだ。

それとほぼ同時期にWHO事務局長の会見もあった。全世界に向けた一時間に及ぶ会見の中、災害・感染症への緊急対策として日本への支援や専門家による対策チームの結成・各国への呼びかけと共に、月面から発見された未知のウィルスの名称が発表された。

——ウィルス名はシャクルトン・クレーターにちなんで〝シャクルトンウィルス〟、それによる感染症名は〝シャクルトン出血熱〟になるとのこと。

この発表を受けて総理官邸には〝シャクルトンウィルス特別対策本部〟が設置された。こちらは官房長官を本部長とし、厚労省、文科省、環境省、防衛省などの内部部局・課長局長クラスや、BSL4対応の感染研と筑波研の所長、感染症関連の大学教授、JAXAのフライトディレクターなどが本部員に選出されているということだった。

「僕もその本部員にされちゃいました」

と深田研究員が肩をすくめて続ける。

「有識者会議での発言が効いたようです。まあウィルスの発見現場が月の永久影っていう特殊な場所だから、有芽胞菌の発芽条件が推測しやすかっただけなんですけど」

「でもそのおかげで今から倒壊現場に入れるんじゃないんですか」

「ですね。一応今回は前回と違って、ウィルス特別対策本部員としての現場入りになります。倒壊現場内でも多少融通が利くような利かないような感じらしいです」

融通が利くような利かないような？　たぶん、倒壊現場に入ってもいいけれどあまり踏み込むな、とか釘を刺されたのかな。この人、意外と無茶しそうな気がするし。

オリオン3号が露出したマンション倒壊現場の様子もすでにニュースで流されている。一般人は完全に立ち入り禁止になっているから、倒壊現場内に入れるのは救助隊員による撮影班か許可を得たニュースクルーだけ。当然、防護服着用が義務づけられている。

現場を撮影した映像も見たけれど、瓦礫が雑多にありすぎてどこにオリオン3号があるのかはほとんど摑めなかった。オリオン3号の正確な形を把握している茉由にも、もしかするとあれかも、というくらいしかわからないから、普通の人には瓦礫の山にしか見えないと思う。ただ、倒壊現場に近い映像ということでその凄惨さは十分に伝わる。

「瓦礫の撤去作業を宇宙船周りに集中させて進めていて、今はこの撮影時点よりもはっきりと露出しているようですよ。さあ、船橋に入る前に防護を済ませちゃいましょう」

情報取得に集中して気がつかなかったけれど、バンはもう船橋近くまで来ている。もう間もなくなんだ。そう意識すると心が重くなってくる。早く到着してほしいのかほしくないのか、自分でもわからない。


午後二時過ぎ。オリオン3号墜落から、もうすぐ二十四時間が経つ。

現場の雰囲気はまるで変わっている。

窓外にぱらぱらと見えていた人影は、避難区域が近づくにつれてほとんどなくなった。立ち入り禁止エリアを監視している自衛隊員に、運転手が許可証を見せて進む。そして茉由たちの乗るバンは倒壊現場近くの交差点にそのまま停まった。周りには消防や警察の車両、自衛隊のトラック、救急車、感染症研究所の車が無造作に停められている。

深田研究員が茉由の肩をつついて、静かに聞いてきた。

「お兄さんはもう目と鼻の先です」

「そう、ですね」

「心の準備はできていますか」

「……はい」

嘘だった。

心の準備なんてまるで整わない、整うことなんて一生ない。

深田研究員がバンを降りた後、茉由もゆっくりした動作で車道に両足を着けた。マンション倒壊現場にずんずんと向かっていく深田研究員との距離が、徐々に開いていく。

「待って、ちょっと、休憩を……」

「え？」

「ううん、何でもない、です」

足が重い。それでも進まないと。

救助隊の流れに沿って交差点を直進。道のあちこちに血痕はあるけれど、横たわっていた灰色の遺体たちは収容施設に搬送されたようだ。崩れた遊歩道の辺りまで行くと、瓦礫が左右に避けられて車一台位が通れるようになっている所がある。この部分の瓦礫だけを集中撤去して何とか道を切り開いた、という感じだった。

茉由を避けて救助隊が行き来し、そこら中から怒鳴り声が聞こえているけれど、その言葉の意味を理解する余裕はなかった。ゆっくりとした茉由の歩みは、止まった。

瞬きを忘れた視線の先にオリオン3号がある。

多層断熱材の白と金色を基調にした円錐型の司令船が——輝かしい人類の宇宙船として地球と月を往還した船が、大きな黒コゲに変わっている。その周りをたくさんの防護服が取り囲んでいて、昨日までオリオン3号だった塊の各部分を点検している。

ありえないその姿に、まるで幻を見ているような気分になってくる。

少し強めの風が吹いたら何もかも消えてしまいそうな……

茉由は地面にぺたんと座る。

「どけ！　邪魔だ！」

キャリーマットを運ぶ救助隊員たちがオリオン3号の方からやってくる。茉由は地面に落ちた腰を持ち上げられないまま、這いずるようにして瓦礫のくぼみに避けた。

……もう、やだ。この先に進みたくない、このくぼみで一生過ごす。

「工藤さん！」

キャリーマットが行った後、深田研究員がやって来た。

「工藤さん、大丈夫ですか！」

傍にしゃがんだ彼によって茉由はくぼみから引きずり出されて立たされ、また腰が抜けないように支えられる。彼は先に行って救助隊員から状況を聞いていたらしい。

「今の、マットに、何が乗ってた、ですか」

そう尋ねると、深田研究員は眉間を寄せて答えた。

「飛行士のご遺体です」

「え……」

「司令船のハッチだった部分を中心に船体に穴が開いていて、そこから中に入れます。先着したJAXA班指導の下、遺体を運び出しているようです。うちと感染研のチーム・遺体搬送班が到着したときに運びやすいように、とのことです」

言葉が早くてよく理解できない。ただ一つ聞き取れたのは〝ハッチだった部分を中心に船体に穴〟という言葉。だとすると、位置的にその穴の範囲内には月の土壌試料を収納していた保管庫もあったはず。それによってウィルスが拡散されてしまったのか。

そこで再び救助隊の声が轟いた。

「もう一丁出るぞ、道を開けろ！」

深田研究員が茉由の視界を塞ぐように茉由の前に立ったけれど、見えた。

キャリーマットの上に乗っている〝飛行士の遺体〟は、人の形をしていなかった。ちぎれた手足、潰れた胴体、宇宙服にこびりついた肉片——すべて真っ黒に焼け焦げている。誰が誰かもわからない。どれが兄かもわからない。宇宙船も宇宙服も耐火構造になっているけれど、船体に開いた穴から入った炎にコックピットが飲まれたのだ。

運び去られるキャリーマットに茉由は手を伸ばす。

「あ、兄は……」

その言葉に深田研究員が応じる。

「五人中、穴に近かった二人は跡形もなく焼かれたらしいです。操作盤の左右に座っていた飛行士も手足はちぎれ、割れたヘルメットから炎が入ってほとんど骨に……」

茉由は頭を抱える。

「そ、んな……」

ただ、と深田研究員は続けて言った。

「一番奥のコマンダー席にいた工藤晃飛行士は、まだ運び出されていないようです」

「まだ、中に……？」

「そう聞いています」

瞬間、目を見開いた茉由は深田研究員を押しのけて、オリオン3号に向かっていた。ボロボロになったその船体表面の、救助隊員たちが出入りしている穴に駆け寄る。

「どいてください、ちょっとどいて！」

声を上げながら、短い梯子を上って穴の中に這い入る。

「兄がいるんです！　私！　工藤晃の妹です！」

これまで自分の誇りだった言葉を大声で発しながら、初めて入ったオリオン3号コックピット内を見回す。どんなにここに憧れたか、どんなにここに入りたかったか。

真っ黒に染まったコントロールパネル前のコマンダー席に、宇宙服が座っている。

「お兄ちゃん！」

宇宙飛行士の訓練の合間に実家に戻ってきた兄が——実家のソファに座る兄が、どれだけ誇らしかったか。茉由は気づかれないように後ろからそっと近づいて、その首元に抱き着いていた。兄は決まって、おお、びっくりした、と言って笑ってくれるのだ。

そんな思い出の中を歩いて、茉由は兄の宇宙服に寄る。

兄の下半身は、無くなっていた。

宇宙服の上部胴体と下部胴体の接続が外れ、体もその部分で切断されている。上半身だけが四点式シートベルトで押さえられてイスに残り、下半身は隅に飛ばされている。

ヘルメットの向こうには、肉が焼け、骨が露出している顔面が——

「お、にい……」

兄に違いない、でも、兄かどうかも判別できない。

輝きに満ちていた兄のあまりにも変わり果てた姿に頭の中は混乱し、ショックすらわかない。目があった場所にはまっている黒い球が眼球だと気がついても、それが兄のあのくりくりした大きな瞳とどうしても結びつかない。……別人、なんじゃ、ないの。

近くにいた救助隊員が、

「即死だったはずです、生きながら焼かれたわけじゃなく、ミサイルとの衝突で亡くなった後に焼かれたんでしょうから、苦しむことはなかったかと」

と慰めにもならない分析を披露してきた。

そこで司令船の外が慌ただしくなる。

「遺体搬送班が到着した！　中央席の遺体も運び出すぞ！　集まれ！」

中央席の遺体、じゃない。ちゃんと名前があるよ。

「誰か……」

誰か、呼んで、兄の名前を。

想いは届かない。〝中央席の遺体〟の妹である茉由は、乗り込んできた屈強な救助隊員の群れに弾かれてコックピットから追い出された。そしてどこかぼんやりと霞がかった頭のまま、上下別のキャリーマットに乗せられて運ばれる兄を見送った。


茉由は人のいない牛丼屋内で防護服を着たまま座っていた。

深田研究員は近くにはいない、少し前までいた気がする。彼がどこに行ったのかはわからないし、茉由自身どうしてここに入ったのかもわからなかった。

割れた窓の向こうをたまに防護服姿の人が駆けていくけれど、店内に座って地蔵のように微動だにしない茉由に気づく人はいない。被災現場から隔絶されたような静寂に満ちた空間で、茉由はただ兄との思い出を振り返っていた。

兄の遺体を運ぶ感染症対策チームの遺体搬送班に妹だと言って一緒に乗っていきたいと懇願したのに、断られた。感染した遺体を搬送する車両は特別で、一般人はおろか感染症専門家でさえ簡単には同乗させられないのだそうだ。仮に一緒に乗ることができたとしても、接触は一切不可能、感染遺体が家に帰ることもない、と言われた。

焦げた塊の中での邂逅が、兄との今生の別れになった。

ただ、泣き喚くことはできない。これは決して自分一人に起きた悲劇じゃないからだ。あの墜落事故で家族を失った人は何人もいる。遺族となった人も何人もいる。兄は死の覚悟をしていたけれど、そんな覚悟なんてないまままだ死んでいった人ばかりだから。

でも両親にはどうしても電話をかけられない。

ボロボロになったオリオン3号の中で見た兄の姿を、その兄を産んだ人にどう言えばいいのかわからない。もちろんもうとっくにJAXAから連絡はいっているはず。それでも工藤家の一人娘になった茉由の口から何と伝えればいいのか、言葉が見つからない。

そこでふと、窓の外を歩いていく人影に目が留まった。

見覚えのある女の子だった——

「……美穂ちゃん？」

確かに伊吹美穂だった。瓦礫の下から救助された母親についているはずの彼女が、なぜかこの一般人立ち入り禁止となった危険エリアを歩いている。どこから入ったのかも気にはなるけれど、何よりゴーグルもマスクも着けていないことが問題だ。

茉由はその場に立ち上がって呼びかける。

「美穂ちゃん！」

聞こえなかったか、伊吹美穂は足を止めない。

どうも様子がおかしい気がする。

「ちょっと待って、美穂ちゃん！」

茉由は急いで牛丼屋を出ると、ガラス片の散っているアスファルトをふらふらと歩いていく伊吹美穂に駆け寄った。倒れた看板につまずいて傾いた彼女の体を支える。

「大丈夫、美穂ちゃん！」

と声をかけながら、茉由は自分が救助隊の一員であることを思い出した。この場にいる誰もが支えを必要としていて、自分は彼らを助ける立場の人間なんだ。

膝を折っている時間なんてない。

「美穂ちゃん！　どうしてここにいるの！」

「お母さんの靴を探しに」

「く、靴？」

「靴が片方……脱げてたから」

「靴なんかより、ねぇマスクは？　ニュースは見てないの？　ここは危険なウィルスが飛散しているかもしれないから、絶対にマスクをしないとだめなのよ！」

全身を見回してみるもマスク・ゴーグルを持っている雰囲気はない。

いくら高価な物だったとしても、靴なんて物のために立ち入り禁止エリアに入る娘じゃないと思っていた。まずい、茉由の方も自分のことだけで手が一杯で、人に配るための余分な防護用具を持ってきていない。

ロータリー近くの交差点まで行けば、感染症対策チームか医療チームのバンが停まっているはず。そこでならマスクとゴーグルをもらえるかもしれない。

そう考えていると伊吹美穂が口を開いた。

「マスクなんて意味ない」

「そんなことない、ここには目に見えないバイキンが飛んでるの――」

「お母さんが死んだ、血を吹いて」

「……え？」

突然の言葉に茉由は目を白黒させた。

彼女の母親はこの近くの病院に搬送された。それ以前の段階(瓦礫に生き埋めになった時点)で感染していて、入院中にシャクルトン出血熱を発症した、ということ。

つまり伊吹美穂は、母親の形見を探して……

「あたしもそうなる」

自分より十歳以上も若い女の子から出た言葉に愕然とする。確かに、母親とずっと一緒にいた彼女が感染している可能性が極めて高いことは感染症の素人でもわかる。

かける言葉もない静寂の中、ふと腹部に圧迫を感じた。

「い、たっ」

——痛み。

顔を下に向けると、腹部から錆びた鉄パイプが生えている。防護服を貫通した鉄パイプの先端は茉由の脇腹をかすめたらしく、肋骨の下辺りに熱が広がっている。

その鉄パイプは伊吹美穂の手から伸びている。

「なん、で、美穂ちゃん」

痛みよりもショックで声が切れ切れになった。

「あたし、勘違いしてました」

「え……」

「あなたも、警察とか自衛隊の人かと思ってました」

「ど、どういう、こと……？」

という茉由の質問を無視して、伊吹美穂は続ける。

「でも違った。あなたが、あなたたちがあの宇宙船を、落としたんでしょ」

「私たち――JAXAのことを言っているの？」

「当たり前でしょ！」

伊吹美穂は拳を握って言い放つ。

オリオン3号の墜落事故がJAXAやNASAの過失かということなら、それは違う。あれは様々な不運が重なった悲劇で、責任が宇宙機関にあるわけじゃない。

ただ、親を失った少女をそう説き伏せて、いったい何になる？

「あなたたちが元凶なんでしょ！」

言い返すことはできる、ただその気力がなかった。

伊吹美穂は鉄パイプを引き抜いて、防護服の穴を指す。

「大勢の人を殺した元凶のくせして、自分だけこんなの着て、絶対に安全な状態でここにきて！　そのゴーグルにあたしたちの姿はどう映ってたの！」

無言でいると、彼女が茉由の防護服を叩いた。

「ねぇお母さんを返してよ！　あたしを助けてよ！」

できない。

どちらもできない。

伊吹美穂はその場に膝を折った。

「何とかして、誰か何とかしてよ……」

何も言えないまま体から力が抜けて、茉由も地面に崩れ落ちた。

その上に、この二十四時間の辛い記憶が降り積もっていく。

火の玉となって日本に降ってきた兄のこと、いっそ月から帰ってこなければよかったのにと言われたこと、ただ逃げるしかなかったマンション倒壊のこと、パニックで我を忘れたように逃げ回る人たちのこと、割れたガラスに貫かれて亡くなった男の子のこと、街中にあった灰にまみれた死体のこと、そんな中で瓦礫から救出できた伊吹美穂の母親。

それなのに母親は感染して死に、伊吹美穂も感染している。

ない、なかった、希望なんて、どこにも。

「ううう、ううううう」

喉の奥から声が漏れる。

立てない。もう、立てない。

絶望で暗くなっていく視界の向こうから、防災放送が聞こえてくる。

『本日午後三時、内閣総理大臣が非常事態宣言を発令しました。政府の決定によってこの区域は封鎖されました。現在、封鎖区域内にいる方々は封鎖ラインの外に出ることを禁止されています。繰り返します。本日午後三時、内閣総理大臣が非常事態宣言を……』

深田直径

八月六日、午後三時十七分。

非常事態宣言発令・封鎖開始の放送が流れた後、辺りの空気は一変した。

立ち入り禁止エリアにいる救助隊員たちにも状況が飲み込めていないようだ。ぽかんとする消防隊員、怪我人をほったらかして携帯電話で情報を調べる医療従事者、がっくりと膝をつく警察官、頭を抱えている感染症研究者、どこかに駆け出していく自衛隊員。

立ち入り禁止エリア内で汗水流して働いている救助隊員たちにも、封鎖に関する情報は事前通達されなかったらしい。箝口令を敷いても情報漏れの危険性はあるし、住人に秘密にしていたことを救助隊員にだけ知らせてしまうと後で必ず問題になるからだろう。

「し、しまった」

深田直径は防護服のマスクの下でつぶやいた。

瓦礫の山からようやく露出した宇宙船オリオン3号の中に遺されていた飛行士たちの遺体が運び出され、搬送車で立ち入り禁止エリアから出た――

というタイミングでの封鎖開始。

深田も理研・筑波研究所のバンで、搬送車と共に船橋を出る予定だった。

乗車していれば封鎖に捕まらずに帰ることができた(対策本部員に選出された深田に関してはおそらく、スケジュール通りに行動すれば封鎖に捕まらないよう計画されていたのだろう)。実際、筑波研のバンは今頃、封鎖ラインの外をゆうゆうと走っているはず。

ただ、深田はそのバンには乗らなかった――

乗れなかった。

工藤晃飛行士の遺体を目にした工藤茉由が、とても車に乗れる状況ではなかったから。

強い彼女なら身内の遺体を見ても大丈夫かと思ったけれど、そんなことはなかった。

彼女を置いて深田一人去るわけにはいかない。だから、工藤茉由の様子を見つつ別の車でつくば市に帰る旨を伝えて、筑波研のバンには先に行ってもらったのだ。

それがまさか、封鎖に捕まるなんて。

まるで巣穴を埋められた地上のモグラじゃないか……

その防災放送が流れたとき、深田は車載テレビを見ていた。ある病院で第一感染者が出たという一報を皮切りに、避難区域の各病院や医療チームが治療施設として使っている小中学校などからも発症者が出ているという情報が続々と入ってきていたからだ。

情報確認は必須、ただ、こんなことになるのなら引きずってでも工藤茉由を連れていかなければいけなかっ……いや、あの状態の彼女にそんな強要はできないか。

やむを得なかった、と思うしかない。

気がつくと交差点にいた救助隊員は半分くらいまで減っている。

深田は放置されたバンから酸素ボンベを取って、ビニール袋に封入してある携帯電話でネットのニュース動画を流しながら、工藤茉由を残してきた牛丼屋に行く。

店内にいたはずの彼女は、なぜか店外のアスファルトに座っている。

上からガラス片が降ってくるかもしれないから、店内からは出ないようにと注意しておいたのだけれど、心ここにあらずだった彼女には届いていなかったようだ。

「工藤さん、今の放送を聞きました?」

返事はなく、うつむいたまま——先ほどまでと変わらない。

慕っていた兄の凄惨な遺体を見た傷が一時間やそこらで癒えるとは思っていないけれど、ただ、何だろう、彼女の顔に今まで無かった汗がぽつぽつと浮いている気がするし、防護服が少し乱れているようにも見える……店外に出て何かをしていた？

いや、今の彼女にはそんな気力はないか――

と、そこでネットニュースで内閣総理大臣の緊急記者会見が始まった。工藤茉由の状態も気になるけれど、とりあえずこの封鎖状況についての情報を得なければ。

深田は彼女の傍にしゃがんで声をかける。

「工藤さん、大変なことになりました」

指で右肩をつついてみると、

「ん」

と声が聞こえたので続けて言う。

「市街地一帯が封鎖されたんです」

「ふーさ……」

「ええ、僕たちはここから出られなくなったんです。さ、立って」

深田は工藤茉由の防護服の腕と腰を支えて立たせると、ゆっくりと歩いて元の牛丼屋の中に入った。床に転がっているイスや観葉植物を避けて進みながら、人形のように力の入っていない彼女の体をカウンターのスツールに座らせる。

工藤茉由にも聞こえるようにネットニュースの音声ボリュームを上げる。

『――ということで大臣会合が開かれ、オリオン3号墜落及び未知のウィルスによる未曽有の被害に対する緊急の措置として、超法規的な政令の発布や自衛隊運用、報道の制限など多岐にわたる事案の統合が不可欠と判断し、非常事態宣言の発令を決定しました。これによって対策本部は更なるリーダーシップを発揮し、被害地域との連携を密とした、より強固な対応計画を講じる事が可能となります。国民の皆様に対しては――』

それから五分、文面をつらつらと読み上げた総理大臣が一礼をして総理官邸・記者会見室の壇上からはけると、入れ替わりで登壇した官房長官がマイクの前に立った。

おそらく感染症対策が発表される。深田は画面に集中する。

『現在、船橋市を中心にシャクルトンウィルスによる被害者数は増加しております。現時点で出血熱性の重篤な病状を発症している感染者数は三十二名、死者数は二十五名。これ以上ウィルスに苦しむ国民を増やさないための封じ込め対策についてお話しします』

官房長官は初めに市街地封鎖情報を説明した。

シャクルトンウィルスの漏出をオリオン3号墜落時点からとして、そのときの風向きを考慮した上で封鎖範囲が決められたらしい。モニター画面に東京湾岸地域の地図が映し出され、その上にオリオン3号墜落地点の位置と封鎖範囲が太線で記されている。

倒壊したプライムタワー船橋を中心に習志野市と市川市にまたがる封鎖範囲は、南側を東京湾によって切り取られて、全体としては歪な三角形になっている。

「魔女のとんがり帽子ですね」

と工藤茉由に言ってみたけれど、反応はなかった。

国道に沿って敷かれている封鎖ラインにはすでにバリケードが築かれ、そこに詰めている機動隊と自衛隊から成る部隊が封鎖ラインを二十四時間体制で監視する。海側の方は、現時点ですべての船舶への搭乗が禁止されているとのことだった。

『封鎖ラインを越えた者は厳しく罰せられますので、くれぐれも越境しないでください。えー、封鎖範囲の地図、それから封鎖区域内への医療従事者の派遣情報に関しましては、内閣府や厚生労働省、国土交通省などのホームページでも確認することができます』

「封鎖ラインの映像はないのかな」

と深田はつぶやく。

映像は是非欲しかったけれど、官房長官は次の衣食住の話に移ってしまった。

封鎖区域内での〝衣〟(防護服)と〝食〟、医療品に関しては封鎖区域外部からの搬入が随時行われる予定(日時を明言しなかったのは待ち伏せを防ぐためか)で、〝住〟についてもホテルやマンションの空き部屋をすでに開放している、という。

そして、窓を閉めて外出はできる限り自粛するようにとの注意があった。官房長官はシャクルトンウィルスの脅威を明言して外出の危険性を警告した上で、どうしても外出するときはマスク・ゴーグルを着用すること、帰宅した後は手袋をしてその服を袋に封入して捨てること（当然、洗濯物は外に干さないようにすること）などを説明していった。

『封鎖期間につきましては現時点では七十二時間を予定しておりますが、無期限の延長も視野に入れています。いずれの場合も政府は様々な事態を総合的に判断した上で、全力で封鎖の解除を目指します。続いて封鎖区域の外、各地での感染症対策についてです』

感染者は封鎖区域外でも出ているらしい。

まず吐血や血涙などの症状があった場合は、その周囲の者がすぐに通報すること。発症者はくれぐれもその場から動かず、誰にも近づかず、勝手に病院などに行かないこと。対処には感染症専門家・医師・機動隊・自衛隊から成るチームが当たる。特殊車両に乗せ、その車内での治療が試みられる。これは発症から死亡までの時間が短い故の対処だ。

そして感染者と交流があった者（家族、恋人、友人、同僚など）をできる限り割り出して検査を行い、陽性反応が出た者もすべて感染症指定医療機関に搬送して隔離する。

ただ、対策チームが現着した時点で発症者がすでに死亡しているケースが多いだろうから、交流があった者の割り出しは難航しそうだ。

感染症の対策としては――

できることなら日本各地の通勤・通学を含めた一切の外出行為を五日間程度禁止にしてほしいところだけれど、それはあくまで理想論。それによる日本経済への計り知れないダメージを考慮すれば、現時点では７０点対策がせいぜいか。

「７０点」

昨日の宇宙船墜落以後から始まっていた空港検疫も、より強化されるらしい。

空港の検疫所にＢＳＬ４に対応できる感染症対策チームを配備し、国外に出る者には例外なくＲＮＡ検査を義務づける。搭乗者全員に対して同時に検査を実施して、一人でも陽性反応が出たら（たとえインフルエンザやノロ由来のＲＮＡが検出されたとしても）、その者は直ちに感染症指定医療機関に搬送、他の搭乗者たちも近隣ホテルに隔離する。場合によっては二日間以上経過を観察することも有り得ます、と官房長官は言った。

検査が陰性で搭乗を許可された後も機内検疫と海外空港で検疫を行い、そのすべてをクリアした者だけが入国を許可される。また、すでに海外に出てしまった人たちに関しても居場所を突き止めて拘束し、必ず検疫を実施するとのこと。宇宙船墜落時から入国者は激減しているが、この措置によって日本から海外に出られる者も激減するだろう。

こちらも感染症対策としては７０点程度。今後もし封鎖が破られて封鎖区域外に感染者が溢れるような事態になれば、空港全面閉鎖は免れられない。

記者団との質疑応答も聞きたかったけれど、やはり封鎖ラインの様子が気になる。

深田は隣の工藤茉由の肩をつついて、そのゴーグルを覗き込む。

「工藤さんはここにいてください」

「え」

視線を上げた彼女と目が合った。

「僕は封鎖ラインの状況を確認してきます」

「わ、私も……」

と言って彼女は腰を上げたけれど、足がふらついてその場に転げてしまった。

心の傷が癒えるまで外を歩き回るのは無理だ、特にこれから向かうのは何が起こっているかもわからない封鎖ライン。深田は彼女を助け起こして再びスツールに座らせた。

「ここにいてください。すぐ戻りますから」

「置いてかないで……私も、行く……」

マンションが倒壊した後に積極的に救助活動をしていた彼女らしくもない弱々しい言葉だった。ゴーグルとマスクで表情はわかりにくいが、目元は不安に満ちている。

今の彼女を状況不明の場所に連れて行くか、安全な場所に残すか——答えは明白。

深田の左腕を両手で掴む工藤茉由の傍に、替えの酸素ボンベを置く。

「動けるようになったら、奥のトイレなどに入ってボンベを交換してください」

返事はない、が、左腕を掴む手が離れた。

「じゃあ行ってきますね」

牛丼屋を出ると、外はほとんど無人の街並みになっている。

深田はとりあえず携帯電話で封鎖区域の地図を開く。現在地から一番近い封鎖ラインまでのルートを確認、その方向に向かって車道を歩きながら〝使えそうな足〟を探す。

いくらも行かないうちに乗り捨てられた自動車を見つけた。マンションが倒壊したときにここまで飛来した礫《つぶて》に打たれたらしく、蜘蛛の巣状にヒビ割れたフロントガラスにはいくつもの穴が開き、シートには粉々のガラスとコンクリート片が散っている。

ただ、キーは刺さったままになっている。

深田は近くにあったコンクリートの塊を手に持って、うんしょと車のボンネットに上がると、フロントガラスの穴の開いている部分を中心に塊を力任せに叩きつけた。

広がった穴に両手を差し込んで、力任せに引き剝がす。枠から外れかけていたこともあって、メキメキと音を立てるフロントガラスを何とか取り除けた。

ふう、と息を吐く。

開いたままのドアから上半身を車内に入れ、ガラスが散在している運転席のクッションを外して後部座席に放ってから席に着いた。応急処置はこれでいいか。

運転手は車を捨てて逃げたのか、礫で怪我をして病院に行ったのか。もちろん車を盗むことには多少の罪悪感はあるけれど、広大な封鎖区域を徒歩で歩き回る面倒臭さに比べれば、吹いて消えるような罪悪感。持ち主に手を合わせて、いただきます、と言った。

そこで電話がかかってきた。

画面を確認すると、相手は筑波研の相棒・浅川だった。

『深田、どうだ、宇宙飛行士たちの遺体は見たか？』

『見たよ。起きた出来事の規模を考えると遺体の状態は悪くなかった』

ミサイルに撃たれ、マンションに衝突して火災に飲まれたが、宇宙船と宇宙服に守られた工藤晃飛行士の遺体は人の形を辛うじて保っていた。宇宙船内や宇宙服の装甲が火に強くできていること（かつてのアポロ計画時に火災事故が起きたらしい）はＪＡＸＡで聞いていたけれど、状況から考えれば遺体が肉片になっていてもおかしくなかった。

『遺体の到着が楽しみだ。うちが下半身の方だったよな』

『そうだね』

『上半身が欲しかったが、まあ、文科省と厚労省との予算の差が出たかな』

上半身・下半身に切断されていた工藤晃飛行士の遺体は緊急事態に際した特別措置として上半身を国立感染症研究所が、下半身を筑波研がそれぞれのＢＳＬ４対応実験室に運んで、彼が発症しなかった理由の解明に努めることになっている。ここでシャクルトンウィルスに対する免疫グロブリン《抗体》が発見できれば研究所きっての大手柄だ。

『それで深田、お前は後何分くらいでこっちに着くんだ』

『……ん？』

深田は目をぱちぱちさせた。

『ん？』

『ああ、知らなかったのか。そう言えば連絡し忘れてたかも』

『……何の話だ』

『僕は当分そっちに戻れない。封鎖に捕まったんだ』

何だって！　と浅川の声が携帯電話から響く。

『だってお前、飛行士の遺体搬送車と一緒にバンで船橋を出たはずだろ！』

『いや、バンだけ行かせて僕は現場に残ったんだ。そうしたら封鎖が始まった』

『何で！　もう現場には遺体も何もないだろ！』

『……そうなんだけどね』

『お前らしくもないミスだな。だったら予定していた検査には参加できないのか？』

『そうなる』

少しの間があった後、浅川の声が言った。

『防護服は脱いでいないな？』

『うん』

『だったら政府に掛け合ってみる。モグラは巣穴の中にいた方がいい』

深田自身そう思う。感染症研究者としては、封鎖区域内よりも外の研究所にいる方がこのウィルス脅威に対する力を発揮できるのは間違いない。が、外に出られる可能性は限りなく低い。政府が〝封鎖〟という言葉を出した以上、防護服を脱いでいなくとも――

『例外が認められるはずがないよ』

と言ったけれど電話はすでに切れていた。

＊

車のフロントから吹き込む風が、防護服にぼうぼうと当たって後ろに流れる。

視線を上げると、空には太った大型ヘリコプターが飛行しているのが見える。おそらく封鎖ラインを国道沿いに巡回・監視している自衛隊のヘリ部隊だろう。

進むにつれて車道には車と人が増えていき、秩序なく停まっている車の群れによって深田の車もそれ以上進めなくなった。路地に折れた先に見つけたホームセンターの駐車場に車を停め、身動きの取れなくなった車群から吐き出される人たちに紛れて進む。

程なく封鎖ラインが見えてきた。

まず目に入ったのは国道296号に繋がる車道上、人が溢れている中にあるコンクリートブロック。高さ1mくらいのそのブロックと積み上げられた土嚢《どのう》によって三列の堤防が築かれ、押し寄せた人たちの車はその手前で乗り捨てられている。更にその先にも建物と建物の間に自衛隊の巨大なトラックを配置し、できた隙間にも伸縮性のバリケードを置いて停止線を引く念の入れよう。最奥の国道を行き来する車の影も見えるが、今は一般車は交通規制されているはずだから、あれも機動隊か自衛隊の監視車両だろう。国道を巡回する車とヘリコプターで、建物の窓や裏口などからの脱出者を見張っているのだ。

ここだけじゃなくすべての封鎖ラインがこの状態になっているのか。

それだったら――

「90点」

何より手際がいい。

非常事態宣言及び封鎖開始発表から時間が経っていないにもかかわらず、すでに完成形になっている。第一感染動物発見時点から封鎖発表までは時間がかかったけれど、おそらくあの有識者会議以降からこのための準備を水面下で進めさせていたのだろう。

感染症研究者としては安心だが、封鎖区域内の一住人としては脅威。

『政府の決定によってこの区域は封鎖されました！』

あちこちに立った部隊員たちが拡声器を持って呼びかけている。

『離れてください！　ここは封鎖ラインです、離れてください！』

『封鎖区域内の皆さんは停止線を越えることを政府に禁止されています。越境した者には厳しい罰が与えられます。繰り返します、越境者には厳しい罰が与えられます』

よく見ると、封鎖部隊には停止線の外側で監視する部隊と、内側で監視する部隊の二種類あることがわかる。外側の者たちは深田と同じく全身防護服を着用しているけれど、内側の者たちはマスクとゴーグルに通常の救難服を着ている。理由はおそらく〝防護服が足りなかったから〟ではなく〝全身防護服だと飲食もトイレもできないから〟だろう。

――つまり彼らも外に出ることを禁止されているのだ。

確か封鎖範囲内には自衛隊の習志野駐屯地が含まれていた。それなら内側の者たちはその習志野駐屯地の部隊で、外側の者たちは木更津駐屯地辺りから出向してきている部隊と考えられる。封鎖区域内から集まった人たちを、両手を広げて直接的に止めているのは同じ封鎖区域内から集まった部隊だけれど、そんなことお構いなしに抗議の声は飛ぶ。

「いいからここから出せよ！」

「政府の決定なら役人を連れてこい！」

「檻の中に閉じ込めてウィルスで市民を殺す気か！」

どの人の顔も怒りで真っ赤になっている。こういう状況での怒りは感染症と同じで、周囲に伝染するのだろう。後ろからやってくる人たちの顔もどんどん赤くなっていく。

封鎖部隊も一歩も引かない。

『そこを離れろ！　進入禁止だ進入禁止！』

『誰も通しません！　ここにいても感染のリスクが高まるだけです！』

『外出は自粛してください！　さあ皆さん、家に帰って！』

「ふっざけんな！　俺の家は封鎖の外にあんだよ！」

「家に帰れってんなら家に帰せ！」

そこで――

パン！　パン！　パン！

と鳴り響いた三発の銃声が、小競り合いを止めた。

封鎖区域内にいる部隊は銃を持っていないので、外にいる部隊だろう。何が起こったのかと辺りを見回す人たちがパニックを起こす前に、拡声器での説明がある。

『今のは空砲です！　心配いりません！　今のは空砲です！』

その言葉で安堵と苛立ちの空気が流れる。

「空砲……？」

「何だ、空砲かよ！」

「こけおどしだ！　公務員が撃てるわけねぇ！」

再び小競り合いに発展しそうな場を、しかし！　という声が引き締めた。

『越境者に対する実弾の発砲が許可されている部隊も配備されています！　まずは足を狙うことになっていますが、動脈に当たる可能性もあります、その怪我による感染の危険性も高まるでしょう！　なので皆さん！　停止線には絶対に近づかないでください！』

まず足を撃つという情報はいらないはず。リアリティを持たせた脅しか。

おそらくこの空砲による警告までが封鎖部隊の対応計画。だからこれほど人が集まるまでタイミングを待っていた、より多くの人に警告を聞かせるため、そしてその警告をさらに多くの人に伝聞させるため。封鎖ラインの各所で空砲が鳴らされているはず。

静まり返った中に、別の自衛隊員の声が飛ぶ。

『数に限りがございますが、マスクとゴーグルをこちらでご用意しています。後に配給されますが、現在お持ちでない方、ご家族分が不足している方は、通行止めの立て札付近にいる隊員から受け取ってください。ただし一人一セットで、無くなり次第終了です』

言葉を換えるなら、立て札の辺りまで下がれ、ということ。

周囲を見回すと、〝通行止〟と書かれた立て札の近く、マンションの植え込みの中に隠れている自衛隊員を発見した。マスク・ゴーグルが入った台車もある。

ぱらぱらとその前に列を作り始めた人たちの最後尾に、深田も並ぶ。

空砲と警告に関しては９５点。嫌らしいが、パニック下で自分たちの言いたいことを伝える手段としてはとても効果的な方法と言える。

自衛隊員が一人ずつ防護用具を渡していき、深田の番がやってきた。

「はい、どうぞ」

と差し出されたマスク・ゴーグルを断り、代わりに彼に話しかける。

「僕は救助隊・感染症対策チーム・深田班の深田直径です。感染症研究者として、シャクルトンウィルス特別対策本部の本部員にも選出されています」

「感染症、研究者……特別対策本部？」

「ええ」

とうなずき、理研・筑波研究所の研究員証を見せて続ける。

「宇宙船露出に際して、その中の飛行士の遺体搬出に関するアドバイスを求められたために現場に入りましたが、少し手違いが起きて封鎖に捕まってしまいました」

後ろに並んでいる者たちが何事かと深田に目を向けている。

「すぐに筑波研究所に帰り、シャクルトンウィルスへの対抗策を講じるために、件の宇宙飛行士の遺体を検査するチームに加わらなければいけません。何とかなりませんか」

「は、はあ……」

「一刻を争う事態だということはあなたにもおわかりのはず。僕は封鎖区域に留まるよりも、研究所に戻った方が人命救助に貢献できます。見ての通り、防護服はきっちり着ているから感染はしていませんし、筑波研究所に帰った後にはRNA検査もします」

使えそうな情報を総動員したのが効いたか、自衛隊員は悩んでいる様子。もしこれで通れるなら、同じく全身防護服を着ていたという理由で工藤茉由の脱出許可も取れる。

そこで近くで話を聞いていた男が、おい！　と入ってきた。

「だったら俺も出せよ！」

彼は自分が着けているマスクとゴーグルを指した。

「俺だってずっとこれを着けてたから感染してないし、これから製薬会社の会議があるんだ。ウィルスに対する薬に関しての大切な会議だ！　見てくれ、これが社員証だ！」

それを皮切りに、周囲からわらわらと声が上がる。

「俺は都内から来てさっきたまたまここを通っただけだ！　感染してるはずない！」

「病気の母親が危篤状態なんだ！　今すぐ行かないと間に合わなくなる！」

「それなら俺だって――」

自衛隊員が頭を横にぶんぶん振った。

「だ、だめだ！　どんな理由があろうと出すわけにはいかない！　俺だって……私たち自衛隊員だって、ここから出られないんだ！　勘弁してくれ！」

一悶着起きそうだったので、深田はそっと場を離れる。

「うーん」

ちょっと厳しいか。

深田はホームセンターの駐車場に停めた車まで戻った。

個々の立場も感染の有無も、すべて関係ない。それが封鎖というもの。インフラが整っていない国で感染症が起こると、封鎖によって隔離された村が全滅することもある。

「しまったな、つくづく……」

深田は溜息を吐きながら、携帯電話を取り出した。

ネット上には船橋市街地封鎖対策についての意見が飛び交っている。

封鎖区域内に閉じ込められてしまった人たちがこの政策に反対していることは、今見た通り。感染の可能性は高くなるし、現状では封鎖期間もはっきりしていないので監禁と変わらない。そのストレスから政府への文句をネットにぶちまけている。

しかし〝外〟の人たちは、この政策に賛同しているようだ。

ネット上には〝船橋人は出てくるな〟〝船橋墓地化計画〟〝脱走者の見張りボランティア急募！〟〝他人に迷惑かけずに死ね！〟などという乱暴な言葉も飛び交っている。

誰もがこの事態に恐怖を抱いているのだ。

深田は、ケインズ大統領の会見をBGMに車を発進させる。

『アメリカ合衆国大統領として、この度の未曽有の災害で犠牲になった方、そのご家族、被災されたすべての方に対して最も深い悲しみを表明すると共に、友好国である日本国民の安全を願っています。アメリカの思いは日本と共にあります。日本政府は勇気と尊厳を持ってこの危機に対処してください。日本がこの危機に打ち勝つ力を持っていることを確信しています。アメリカは日本に対していかなる支援も行う用意があります』

かねてから編成されていたWHOの調査団をはじめ、アメリカやロシアの専門家チームはすでに日本に向けて発っている、とのことだ。これほど心強い情報はない。

車で立ち入り禁止エリアの交差点付近まで戻ると、茉由を待たせている牛丼屋の前に停めた。普通に牛丼が食べたい、けれどそんなことができる日はいつになるのか。

どうやっても封鎖区域から出られないのであれば、深田自身、トイレにも行けないこの防護服を脱いでマスクとゴーグルだけの防護用具に変えなければならなくなる。

それは当然、感染の危険性を上げる。

なので防護服を着ている今の内にやっておきたいことがある。それを工藤茉由にも手伝ってもらおうと思ったのだ。しかしおかしい、窓から見える店内に彼女の姿がない。

店内に踏み込んだ深田は奥に向かって声をかける。

「工藤さん、トイレですか？」

返事はない。

「トイレにいるんならドアをノックしてくださ――」

と、スツールからだらりと垂れ下がっている赤い衣類が目に入った。

防護服だ、傍には酸素タンクもある。

深田は目を見開いた。まさかと思って防護服を両手に持つと、工藤茉由が装着していたSサイズの物。ポケットにはビニール袋に封入した彼女の携帯電話まで入っている。

広げてよく見てみると、脇腹辺りに小さな穴が開いている。

穴の周囲には少しだけれど、血痕が――

「工藤さん！　どこですか！」

「深田が戻りましたよ！」

「いるなら出てきてください、工藤さん！」

声をかけながら店内を探したが、工藤茉由の姿はどこにもなかった。

心に穴を穿たれたような痛みがあって、その場に膝をつく。

「何だ……どうなってる」

問題は、いつ防護服に穴が開いたか。

深田が封鎖ラインに行った後、暴徒に襲われて攫《さら》われたのかとも一瞬思ったが、ここは救助隊以外立ち入り禁止のエリアだし、交差点には常に屈強な自衛隊員やら警察官やらの救助隊が屯《たむろ》している、その近くで誘拐なんか起こるはずない――

いや、今の状況だとそんな非道もないとは言い切れない。捜索願を出しておいた方がいい。が、果たして封鎖区域での捜索活動なんてまともに機能するのか。

外に出ると、ふと、アスファルトに転がっている錆びた鉄パイプが目に留まった。

気になって、それを手に取ってみる。工藤茉由の防護服に開いていた穴と丁度同じサイズ、錆びた先端は刃物のように尖っていて、そこに乾いた血痕が付着している。
そう言えば、牛丼店内から勝手に外に出ていた彼女は、丁度この辺りに力なくしゃがんでいた──様子がおかしかった、あのときにはもう怪我をしていたのか？

だったら、何で言わなかった？

何があった？

鉄パイプに付着した血の量からして傷は深くなさそうだけれど……防護服を脱いで病院か医療チームの元に行ったということか。誘拐されたわけではないのだろうか。

だからと言って安心はまったくできない。

怪我自体が大したことはないとしても、感染した可能性がある。

「くそ……」

あのとき、深田が気づかなければならなかった。なのに封鎖開始のことで頭がいっぱいで、工藤茉由のことは後回しにしてしまっていた部分があった。たとえ危険でも彼女の頼みを受け入れて、封鎖ラインに一緒に行っていればこんなことにはならなかっ──

そのとき電話の着信音が鳴った。

取り出した携帯電話の画面には登録のない番号が羅列されている。工藤茉由かもしれないと思ってすぐに出たけれど、聞こえてきたのは男性の声だった。

『もしもし、深田直径さんですか』

聞き覚えのある声。

『はい』

『突然のお電話申し訳ありません。私は厚労省で大臣補佐官をしている霧島清十郎です。筑波研究所の浅川さんからあなたの状況を聞いて、お電話をさせていただきました』

霧島清十郎――覚えている、厚労省の有識者会議で芽胞の解除条件について話した大臣補佐官だ。一研究員《浅川》の電話が大臣補佐官に通るはずがないから、霧島補佐官の方からわざわざ浅川に事情を問い合わせ直した、というところだろうか。

深田が、どうも、と応じると、霧島補佐官は面白そうに続ける。

『有識者会議のときより声が沈んでいますね。もっとも封鎖区域内に閉じ込められては仕方がないことです。ところで深田さん、今も防護服は着ていますか？』

『ええ』

『そうですか！　よかった、それならあなたは筑波研究所に戻れます』

予想もしない相手からの予想もしない言葉に深田は眉を寄せる。

『研究所に？　どういうことですか？』

『浅川さんから話を伺い、特例としてあなたが封鎖区域外に出られるように私が手配しました。ただしその際、他の住人に見られてはいけません。なので深田さんの脱出計画は夜間、極秘裏に遂行します。それまでは防護服を決して脱がないでください』

『……正気ですか？』

『正気ですよ。あなたは研究所でウィルスの謎解きに努めてください』

願ってもいない申し出。封鎖区域に閉じ込められた人々の中に、たった一本だけ降ろされた蜘蛛の糸。諸手を上げて飛びつくような、得難い幸運だった。

──ほんの三十分前まで、なら。

深田は首を横に振る。振らざるを得ない。

そして喉の奥から、いいえ、という言葉を押し出した。

『僕はこのまま封鎖区域に留まります』

蜘蛛の糸は、摑めない。

『何ですって？　しかしあなたが最も力を発揮できるのは研究所でしょう』

『ええ、それはそうなんですけど……』

モグラが地上で何ができる？　という思いは自分の中にもある。

『ですよね？　我々としてもそれを望んでいます。この提案はあなたが防護服を着ている今だからできることです。後で気が変わってももう手遅れなんですよ』

『申し訳ありません、僕は巣穴には戻れません』

『……巣穴？』

工藤茉由を残して行けない。

『特別対策本部からは除名しておいてください』

少しの沈黙の後、わかりました、と声が聞こえてきた。

『こちらとしては残念ですが、それでは手配は取り下げておきましょう。ただあなたを本部員から外すことはしない。私は有識者会議からあなたのことを買っているんです』

『僕を、ですか』

そう言えば、研究所の所長や大学の教授クラスが選出される特別対策本部員に、一介の研究員である深田が選ばれたのは、霧島補佐官の一声があったからだと聞いた。

『私があなたを買っている証拠に、この電話は私個人の携帯電話からかけています。もし何か気づいたことがありましたら、いつでもいいので教えてください』

『……わかりました』

『封鎖ラインの状況を見ながらですが、今夜、特別対策本部会議が開かれます。深田さんにも是非モニター参加していただきたい。詳細は係の者から追って連絡します』

それは、感染症研究者として参加しないわけにはいかない。

その開始までに工藤茉由を見つける。

深田は防護服を着たまま、立ち入り禁止エリアの交差点に向かって歩く。

工藤茉由に起こったことのいきさつ、彼女とはぐれてしまったことは、電話でＪＡＸＡの城森フライトディレクターに説明した。城森フライトにしろ、筑波宇宙センターに滞在しているという工藤茉由の両親にしろ、この状況で心配しない方が無理な話だ。

『誘拐まがいの方法で連れ出した挙げ句、はぐれた、ですって？』

城森フライトの声に責められ、深田は電話を持ったまま頭を下げた。

『すいません、僕が彼女の頼みをつっぱねたからです。あのとき頼みを聞いて封鎖ラインに連れていっていれば、こんなことにはならなかったかもしれません』

『そんなに許容できないことだったんですか？』

『封鎖ラインでは暴動が起きていることも考えられたので、あの状態の彼女を連れてはいけませんでした。けど今考えると、一緒に行って遠くから見ていればよかった……』

逃げるようなことをするなんて思っていなかった、もっと強い女性だと。甘かった、傍にいるべきだったのだ。ウィルスと違って、女性のことはわからない。

『工藤は自分の行動に責任が持てない子供ではありません、税金もきちんと納めている社会人です。……しかし、もしも工藤に何かあったらあなたを訴えます』

厳しい宣告、しかしそれも当然のことだ。

『はい、僕の責任です、覚悟していま――』

ですので、と言葉が遮った。

『必ず彼女を見つけてください。そのために我々ができることは何でもします』

『あ、ありがとうございます』

城森フライトの厚意に感謝し、それなら、と頼む。

『ご両親の携帯電話やパソコンに保存されている工藤さんの画像から、顔がくっきりと映っているものを僕の携帯電話に転送するようお願いしてください』

それを街行く人に見せて、工藤茉由を見かけなかったかを聞いて回る。とても地道な方法だけど、船橋は混乱の最中なので地道な方法こそ最短の道かもしれない。

『わかりました。すぐご両親に相談してみます』

『よろしくお願いします』

言って深田は通話を終えた。

両親からの写真が届くまでに、まずやるべきは携帯電話の充電器の確保。

封鎖区域の一般人は家にこもって誰とも会わないことが一番いいが、深田はそうはいかない。工藤茉由を探すためにも、そして感染症研究者として感染患者が出た病院などを見回るためにも、通信や情報取得が途切れるようなことがあってはならない。

ただ、充電器は残っているだろうか。

店員がいないコンビニやスーパー、ドラッグストアから保存食や医薬品などを大量に持ち出している人たちの姿を、封鎖ラインに向かう途中で目にしている。実際、市街地の店はどこもすでに商品が無くなっている。

そこで思いついたのが、マンション倒壊現場付近の店舗だった。

真っ先に立ち入り禁止になったそのエリアになら、商品がまだ残されている可能性はある。深田は携帯電話で船橋のマップを見ながら進む。倒壊したマンションのほぼ真下にコンビニがあるが、ここは瓦礫に潰されてしまった。狙うのは交差点付近のコンビニ。

倒壊現場が近づくにつれて、重機が働いている重低音が響いてくる。

ガラガラ、ドォン、ドゥルルル……

瓦礫の撤去作業は今も継続されている。〝被災から七十二時間〟が人命救助の一つの目安になるので、それまでは封鎖になろうが夜を徹して瓦礫撤去が行われるはず。

深田はガラス片が散る入り口からコンビニ店内に入る。

ほとんどの商品が床に落ちてはいるけれど、予想通り持ち去られた形跡はない。落ちていた籠を取り、商品を足で脇に避けながら奥に進むと、充電器が五パック転がっているのを発見した。迷ったが三パックを籠に入れ、二パックは別の人のために残しておく。

店外に出た深田は、交差点に乗り捨てられている感染症対策チームのバンから、非生体消毒用の次亜塩素酸ナトリウムや手指消毒用の速乾性アルコール消毒液、マスク・ゴーグルなどを籠に入れていく。ただ、替えの酸素ボンベが得られなかったのは痛かった。

自分の車に戻ると、すぐに交差点から離れる。

酸素残量が少なくなっているボンベに新鮮な酸素を入れたい。マンション倒壊現場（病原体飛散の中心地）から遠くにある閉め切られた建物の中なら、ボンベの栓を直に開いて酸素を入れ替えることができる。あるいは森の中でもいい。常に新鮮な酸素が生み出されているし、密集している木々によって飛来した病原体が防がれる可能性が高いから。

留守中の家屋に勝手に入るのはさすがに躊躇われるので、無人の喫茶店に入って奥の冷蔵庫に栓を開いた酸素ボンベを入れて、空気を充填してセットし直した。ついでにミネラルウォーターのペットボトルを拝借して、タンクの飲料水も交換しておく。

準備を終えて店を出ると、いよいよ車で市街地を回る。

巡回している警察官や消防隊員、近隣住人たちにも声をかけて（ときには強引にでも呼び止めて）、携帯電話に転送された工藤茉由の写真を見せる。

「この女性を見かけませんでしたか、もしも見かけたら連絡してください」

と自分の電話番号を渡していく。彼女は怪我の手当てをしたはずなので、病院や学校の体育館などに設置されている治療施設も、マップを見ながら回っていった。

しかし手がかりは一向に掴めない。

午後八時になっても、目撃者は一人も現れなかった。それもそのはず、皆、自分や家族のことだけで手がいっぱいで、他人に気を留める余裕なんてないのだ。

……この方法じゃダメか。別の方法を考えるべきかもしれない。

日は陰り、防護服の上から感じる風も少し冷たくなっている。工藤茉由はちゃんと明るい場所で温かい物を食べているか、とそればかり気になっている。本当に、どうして彼女と一緒に封鎖ラインに行かなかったのか、たいして危険でもなかったわけだし——

と、車で通り過ぎた街灯の下に女性の人影を見た。

「ん？」

深田はその場に車を停めて降り、街灯まで戻っていく。

こちらに背を向けている女性は、マスクもゴーグルも着けていない。工藤茉由ではないようだけれど、屋外でまったく感染症対策を取っていないのは無謀極まりない。

まさか動画配信のために外をうろついているんじゃないか。

注意するために近づくと、女性が何かつぶやいていることに気がついた。

「どう、して、あた、しが、うう、こん、な、こと――」

「ちょっと！　ちょっとあなた！」

振り返った彼女の顔を見て、ぎょっとする。目元から頬に垂れ落ちた血が筋になっていて、鼻から上唇、下唇から顎にかけて赤黒く染まっている。彼女が着ているワンピースの前面も、赤い花柄の模様がプリントされているかのように吐血で変色している。

深田は思わず後ずさる。

彼女はふらふらと揺れながら歩み寄ってきた。動くことで体に負荷がかかるらしく一歩ごとに激しく咳き込んで、周囲やワンピースに血を撒き散らしている。

深田は掌を見せて、

「ちょと、待って、止まってください」

と声をかけたが、彼女は止まらず、アウター手袋に血を吹きかけられた。

「ど、どうなってるんだ……」

深田は後ずさりしながらつぶやいた。

女性は明らかにインフルエンザ様の症状と、出血性の重篤な症状を併発している。

……しかし、どうしてこの状態で歩くことができるのか、普通なら全身を裂かれるような激痛で立ち上がることもできないはずなのに。

「ゲホッゲホ、た、す、けて」

赤黒い口内から吐き出された咳の後、か細い声が聞こえた。

どうすることもできない。すでに発症している以上、彼女が咳と共に飛散させている血にもウィルスは含まれているから、安易に手を貸すことすらできない。

女性は発作のように頭や体を掻く仕草を見せた後、

「た、す、け、てたす、けて」

と言いながら崩れ落ちるように倒れ、そのまま地面でもがくように手足を動かす。彼女は全身を震わせて血の咳を吐きながらもまだ立ち上がろうとしているのか。

「うう、きて、こっち、きて、ゲホッ」

赤い目が深田を見ているが、近寄れない。

「動かないで、ください。今、救助を呼びますから」

言って深田は携帯電話で、感染症専門家・医師・機動隊・自衛隊から成る発症者搬送チームを呼び出した。すぐにやってきた完全防護の隊員に彼女の状態を説明すると、彼らは三人がかりで彼女を拘束し（動きを封じ）た上で搬送専用の特殊車両に乗せた。

彼女の今後の経過は感染症研究者として気にはなるけれど、現状はどうすることもできない。深田は走り去る特殊車両を見送ってから、顔を空に向けた。

輝く月が、暗く見える。

＊

船橋市街地封鎖開始から七時間以上が経過した、午後十時過ぎ。

未だ工藤茉由の手がかりすら摑めていないけれど、霧島補佐官が言っていた厚労省からの連絡が来てしまった。やむを得ず、深田は封鎖区域内の船橋市役所に向かう。

自衛隊員が立っている入り口前の広場にはテント村が築かれていて、その最も大きなテントを通過するように指示された。野外簡易消毒設備らしい。

シューズカバーとアウター手袋を消毒し、防護服の上から消毒液のシャワーを浴びた後で、テントからそのまま繫がっている市役所に入ることを許可された。

広場とこのエントランスは完全に厚労省のチームの持ち場になっているようだ。彼らも深田と同じく封鎖に捕まったチームだろうけれど、感染症対策のためには現場で動ける専門家も必要なので、政府によって送り込まれてきた有志たちなのかもしれない。

壁や床などの全面が消毒・洗浄された形跡がある入り口で手順に従って防護服を脱ぐと、

内から外に向かい流れる陽圧の風を感じた。エントランスにはオートクレーブや安全キャビネットまでもが用意されているので、ちょっとした実験ならできそうだ。

ビニール袋から携帯電話を取り出して表面を消毒、その袋は滅菌缶に捨てた。念入りに手指消毒をすると、感染症研究所員の男性に所内用のマスクとゴーグルを渡された。

「人と話をするときには必ずこれらを着用してください。感染症の脅威からあなた自身を守るため、そしてあなたが感染していた場合に他人にうつさないため――」

「ええ、わかっています」

「ん、ああ、感染症対策チームの方ですか。なら説明は不要ですね。防護服は我々が消毒します。アウター・インナー手袋、シューズカバーは新しい物を用意しておきます」

「ありがとうございます。腕の部分に感染者の血液が付着しています」

汚染箇所の申告なんて必要ないけれど、念のため。

「それから外に停めた車の中にもう一着、腹のこの辺りに穴の開いた防護服があるので、ついでにそっちの消毒と補修もしておいてもらえませんか？」

「腹に穴……？」

と彼がいぶかしげに深田の腹を見たから、

「僕の防護服じゃないんですけど」

と言っておく。

「わかりました」

「助かります。フロントガラスの割れた車です」

エントランスに迎えに来た市役所職員の後について、会議室に入る。

長方形に配置されたテーブルにはすでに何人もの人たちが着いている。マスクとゴーグルをしているから顔はわからないものの、ほとんどが感染症研究者だろう。お互いが距離を取って座り、会話をしないようにしているところなんて、いかにもそれっぽい。

迷彩柄の救難服を着ているのは自衛隊員か。消防隊員らしい者たちもちらほら。この会議には、封鎖後初となる現場救助隊員を交えた会議という側面がある。

深田が席に着くと女性職員がペットボトルの水を持ってきてくれた。

「どうぞ。災害時用に備蓄されていたお水です」

未開封ペットボトルをテーブルに置いた彼女は、室内に病原体が飛散しているかのようにそそくさと会議室から出て行ったので、お礼すら言いそびれてしまった。

深田はマスクをずらして水で喉を潤しながら、携帯電話で情報収集する。

現時点で感染者・死者はそれぞれ二倍以上に膨れ上がっている。この発症者たちは宇宙船墜落時に現場にいた怪我人や野次馬、防護を怠った救助隊員などだろうが、これからは封鎖区域に閉じ込められたがために死んでいく者も出てしまうだろう。

彼らはこの封鎖対策による被害者、と言える。

ただこの時点で封鎖を実行しないと、シャクルトンウィルスは日本人口の八割を殺す。未知のウィルスによる感染症の場合、どうしても最低限の犠牲は出てしまう。感染が起こってしまったら、この必要最低限の犠牲者をより少なくすることが大切になる。

やはり恐ろしいのは無症候性キャリアだ。人口密集地にいる無症候性キャリアを探し出すのは不可能なので、ニュースや防災放送で全国民に防護対策を促している。各地の都市部にはマスクとゴーグルを着けたサラリーマンや学生が増加していっているようだ。

深田は、あの街灯の下にいた女性を思い浮かべる。

彼女を迎えに来た搬送チームの医師によると、ああいった患者もぽつぽつ出てきているとのこと。吐血しながら動くことができる者たちは勝手にクリーンユニットから出て、血を撒き散らすから隔離するのも消毒するのも大変だった、という話だった。

そのとき――

「お隣、いいですか」

と声をかけられた。

顔を向けると、マスク・ゴーグルを着けた初老の男性が立っている。

「失礼、私は船橋市長の久川《ひさかわ》です」

市長——船橋市のトップが封鎖区域にいるときに封鎖が始まるとは思えないので、自分の意思で残ったのか、あるいは封鎖区域の代表者を務めるように残されたのか。

深田は一礼をしてから口を開く。

「感染症対策チームの深田です。僕の隣、ですか？」

人違いじゃ……？

「ええ」

「じゃあ、どうぞ座ってください」

「ありがとうございます。っこらしょ」

久川市長は年季の入った声を出して席に座り、

「名刺は……こんな状況ですし、お互い受け渡しはやめておきましょうか」

と言った。そもそも深田は名刺を持ってきていないけれど、うなずいておく。

実はね、と久川市長は続けて言った。

「深田さんに会うのは今が初めてじゃないんです。プライムタワー船橋が倒壊した後、瓦礫に埋もれてしまった女性を救助したあの場に、私も視察に行っていたんです」

「ああ、そうだったんですか」

「深田さんとも一言二言ですが話をしたんですよ。もっともあのときはお互い全身防護服姿だったので顔はわかりませんでしたけどね。ほとんどの感染症対策チームが倒壊現場から離れた場所で避難者たちにマスクなどを配布している中で、消防や自衛隊と一緒になって現場を歩き回って救助活動をしているあなたたちの姿はとても印象的でした」

「ありがとうございます」

「あのとき一緒だった方々、特に、精力的だった女性は一緒じゃないんですか」

とっさに言葉が出てこず、え、と間抜けな声を出していた。

「JAXAの宇宙船専門の方だと伺いましたが」

これも何かの縁、かもしれない。

深田は久川市長に事情を説明することにした。工藤茉由の防護服に穴が開いてしまったこと、その後ではぐれてしまったことを伝えると、彼の眉間に皺が寄った。

「それは大変だ」

「ええ、ですから一つお願いしてもいいですか」

「もちろんです。あなたたちの救助活動のおかげで一命をとりとめた船橋市民も多いでしょうから、私にできることがあるなら何でも言ってください」

「助かります。本来なら警察に捜索願を出したいところなんですが、現状だと機能していないと思うので。工藤さんの顔写真を市役所から封鎖区域の各施設に送り、もし見かけたら僕に連絡をするように手配してほしいんです。そういうことって可能ですか」

久川市長はしばらく腕組みをした後で口を開いた。

「現在の市役所にどれほどの力があるかはわかりませんが、やってみましょう」

「あ、ありがとうございます、百人力です」

深田はすぐにＪＡＸＡの城森ディレクターに電話をかけて説明し、茉由の両親から更にいくつかの画像（横顔や後ろ姿を写した物なども）を市役所のパソコンに転送してもらった。市役所職員がさっそく封鎖区域内の各施設に呼びかけを開始する。

これで彼女を見つけられればいいが……

およそ一時間が経って、シャクルトンウィルス特別対策本部会議が始まった。

モニター画面に映し出されているのは総理官邸の会議室だろうか、高そうなスーツを着た参加者たちが並んでいる。ただ、本部長である官房長官は緊急で入った別会議に出席中ということなので、縦割りを気にしないフラットな話し合いができそうだ。

霧島補佐官は前のように遅刻することもなく席に着いているけれど、会議が開始されているにもかかわらず一心に本を読んでいる。Ａ４判サイズだから何かの専門書か。厚労省内部部局の人たちは誰も気にしていないが、彼はいつもこんな感じなのか。

進行役は官房副長官が務めるようだ。

『まずは封鎖対策の効果についてです』

船橋市街地封鎖に関する不満の声はもちろん続出しているが、現時点で越境者は一人も無く、うまくいっているという報告があった。日が落ちてから闇に乗じて抜け出そうとする者も出たそうだが、それも想定済み、実弾の発砲も無くすべて拘束されたらしい。

進行役はマイクに向かって、それから、と続ける。

『これも想定通りですが、外部から封鎖区域内に入ろうとする者が出ています』

船橋市に閉じ込められた家族や恋人の元に行こうとする者。封鎖区域を撮影した動画が軒並み再生数を稼いでいるという事実を受けて、封鎖内に入ってまで動画を撮ろうとする配信者。そして何を考えているかもわからない、狂信的な自殺志願者等々。もっとも、こういう連中は封鎖初期こそ頻出するが、無駄だという情報が広まれば現れなくなる。

続いても想定されていた状況の説明。

前の厚労省・有識者会議で出された情報――シャクルトンウィルスの形がエボラウィルスに似ていることはすでに公になっている。それによってエボラウィルスの簡易検査キットなどが、ネットの転売屋によって高値で取引されている、という問題だ。

バネで打ち出す小さな針で指先から血を取って数分待つだけで感染の有無がわかる簡易検査キットで、エボラに似ているならシャクルトンウィルスにも反応するかもしれない、という希望的観測がネット上に拡散されてしまったことが原因らしい。

対して内閣府は、その効果が認められていないことをホームページ上で発信している。更にテレビのニュースや政府広報でも注意喚起をすると共に取り締まってはいるものの、時間を追うごとに噂はネット上で増殖していて封じ込めるのはほぼ不可能だと言う。

その報告が終わると、静観していた久川市長がマイクに話しかける。

『封鎖区域にいる家族等と連絡が取れなくなったから確認してきてほしい、との要求が封鎖直後からどんどん増えていって、すでに所内の電話が鳴りやまない状況です』

進行役は首を横に振ってマイクに話しかける。

『封鎖区域内の見回りに割《さ》く人員は現状では確保できません』

『だからって、私たち市役所職員が見回ることも禁止なのでしょう?』

『もちろんです』

久川市長はうめき声を出す。

『どうすることもできない要求に対応する職員にも負担はかかりますし、その対応をしている間は他の方からの電話を受けることができなくなってしまいます』

『では、電話へ対応する部署を設置可能かを検討します』

『それからそのことと無関係ではないのですけど、身元不明の遺体が増えていて、現場に向かった消防隊員が遺体の身元を特定できない状況が起きているようです』

『それはこちらでもすでに連絡を受け、対応策の検討段階に入っています』

『具体的にはどのようなものですか？』

『封鎖区域内にいる全住人に対して、家にいるときでも免許証や保険証など身元のわかる物を所持するように防災放送で呼びかけを行い、幼児にもタグをつけるよう促します。現在、身元が判明している遺体は内閣府のホームページなどで発表していますが、これに加えて身元不明の遺体に関しても所持品などの写真を撮影して発表することとします』

『なるほど。是非、よろしくお願いします』

これに続いて迷彩救難服姿の三人組が発言をする。

『ヘリコプターでの警備にあたる陸上自衛隊習志野駐屯地第一空挺団です』

第一空挺団――落下傘部隊で有名な、陸自のエリート集団だ。いざというときにはあの太ったヘリコプター（チヌークと言うらしい）から落下傘で降ってくるのだろうか。

『はい、どうぞ』

『感染症による脅威の下では、窓・ドアを閉め切り、外出しないことが最善策だと聞いております。ですが現状、マスクやゴーグルをせずに外を歩いている者が多すぎます』

確かに、変わり果てた街並みを撮影しながら外をうろついている者は未だにいる。動画投稿の再生数を稼ぐ目的なのだろうが、命がかかっていることを理解しているのか。

厚労省内部部局の大臣官房席から賛同の声が上がった。

『それは由々しき問題ですね。先の官房長官の記者会見、そして封鎖区域内の防災放送では〝外出の自粛〟という言い方をしていますが、もっと強く、〝外出の禁止・外出した者は罰せられる〟というニュアンスの防災放送に替えられませんか』

これに対して進行役が首を横に振る。

『現状でも個人の外出自体を禁止することはできません』

『しかし外出を制限しないと、この先対応できなくなります』

『では、外出禁止のように聞こえる文言を作成するように関係各省庁に通達し――』

待ってください、と厚労省の医薬・生活衛生局席からの声。

『配給はどうするんですか。封鎖区域の公園や学校校庭などで一日一回、三日分の保存食を配ることになっていますが、これを受け取りに行くにはどうしても戸外に出なければいけません。外出禁止を呼びかけるような放送をしては、市民も混乱するのでは……』

久川市長がうなずいて発言する。

『混乱はパニックに繋がります。そうなってしまっては本末転倒です。はっきりとわかりやすい言葉で伝えることが最優先かと思います』

少しの沈黙の後、大臣官房席から声が上がる。

『先の政府会見では、一応の封鎖期間の目安を七十二時間としています。これを強調し、この期間は無理に配給を取りには行かず、家に備蓄されている食料で対処するのが望ましいこと、無用の外出は避け、命を守る行動を取るよう厳重に呼びかけましょう』

『そんなことを言えば、七十二時間何も食べずに過ごす者も出ます！』

という医薬・生活衛生局の反論に応じたのは、霧島補佐官だった。我関せずの雰囲気で読書をしていた彼が、本を置いてマイクに言葉を発する。

『たとえそうなったとしても、市民を家から出さないことが先決です』

『補佐官、乱暴です！　問題発言ですよ！』

『後よりも今――この七十二時間をしのぐことが肝心です。この間に、限界ぎりぎりまで家から出ない、という意識を市民に植えつけなければなりません』

『あなた、何を言っているんですか。それは時期尚早というもの、そういったことはもっと感染が蔓延してから検討すべきことであって、今の段階ではもっと――』

『いや、この七十二時間でその状態まで持っていかなければ意味がありません』

『意味？　なぜそこまでこの七十二時間にこだわるんですか』

『なぜって、天気予報を見ていないんですか？』

会議室にぽかんとした空気が流れる。

『天気予報……』

霧島補佐官は、ええ、とうなずいて言う。

『大変な事態ですが天気予報はこまめにチェックすることをお勧めします。封鎖から七十二時間が経った後、台風が関東に上陸する可能性が高いそうです』

台風……

『ほ、本当ですか？』

と深田はマイクを握って言っていた。できるだけ情報収集するようにはしていたが、封鎖情報にばかり気を取られて天気予報は目に留まらなかった。

『ええ、超大型らしいですよ』

こんなタイミングで超大型台風――

『最悪だ』

モニター画面を隔てた会議室から質問が来る。

『台風が来ると、どうして最悪なんですか』

質問は同室の霧島補佐官ではなく深田に向けられた。深田は携帯電話を取り出して天気予報を調べながら、会議室からの質問に応じる。

『ウィルス飛沫及び細菌の芽胞が風で宙を舞い、暴風域の全範囲に広がる可能性があるからです。マンション倒壊現場周辺以外の場所でも全身防護服の着用が必要になりますし、もしも関東全域を覆う程の台風が直撃したら、この封鎖自体の意味がなくなります』

『な、何だと！』

会議室がどよめく。台風以降に封鎖区域外で感染者が続出する事態が起これば、船橋市街地封鎖は解除されるだろう。ただそれは日本として最悪の事態へ繋がる。

集まった人々が会議室内を動き回り、言葉が飛び交う。

「どうすればいい、台風なんて止められないぞ」

「すぐに災害対策本部に連絡しろ」

「補佐官、どうしてこのことを早く言わなかったんですか！」

当の霧島補佐官はヤジに構わず、深田と繋がるモニターカメラの前にやって来た。手に持っていた本をカメラの前に置く――〝漫画で分かるウィルス・細菌図鑑〟。

『質問いいですか、深田さん』

『は、はい』

『この本には芽胞は熱に強いと書かれているんですけど、火炎放射は効きませんか』

『火炎放射よりも、オートクレーブという装置の方が正確に滅菌できます』

『オートクレーブは、120℃以上の飽和蒸気で加熱する高圧蒸気滅菌器でしたね——それはだめですから、芽胞滅菌方法を他にもいくつか挙げてもらえませんか』

……〝それはだめ〟？

『実験室では、過酸化水素ガスプラズマを数時間吹きかける滅菌方法や、細菌よりも細かい濾過膜を使っての滅菌法なども行います』

『それもだめですね。薬品だとどういう物なら芽胞を滅菌できますか。確か、アルコール消毒液やヨウ素消毒液では滅菌できないんでしたよね？』

『そうですね。生体に対して使うんですか』

『いえ、非生体です』

『それなら、次亜塩素酸ナトリウムや過酢酸なら滅菌はできます』

『え、そうなんですか、ジアエンならうちにもあります』

『ただ、どちらも金属腐食性や脱色性があるので、材質を傷めたくないのであればアルデヒド類のグルタラールがいいかと思います』

『そのグルタラールであれば、この未知の芽胞菌も完全に殺せるんですか』

『殺せるでしょうね』

『グルタラールが含まれる具体的な薬品はわかりますか』

『ええ』

深田がグルタラール2%、3%、3・5%の濃度ごとに薬品名を挙げていくと、霧島補佐官はモニター画面の向こうで手帳にメモを取ってから一礼した。

『大変参考になりました。ありがとうございました』

『いえ。でも、さっき言ってた〝それはだめ〟っていうのは――』

と質問しようと思ったが、霧島補佐官はモニター前から去ってしまった。

その後はほとんど会議室と現場との対話という形は成立しなかった。やがて慌ただしく人が走り回っているだけの映像になって、終わりの挨拶もないまま会議は終了した。

市役所職員によって幕の内弁当が配られる中、久川市長がため息を吐く。

「どうなってしまうんでしょうか、船橋は」

それは深田にもわからない。言えることは一つだけだ。

「とにかく工藤茉由さんの件をどうかよろしくお願いします」

「もちろんです、早く見つかることを私も祈っています」

何としても超大型台風が来る前に、工藤茉由を見つけ出さなければならない――そして補修した防護服を彼女に渡さなければ。

席を立った久川市長は、そうだ、と思い出したように言う。

「職員から聞きましたが、深田さんの車はフロントガラスが割れているようですね。それでは車内にウィルスや細菌が入ってしまうんじゃないですか」

「ええ、まあ、飛散している場所なら入っちゃいますね」

「それでしたら、私の車を使ってください」

深田は瞬きをする。

「い、いいんですか」

「ええ。私はしばらくはこの市役所から出ることはできないでしょうし、このシャクルトン出血熱の災禍が終結した暁には廃車にしなければならない車です。それならば最後に、市民のために行動してくれる方に使ってもらった方がいいと思ったのです」

確かに、凶悪なウィルスが付着した可能性がある車にはもう乗れないだろう。

「ありがとうございます。そういうことなら、使わせていただきます」

そうしてください、と彼は笑顔で言い、そして、と続ける。

「工藤茉由さんと一緒にここに戻ってきてください」

「はい、必ず」

「それから、もう十二時を過ぎていますから、良ければここの仮眠室に泊まっていってください。工藤茉由さんの情報が入ったらすぐに知らせることができますし」

「何から何まで本当に助かります。そうさせてください」

携帯電話と充電器があるのでどこにいてもすぐに連絡は取れるが、厚意に甘えることにした。ここにはオートクレーブや安全キャビネットがあり、ただのホテルよりも感染症防護レベルが高い。防護服などの消毒を自分でやらなくて済むという利点もある。

……彼女もどこか安全な設備の中で休めているといいんだけど。

それでは、と言って久川市長は会議室を出て行くと、深田は幕の内弁当を食べる。蓋はしっかりと密閉されていたので、中に病原体が入り込んでいることはないはず。

そこで携帯電話に着信があった――浅川から。

今の会議には筑波研のモニター席もあったから情報は共有しているはずだが、わざわざ何の用か。深田は卵焼きを挟んでいた箸を止め、電話に出る。

『もしもし』

『深田、台風なんて大変なことになったたな。俺たちもBSL4実験室内に缶詰されている状況で天気なんて確認できなかった。所長は大慌てで台風対策室を作って、感染症研究所として取り得る対策があるかを検討し始めたぞ』

『だろうね。で、わざわざそんなことを言いに電話を？』

『ずいぶんな言い草だな。俺たちが六時間ひたすら実験室に籠ってやっていた飛行士遺体検査の結果を聞きたくないのか？』

『聞かせて』

『本当なら今の会議で発表する予定だった情報だが、それどころじゃなくなっちまったからな。情報はもちろんこの後で厚労省やら研究者やらに正式に通達することになっているが、お前には先に伝えてやろうと思ったわけだ』

『免疫グロブリン《抗体》は見つかった？』

『いや、結果から言うと、どの遺体からも見つからなかった』

予想はしていた。もし工藤晃飛行士の体内からシャクルトンウィルスと結合できる免疫グロブリンが見つかっていたなら、今の会議で真っ先に報告されていたはずだから。

つまり、と深田は言う。

『工藤晃飛行士は免疫グロブリンによってウィルスを中和していたわけじゃないのに、体内でウィルスを不活性化させることができた、だから最後まで発症しなかったんだ』

『ああ。実際、工藤晃飛行士の血中から発見されたウィルスはほとんど〝とぐろを巻いている不活性化状態〟だった。エヴァ飛行士の血液も多少得られたんだが、やはり不活性化したウィルスが発見されている。ただ彼女の方は活性状態のウィルスも多かったが』

『感染研も同じ結果だった？』

『ああ。向こうでも、工藤晃飛行士の上半身からも今のところ免疫グロブリンは見つかってないが、とぐろ巻きの不活性ウィルスは多数検出されているらしい』

『不活性化する条件は？』

『それはまだ摑めてない』

工藤晃飛行士の体内で、シャクルトンウィルスが増殖をやめた理由がきっと何かあるはず。その不活性化条件を何とかして見つけ出さなければならない。CDCの感染症対策室長が言っていた〝病原体はミステリー〟という言葉が現実味を帯びてくる。

『ただな……』

『ん？』

と促すと、少し間が空いてから言葉が返ってくる。

『これはまだ不透明な情報だからお前にだけ言おうと思ってたんだが、工藤晃飛行士の分かたれた上半身と下半身――筑波研《うち》と感染研の検査情報を統合した結果、とぐろを巻いた不活性ウィルスが発見された体部位の分布に、わずかだが偏りが見られるんだ』

『分布に、偏り……』

『あくまで偶然の可能性もあるし、工藤晃飛行士だけがそうなのかもしれない。エヴァ飛行士に関しては情報を統合できるほど、宇宙船内に残された部位が多くなかったから』

『それで、不活性ウィルスは体のどこに集中していた？』

『頭部、しかも脳に溜まっている』

『脳……』

すぐに思い出すのは狂犬病ウィルスだ。そのウィルスは感染部位から末梢神経を伝い、脊髄や脳に至って増殖する。初期症状は風邪様で、発症時には痙攣したり、極度の興奮によって錯乱状態に陥ることもある。全身が麻痺し、昏睡、死亡することもある。

シャクルトンウィルスにも同様の性質がある、のか？

『とぐろを巻いた状態だと増殖はしない、それは確かだ。が――』

浅川はその先を口にしなかったけれど、言いたいことはわかる。

このウィルスは……得体が知れない。

＊

仮眠室で四時間眠った。

目覚めた後は顔を洗い、長くてうっとうしかった髪を鋏でざくざく切った。

さっぱりした頭をシャワーで流し、職員が用意してくれたホットミルクとトーストを胃に入れ、内閣府のホームページを確認する。感染症による死者は現在百三十五人。一見すると昨日からあまり伸びていない——が、そうじゃない。一人でホテルに籠っている人たちの中にも死者は出ているはずだが、その遺体数をカウントできていないからだ。

今朝には初めて補給物資搬入が行われた。

待ち伏せ防止のために補給物資の内容や正確な搬入時間は事前告知されず、搬入成功後に内閣府のホームページに載せられた。今回はやはりマスクやゴーグル、医療品、水、保存食などの生活必需品が多かった。防護服や酸素ボンベも封鎖区域内の全住人に配布することを目的に大量生産が昨日から始まっていて、海外にも支援を頼んでいるという。

待ち望んでいた電話が来たのは、外出の準備を進めていた午前七時過ぎ。

事務室に詰めている船橋市役所の職員からの連絡で、〝船橋総合医療センター〟という病院で工藤茉由らしき女性を見た人がいる、という話だった。

『了解しました、市内の中核病院の一つですね』

昨日の会議後、封鎖区域内の施設はあらかた頭に入れておいた。

『はっきりとした目撃情報ではないんですけど……』

『大丈夫です、足を運んで確認してきます。ありがとうございました』

と言って電話を切った深田は、消毒された自分の防護服を装着して酸素ボンベと飲料水タンクをセットした。陽圧空間から出て駐車場に行き、久川市長の車に乗り込んだ。

船橋総合医療センターの位置をナビに登録し、すぐに発つ。

封鎖後初めての夜を終え、どこかくたびれた雰囲気がある街を走ることおよそ二十分、車は目的地に到着した。木々に囲まれた小高い丘にある大きな病院――風に乗って舞っている芽胞を木々によって防げる、感染症研究者基準で〝良い〟病院だ。

近くの薬局に横づけし、深田は医療センター内へ。

待合室を兼ねた広いエントランスにはテント村が作られていて、医療チームが詰めている。深田は書類を運んでいた女性看護師を、すいません！　と呼び止めた。

「あ、はい、怪我ですか病気ですか？」

「いいえ、僕は救助隊・感染症対策チームです。この女性を見ていませんか」

携帯電話を出して工藤茉由の写真を見せると、彼女は、ああ、とうなずいた。

「茉由ちゃん……？」

深田は目を見開く。

「そ、そうです、工藤茉由さんです、ここにいるんですね！」

目撃情報は本当だった。

「茉由ちゃんならここを手伝ってくれてますよ」

「いっ、今どこにいますか！」

女性看護師の視線が深田の防護服を上下する。

「あなた、茉由ちゃんの彼氏ですか？」

「いいえ、僕と彼女は同じ感染症対策チームのメンバーなんです」

「ああ、そうなんですね。ええと……茉由ちゃんは今どこだろう」

近くで話を聞いていた看護師が助言をくれる。

「茉由ちゃんならさっき見ましたよ。今はたぶん補給物資の院内搬入を手伝ってくれているはずです。裏の駐車場にいると思います」

二人に、ありがとうございます、と言って深田はエントランスから出た。

駐車場に向かう歩みは、いつの間にか早足に、そして駆け足に。酸素ボンベから新鮮な空気を吸い込み、ハッ、ハッ、ハッと犬のような呼吸をしながら駐車場を突っ切る。

——いた。

病棟裏口に出入りする人の列があって、その中に工藤茉由の姿を見つけた。マスクとゴーグルを着けているけれど、超能力が備わったかのようにすぐに彼女だとわかった。

「工藤さん！」

深田が駆け寄ると、彼女が防護服のゴーグルを覗き込んでくる。

「え、深田さん、ですか？　な、何で……」

「探してたんです！」

言って深田は工藤茉由の上着を摑んでバッとめくり上げた。

「やっ！」

彼女は反射的に短い悲鳴を上げてその場にしゃがんだ。

一瞬だったけれど、臍《へそ》の横辺りの創傷部分は見えた。マスクで傷口を覆った上で、その隙間をテープでぴったり塞いでいるようだ──一応の感染症対策はできている、か。

顔を真っ赤にした工藤茉由は口をとがらせた。

「なっ、何するんですか、突然！」

「それはこっちのセリフです！　何でいなくなったんですか、突然！」

語気を強めてそう言うと、彼女は、ううっと呻いて顔をうつむける。

「それは……深田さんは、封鎖ラインに行くとか言って、も、もう帰ってこないと思ったんです。私は見捨てられたんだって、思ったんです」

「そんなわけないでしょ！　〝すぐ戻る〟って言いましたよね？」

「でも私だって〝置いてかないで〟って言いました」

「あんな状態の工藤さんを封鎖ラインになんて連れて行けませんよ！」

「でも……」

と言いよどむ彼女に、深田はため息を吐いて言う。

「お兄さんのことで大変なのはわかりますけど、ご両親も、ＪＡＸＡの人たちも、みんな心配していますよ。何で連絡の一つも入れなかったんですか」

「携帯電話を防護服の中に忘れて、それで……」

「ＪＡＸＡの電話番号は調べればすぐにわかるでしょ！　ＪＡＸＡにかければ、城森フライトディレクターにも、ご両親にも繫がります」

「でも、何て言えばいいか、わからなくて……」

深田はもう一度ため息を吐き、で、と言った。

「ここで何やってるんですか」

「医療チームの手伝いです、私にも何かできるかもしれないと思って」

「そうですか、とにかく――」

よかった、とつぶやいて彼女の手を両手で包んだ。

生きて再会できて、本当によかった。

そこで、

「工藤さん！」

と呼ぶ声があった。

見ると、あの女の子——伊吹美穂が手招きをしている。この医療センターは、瓦礫の下から救助された彼女の母親が入院している病院なのだろうか。

伊吹美穂にうなずいた工藤茉由が、深田に顔を向けた。

「あの……お昼休みまで待ってください、今は仕事中なので」

「わかりました。それなら僕も手伝います」

「え、何で」

「また逃げないように見張ります」

と宣言すると、彼女は顔をしかめる。

「べ、別に逃げてませんから」

「ダーメ！　見張ります」

「う」

それから、と言って深田は彼女の携帯電話を手渡した。

「何よりもまずは、ご両親とJAXAに連絡をしてください」

「はい……ごめんなさい」

深田も心配してくれている久川市長に吉報を入れて重ね重ね礼を言い、工藤茉由の捜索を中止してもらった。市長と市役所職員には感謝してもしきれない。


深田は工藤茉由や伊吹美穂と共に補給物資搬入、医療チームへの医薬品分配を手伝った後、医療センター内をくまなく見て回り、院内感染防止対策の点検をした。特に大切なのは、ゾーニング（清潔ゾーンと汚染ゾーンの区分け）が維持されているかどうか。

例えば、一人の看護師が発症して清潔ゾーン（手術室や新生児室など）で吐血したりすると、その場がウィルスに汚染される。もちろんすぐに汚染箇所を消毒して簡易クリーンユニットなどで隔離をするけれど、もうそこは清潔ゾーンとしては機能しなくなる。

そうやって院内に汚染箇所が増えていけば、当然ゾーニングは維持できなくなるので、病院は適宜、感染者専用の施設に切り替えていかなければならなくなる。手遅れになる前にその判断を下して厚労省に報告することが、感染症対策チームの役割である。

ここ船橋総合医療センターでは、看護師を含めて五人の発症者が出たようだ。

出血症状によって汚染された箇所はすべて入院施設内で、五か所の個室の入り口をテープで密閉し、完全立ち入り禁止にするという隔離措置で対応していた。更に外来用エントランスと一階〜二階を一般患者用、入院施設の一部を汚染ゾーンとして感染者用に区分けしているらしい。入院施設側の空気が外来側に来ないように空調の管理もしている。ゾーニング維持はまったく問題ない、さすが中核病院と言える。

そして午後二時過ぎに、ようやく昼休みを迎えた。

防護服を脱ぎ、食事前に義務づけられているシャワーを浴びて服や手指の消毒をしてから、清潔ゾーンの職員食堂で配給されている食事を採る。一時間の食事の後、皆の前で話すのも何なので工藤茉由だけを外に連れ出すと、彼女は神妙そうな顔でついてくる。

強い日差しの下で蟬が合唱する中、深田は工藤茉由と木陰のベンチに座った。

「髪、切ったんですね。防護服を着てたから気づきませんでした」

「ええ、今朝切ったんです。頭が軽くなりましたよ」

「そっちの方がいいです、今までは〝いかにも〟だったので」

「いかにも、実験室に閉じこもってそうなモグラ？」

「ええ、まあ……そんな感じです」

「あれはあれで気に入ってたんですけど、封鎖区域内ではうっとうしいだけです、あの髪が傘になって病原体を防いでくれる、ということもないでしょうしね」

深田は医療センターを見上げて、いい病院です、と続ける。

「封鎖から一夜明けても職員たちに笑顔があります」

「そうなんです、みんな良い人たちですよ」

「ここは伊吹美穂さんのお母さんが入院している病院なんですか」

そう尋ねると、工藤茉由はなぜか視線を逸らして、

「ええ、そう、です」

と言ったから、深田は更に質問を重ねる。

「どうして工藤さんはこの医療センターに来たんですか」

彼女は少し間をおいてから、美穂ちゃんは、と言った。

「美穂ちゃんは、お母さんがここに入院したときから……その後もずっと、この医療センターで手伝っていたんです。だから……私も何かしたいと思って」

深田は首をかしげる。どうも話が繋がらない。

それで、と言って深田は彼女を見据える。

「どうしたんですか、お腹の怪我」

彼女は創傷の位置を手で触ったが、口は開かなかった。

いつまで待っても答えが返ってこないから、深田は続けて聞く。

「事故じゃないですよね、暴徒に襲われたわけでもなさそうです」

自分で、と小さく聞こえた。

「やったんです」

そんなはずがない、明らかな嘘。

ただ彼女が無意味な嘘をぺらぺら吐く人ではないことはわかっているので、何か理由があってのことだろう。これからのこともあるし、聞いておかなければならない――

けれど、それ以上の追及はできなかった。

電信柱の拡声器が、突然、防災放送を流し始めたのだ。

普段の防災放送を担当している女性の声ではなく、男性の低い声だった。

『ただ今、封鎖区域内に蔓延する感染症への対策として、自衛隊によるウィルス及び細菌の浄化作戦が決行されることが政府によって発表されました』

聞き慣れない、不吉な言葉。

「浄化作戦……」

と深田はつぶやいてベンチから立つ。

『現時刻から二十九時間後、八月八日午後九時にウィルス及び細菌を滅菌するための薬品を、自衛隊ヘリコプターから市街地に向けて散布いたします。この薬品は人体にも有害ですので、封鎖区域内の皆様は薬品散布時には決して外出しないようにお願いします』

「な、何だって」

と言った深田は、自分の携帯電話に目を落としていた工藤茉由と顔を見合わせる。

「テレビでも同じことを言っています」

その画面を見せてもらうと官房長官が記者会見をしている。

これは間違いなく、関東上陸が迫る大型台風への対策だ。明日の午後九時ならばマンション倒壊から七十二時間以上が経った後——人命救助の一つの目安になる〝被災から七十二時間〟の後、つまり瓦礫に埋もれた生存者がいないと判断されてからの措置ということになる（熱源探査装置や音響探査装置、小型無人機による走査では現時点ですでに生存者なしと確認されているが、それでも七十二時間が経つまでは実行できないのだろう）。

散布される薬品についての詳しい情報は放送では流れなかったが、細菌の芽胞まで滅菌できる薬品となると特別対策会議で挙げた次亜塩素酸ナトリウムや過酢酸、グルタラールなどの劇物だろう。いくら台風への対策としても、いくら封鎖区域内でのこととしても、そんな有毒物質を市街地に散布するなんて正気とは思えない、と考え、はっとした。

会議での、霧島補佐官との質疑応答を思い出した。

あのとき深田は霧島補佐官に〝芽胞を滅菌する方法〟を聞かれた。オートクレーブやガス滅菌、濾過滅菌について彼は〝だめ〟と言い、薬品での滅菌に興味を示していた。

あれはまさかこの浄化作戦を想定しての質問だったのか？

浄化作戦の発案者は霧島補佐官なのか？

深田は携帯電話で彼のプライベート番号にかける。

と、すぐに繋がった。

『もしもし深田さん。浄化作戦のことでしょうか？』

『そうです！　何ですかあれは！』

『あの会議以降、幾度もの政府会議を経て決定された感染症対策です』

『あんな作戦では感染症を終息させることはできません！　ウィルスはすでに人の中に在るんです！　政府はこれから感染者たちを救うこと、彼らの苦痛を軽減させることに全力をかけるべきです！　あの作戦は封鎖区域内にいる人たちの恐怖を煽るだけです！』

おそらく、実害も出る。

浄化作戦によって人々が戸外に出られなくなることで、急病人や感染者たちを医療チーム・感染症対策チームが迎えに行けなくなる状況が必ず発生する。特に感染者を適宜隔離できないと、同じ家で暮らしている者まで感染する事態になるだろう。

つまりこの作戦は〝局所的な感染の循環を生み、感染者を見捨てる〞作戦なのだ。

どうしたんですか、と霧島補佐官の声が言う。

『他ならぬ深田さんならこの作戦に賛同してくださると思っていたのですが。屋外に在る芽胞を滅菌できれば、迫る台風への対策になります。そうでしょう？』

より正確に言うなら〝台風によってウィルスが封鎖区域外に飛散するのを防ぐ対策〞ということ。それはもちろんとても大切なことだ、が、こんな方法では封鎖区域内の人々に犠牲を強いる。浄化作戦によって適切な対応が取れずに死んでいく者が出てしまう。

そして都市を殺す。

次亜塩素酸ナトリウムには塩素ガス発生の危険性があり、過酢酸は粘膜刺激性がある。グルタラールも発がん性が懸念されるほどの劇物だ。そんな物を都市に散布すれば、何か月も人は住めなくなるし、影響が無くなった後何年も人は住もうとしなくなる――

いや、シャクルトン出血熱の中心地である以上、すでに人が住めない、住まない都市になってしまった、という見立てでの決断なのか。

『だとしても賛同できません』

少しの間があって、落胆したような声が来る。

『厚労省の有識者会議でウィルス活性化条件を語っていた深田さんと、同一人物とは思えない意見ですね。あのとき私はあなたを〝いついかなるときでも冷静さを失わない人〟だと思ったのですが、今のあなたからは冷静な思考は微塵も感じません』

そんなはずない、今も冷静に考えている。

『聞いてください、このままだと――』

そのときだった。

医療センターから駆け出していく人の群れが視界に入った。

患者や見舞いの健常者、医療チーム、感染症対策チーム問わず走り去っていく。他人を押しのけて我先にと行動する様は、マンション倒壊時のパニックを想起させる。

彼らが向かう先は一つしかない――封鎖ラインだ。

「大変だ」

つぶやいた深田は工藤茉由と顔を見合わせた。

暴動が起きて封鎖ラインが一気に瓦解するかもしれない。自衛隊と機動隊は守り切れるか。もし一か所でも封鎖が破られたら、すべての対策が無意味になる。

霧島補佐官との電話を一方的に切った深田は、工藤茉由の肩をつついて言う。

「封鎖ラインに行きますよ！　今度は一緒に！」

「で、でも、病院はどうするんですか」

「大丈夫、封鎖ラインの様子を確認したらすぐに戻りますから！」

「だったら私は置いていってくだ――」

だめです、と深田はきっぱり言った。

「こんな状況で二度も三度も見つけることはできません。もう決めたんです、二度と目を離さないって。そういうことなので、工藤さんも覚悟を決めてください！」

工藤茉由の後ろに回ってその背中を押すと、彼女は自分で走り出す。

「わ、わかりました、行きますから、自分で歩きますから！」

渋々と駐車場までついてきた彼女は車の助手席に乗り込んだ。大通りから繋がる最寄りの封鎖ラインの位置をナビに登録してから、車を発進させる。

「深田さん、あのね、私、言っておかないといけないことが――」

という工藤茉由の言葉を遮って言う。

「ちょっと今話しかけないで！　僕はペーパードライバーなんです！」

路地から出てきた猫を、ハンドルを切って避ける。

車道を走る車、歩道を走る人々は今日の午前中よりも明らかに多くなっていて、しかもそのほとんどが交通ルールを無視している。赤信号でも止まらないし、車線を逆走している車すらある。進行方向は皆同じで、国道に沿って敷かれた封鎖ラインだ。

そこにはもちろん住人の姿は数多あるけれど、気になるのは、今まで巡回に努めていた警察官や消防隊員、そして黙々と瓦礫撤去をしていた作業員の姿まであること。

今まで粛々と職務を全うしていた彼らまで、パニックを起こした——のではない。

これはパニックではなく、意志を持った怒り。

封鎖が始まった段階では、彼らは〝日本政府は自分たちを傷つけない、いつか必ず外に出してくれる〟と信じていた。だから黙々と仕事をし続けてこられた。

しかし彼らが信じた思いは、この浄化作戦に砕かれた。

日本政府は船橋を見捨てた、懸命に仕事をこなしてきたのに自分たちは見捨てられた、という怒りが波となって、今、封鎖ラインに押し寄せているのだ。

先に連なる車群を見て、だめだ、と深田はつぶやいた。

「工藤さん、ここからは進めません。僕たちは今、全身防護服を装着していないので、あの人ごみには近づかない方がいいです」

「じゃあ、引き返しましょう」

「いいえ、封鎖ラインの確認は必須です。あそこまでまだ距離はありますけど、車はここに停めてそこのマンションに上ってみます」

五階建てのマンションを指すと、工藤茉由は首を横に振る。

「私は車の中で待ってます、別に封鎖ラインなんて見たくないし……」

「だからだめですって。どこへも一緒に行くんです」

「一緒に、って……ずっと？」

「ずっとです！」

深田はマンションの駐車場に車を停めて、助手席から彼女を引っ張り出した。オートロックのない入り口から入り、エレベーターで最上階まで上がる。階段室が開いていて、更に屋上まで上がることができた。周囲の市街地を一望できる屋上にはこのマンションの住人らしき人たちがちらほらといて、どの人も一点に目を向けている。

工藤茉由と一緒に屋上の縁まで行くと、封鎖ラインとその先の国道までが見渡せる。前回と同じように、押し寄せる車群が次々と車道に降り積もっていっている。

人々の抗議の声が混然一体となり、怪物の呻き声に変わって大気を震わせている。中には拡声器を持参した人たちもいて、その声は一際大きくここまで聞こえてくる。

『封鎖を解け！　こんなところにいられるか！』

『政府は国民を殺す気だ！　ここにいたら殺されるぞ！』

『みんなで船橋を脱出するぞ！　行けぇ！』

ふと気がつくと、工藤茉由が傍に寄って来ていた。

「何、あれ……」

深田自身、あそこに行かなくてよかった、と心底思う。

そのときだった。路地裏から現れた一台の派手なバイクが、停められた車や人をかわして車道と歩道を蛇行しながら封鎖ラインに向かって走行していく。暴走族だろうか、ただその運転技術は正確そのもの、溢れた車や人をすいすいと避けていく。

一瞬のことだった。

バイクは封鎖バリケードの手前から路地に入り、一軒の家に侵入、その庭を横切った。植木をなぎ倒して塀を突き破り、封鎖ライン向こうの国道に出た。

勝ち誇ったように国道を独走するバイクに、追手がかかる。

自衛隊のジープがその後を追うが、スピードはバイクの方が出ていて、ぐんぐんと距離を離されていく――が、ジープの上にはライフルを構えた自衛隊員の姿がある。

銃声はここまでは聞こえなかった。

国道から逃れてスーパーの駐車場に入った瞬間、バイクはコントロールを失って倒れ、コンクリート上を滑っていく。バイクから投げ出された運転手は地面を転がる。

ライフルでタイヤを撃ったようだ。

射撃の精度を上げるためにジープはあえてスピードを落としていたのだろう。つまり自衛隊には〝越境者を追跡して警告した上で停止させろ〟などという穏やかな命令は下されていないのだ。越境者は即刻撃て——場合によっては人体をも撃つかもしれない。

「怖い」

と工藤茉由のつぶやきが聞こえた。

けれど、これは必要な措置。空砲による警告の段階はすでに完了しているのだ。それでも脱出しようとする者に対しては、武力行使もやむを得ないということだ。

バイクから投げ出された運転手は、それでも這って近くの茂みに向かっている。隠れるつもりなのだろうが、それは叶わず、彼の元に自衛隊のジープが到着した。

後は流れ作業だった。

防護服を着た自衛隊員たちが車内から出て、這い進む運転手をすぐさま拘束、キャリーマットに乗せてジープに運び込む。周囲の民家から様子を見に来た人たちが諸手を上げて喜ぶ中、ジープは英雄の行進のように封鎖ラインまで戻って、封鎖部隊に越境者を引き渡した。封鎖区域内のジープに搬入された越境者はどこかの病院に運ばれていく。

『怪我人が通ります。道を開けてください』

という言葉には、集まった人たちもさすがに従って人波が割れたが、だからと言って彼らが意気消沈して諦めることはない。途絶えることなく抗議は続いている。

封鎖部隊も何事もなかったかのように拡声器での警告を続ける。

『政府の決定によってこの区域は封鎖されています。現在、封鎖区域内にいる方々は封鎖ラインの外に出ることを禁止されています。下がってください！』

その様子に深田は不安を掻き立てられる。

今のような少人数の越境者なら自衛隊も難なく防げる。が、ここに集まった人たちが一斉に封鎖部隊に襲い掛かって逃げ出したら、それを止める手立てはない。射撃部隊も大量の越境者を皆殺しにするわけにはいかない──封鎖維持のためとはいえ、武器も持たない国民を銃撃で一掃したとなったら、日本は二度と文明社会には戻れなくなるだろう。

封鎖対策は諸刃の剣なのだ。

深田は決してあの浄化作戦には納得していない。しかし現時点で封鎖が破られる事態になってしまったら、感染拡大の意味でも、国家存続の意味でも、終わりだ。

何か、方法はないのか。

深田は工藤茉由と共にマンションの屋上から降りて、車の中に戻った。

助手席で小刻みに震える彼女から、見たくなかった、というつぶやきが聞こえた。

「人が、あんなに争っているのなんて、見たくなかった」

「僕も見せたくて見せたわけじゃありません。でもずっと一緒にいる約束ですから」

「そんな約束、私はしていません」

車内に静寂が降りる。封鎖区域内の現実を突きつけられた疲労感は深田の中にもあるけれど、こうしている間にも浄化作戦開始までの貴重な時間が失われていく。

それまでに、できることをしておきたい。

「医療センターの様子も気になりますね。戻りましょう」

ハンドルを握ったその手が、横から摑まれる。

「待ってください。言っておきたいことがあります」

「ん？」

うつむいた工藤茉由の口から小さな声が出てきた。

「さっき、何であの病院で働いていたのかを聞きましたよね」

「医療チームの手伝いがしたかったんですよね」

「嘘、です。怪我人や病人のために、とかそういうのじゃないんです」

まあ、理由が何だろうとも医療チームは人手を欲している。昨夜は病院などから医師や看護師が逃げ出したという事態も起きたようだから。この先、医療従事者の数が減ることは目に見えているから医療チームの補填も必要になってくる、と考えていると――

いろいろ、と工藤茉由がうつむいたまま言う。

「いろいろあって、いろいろなことを言われて、誰かに必要とされたい、と思ったからなんです。医療現場なら、こんな私でも必要とされるかなと思って」

――〝いろいろなことを言われて〟。

宇宙船墜落、マンション倒壊、感染拡大、市街地封鎖と災禍が続き、NASAやJAXAに非難が集中していることは深田も知っている。工藤晃飛行士が日本に宇宙船を墜としたと考える人もいて、彼の家族に対する誹謗中傷や殺害予告もネットに溢れている。

「全部、自分のためなんです」

何も返さないでいると、だから、と工藤茉由は続ける。

「深田さんが探していたって言ってくれて、すごくうれしかった。たとえ義務感からだとしても、JAXAからそういう指令を受けてたんだとしても、うれしくて――」

その言葉に割り込んで、深田は静かに尋ねる。

「試したんですか？」

「え？」

「僕の前から逃げて、僕が追ってくるのかどうかを」

試したのか、自分が必要とされているかどうかを。

「ううん、あのときはそんなこと考えてな――」

「追うに決まってるでしょ、探すに決まってるでしょ！　……僕は感染症研究者として、封鎖区域内の施設の感染症対策を見て回らないといけなかったんですよ。僕が施設を回ることで助けられた命も、もしかしたらあったかもしれません。でも昨日、僕はそれをせずに工藤さんを探していたんです。なのに……義務感なんて、言わないでください」

「あ、あの……ごめんなさい」

できれば言いたくなかった、こんなこと。

けれど、お互いの考えていることを今ここで確認しておいた方がいいと思った。感染症においても、微生物《相手》の考えを知ることが解明の第一歩なのだ。

重い空気の中で、深田は小さく言う。

「僕は、あなたの強さに甘えていたのかもしれない」

「私が、強い……？」

「墜落した宇宙船内のお兄さんに会いに行こうなんて普通は考えません。そんなお兄さんのことで大変なのに、あなたは積極的に救助活動をしていた。遊歩道で亡くなった男の子のときも、伊吹美穂さんのお母さんのときも、あなたはずんずん突き進んでいった」

深田がそう言うと、彼女は首を横に振る。

「あの救助活動は、むしろ動いていないと不安だったからで……強いなんてそんなのじゃなくて……だから露出したオリオン3号でお兄ちゃんを見て、心が折れちゃったし」

深田は少し間をおいてから、実は、と言った。

「僕はあのとき、迷っていたんです。あなたがお兄さんの姿を見て動けなくなって、だけどすぐにもバンで筑波研に戻らなきゃいけないってとき。行くか、残るか」

「何で、残ってくれたんですか？」

なかなか難しい質問ではあるが、深田はすでに答えを得ている。

「バクテリオファージなのかもしれないと、思ったからです」

「……え？」

彼女は目をぱちぱちさせる。

「バクテリオファージというのは〝バクテリアを食べる者〟という意味で、簡単に言うと細菌を宿主とするウィルスのことです。光を浴びたシャクルトンウィルスのように宿主細菌を問答無用で食い破るウィルスももちろんありますけど、実のところ、宿主細菌の中では活性化せずに共生し、その細菌の役に立っているウィルスの方が多いんです」

と説明すると、彼女はぽかんとしている。

「え、それが、何……？」

「僕もそんなバクテリオファージのように、茉由さんの役に立てるかもしれないと思ったんです。……僕には行動力が足りなくて、茉由さんには冷静さが足りません。だけど二人でいれば、それらの欠点は補い合える。そして二人でいれば、より多くの人を救える、シャクルトンウィルスに立ち向かえる。そう思って僕は封鎖区域に残ることを選択して、茉由さんがいなくなったときも、必ず探し出して一緒にいようと決意したんです」

彼女は目を丸くして口を開いた。

「バ、バクテリオファージみたいに……？」

「はい」

「え、じゃあもしかして私は宿主細菌ってことですか？」

「です。バクテリオファージにとって宿主細菌は必要不可欠。だからあなたを必要としている人を探しにいく必要なんて、ないんですよ」

彼女は少しの間フリーズしてから、目を細めて、ふふっ、と笑った。

その反応に深田も口元を緩める。彼女はとてもぎこちない笑顔だったけれど、工藤晃飛行士の件から時間が経っていないのに、笑おうとしてくれたことがうれしい。

目尻に少し浮いていた涙を指で拭った彼女は、うなずいて深田の肩をつつく。

「私はもう逃げません。あなたとずっと一緒にいます、約束です」

「ええ、バクテリオファージは宿主がいれば百人力です」

「モグラから微生物に退化したわけですね」

「そうなります」

深田はうなずき、改めてハンドルを握った。微生物実験のように、茉由という女性のことが解明できたのかはわからないけれど、少なくとも車内の空気は軽くなった。

「じゃあ、すっきりしたところで医療センターに戻りましょうか」

「はい」

車を発進させて、マンションの駐車場を出た。

「それにしてもよかったです、茉由さんが山の奥とかに一人でいたら、こっちはどうやっても探せなかったから。まさか病院で働いてるなんて。やっぱりすごい行動力です」

「ううん、私はただ見習っているだけ」

そう茉由がため口で言ったので、

「見習う？　誰を？」

と深田もため口にした。

「美穂ちゃん。本当に強いのは、あの子だから」

突然出てきた名前に、深田は瞬きを二回した。

「どうして、伊吹美穂さん？」

「あの病院に入院した彼女のお母さん、感染していて……亡くなったらしくて」

「な、亡くなった……？」

「それで美穂ちゃん、お母さんが吐血して亡くなったのを見て、耐えられなくて一度は病院から離れたんだけど……またすぐに戻って手伝いを始めたの。私にはとてもそんなこと考えられなかった、亡くなったお兄ちゃんを追いかけることすらできなかった」

彼女は自分自身に言い聞かせるように続けて言う。

「私もそんな風になりたい。人に頼っているだけの今の自分じゃ嫌だから——」

「待って」

と言って車を路肩に寄せて一旦停めた。茉由の語りが始まりそうな気配だったけれど、深田は別のことが気になっていた。

「伊吹美穂さんのお母さんが……シャクルトン出血熱で亡くなったのって、確実？」

「え、うん、美穂ちゃんから聞いた症状的には間違いないと思うけど」

「亡くなったのはいつ？」

「ええと……昨日の午後一時くらいだったはず。それが何？」

質問を無視し、深田は顎に手を当てて考える。

それが本当なら、母親は宇宙船墜落直後に飛散した月試料を浴びてウィルスに感染したということ。同じ場所にいた伊吹美穂も同時期に感染している可能性は極めて高い。なのに彼女は母親の死から一日近く経っている今も発症はせず、てきぱきと働いていた。

まず考えられるのは、免疫グロブリン《抗体》。

細菌やウィルスなどが体内に侵入した際に、それら《抗原》と結合することで感染力を弱める役割を持っているのが免疫グロブリンという物質。伊吹美穂は血液中や体液中でシャクルトンウィルスに結合する免疫グロブリンを産生しているのかもしれない。

そしてもう一つ考えられることがある。

伊吹美穂も工藤晃飛行士と同じく、免疫グロブリンが無くともシャクルトンウィルスを休眠させる要因を体内に持っている、ということ。現時点で可能性が高いのはこちらだろう。宇宙環境だけではなく、地球上でも起こり得る現象なのかもしれない。

とすると、休眠する要因が在る可能性が最も高いのは――

「血か」

「……血？　何のこと？」

「茉由さん、工藤晃飛行士の血液検査データを調べられないかな」

「血液検査データ……城森フライトに言えば、送ってもらえると思うけど」

「よかった。宇宙に打ち上げられる直前の、なるべく新しいデータが欲しい。ああ、それから工藤晃飛行士の宇宙での飲食物の内容も知りたいな」

「宇宙での？　ドライフードとか飲み物？」

「医薬品なんかもすべて」

「私の管制員としての仕事はJAXA宇宙飛行士の船内活動支援だったから、兄がオリオン3号内で飲食した物は調べるまでもなく覚えてるけど」

「なら、地球を出発してから飲食した物をすべて書き出して」

「うん。でもそれが何なの？」

「わからない、けど……いやとにかく総合医療センターに戻ろう」

——〝病原体はミステリー〟、その謎を解きたい。

＊

船橋総合医療センターに向かう車内で、茉由は城森フライトに電話をかけた。工藤晃飛行士の血液検査データ（JAXA宇宙飛行士選抜時の初期データと、健康管理プログラムの最新データ）を携帯電話に送るように頼んでくれる。それが終わると、工藤晃飛行士が宇宙に出てから計八日の間に飲食した物を手帳に順に書き出していってくれた。

淀みなく文字を書き込んでいた茉由が、手帳をパタンと閉じた。

「任務完了」

「ありがとう。僕はこれらの情報を参考に考えたいことがあるから、茉由さんは医療センターに着いたら伊吹美穂さんを連れてきて」

「美穂ちゃんも関係あるの？」

「美穂さんこそウィルス不活性化の鍵かもしれない。だっておかしいでしょ？　お母さんが発症したのに、ずっと一緒にいた美穂さんが未だに発症してないなんて」

「美穂ちゃんは感染していなかったってことでしょ？　ＲＮＡ検査も陰性だったよ」

主だった病院では、医師や看護師、患者に対する卓上ＲＮＡ検査装置の設置が義務づけられている。血液などを採取して二時間程度でＲＮＡウィルスの有無を調べられる。

ただ――

「血液や体液採取での検査の確度は、完璧じゃないんだ」

「検査の確度……？」

「つまり、陰性反応が出たとしても１００％感染していないという証明にはならないってこと。〝少量採った血にウィルスが含まれているかどうか〟の検査だから。体内でウィルスが増殖するほど検出されやすい半面、感染初期だと検出されないこともある」

「美穂ちゃんが感染してるなら、何で今まで何ともなかったの？」

「美穂さんの体内でウィルスが増殖していない、のかも」

「え、それって――」

そう、と言って深田はうなずく。

「工藤晃飛行士と同じ状態。シャクルトン出血熱の初期症状は無症候だから〝発症しない感染者〟を探すのはとても難しいけど、こんな近くにいたなんて――」

そこで茉由の顔がパッと明るくなる。

「じゃあ！　感染してても美穂ちゃんは助かるの？」

「いや、それは確定はしていないから、美穂さんにはまだ事情は説明しないで」

「わかった、けど、感染しても希望はあるかもしれないんだよね」

「ああ、希望はある、いつだって」

医療センターに着くと、深田はスタッフルームのデスクで工藤晃飛行士の血液検査データ・飲食内容の確認にかかり、茉由は病棟内に伊吹美穂を探しに行く。

まず、通常検査の三倍以上の項目がある血液データに目を通す。

さすが宇宙飛行士と言うべきか、羅列されている数百項目すべてにおいて異常は一つもないようだ。深田が判断できる生化学検査や免疫検査でも不飽和鉄結合能や白血球数、クロール、トリプシンインヒビターなどもとても優秀な数値が出ている。

ただやはり、項目が多すぎて何がどうシャクルトンウィルスに関係しているのかが判断できない。百人規模で未発症者の血液を比較できればウィルス不活性化要因も見えてくるかもしれないけれど、一人二人の検査データではどうしようもなさそうだ。

続いて飲食物内容――これが重要なのではないかと思っている。

血液データは、おそらく工藤晃飛行士のみならず他の飛行士も見事な数値を出しているはず（宇宙飛行士にとっては当然のことだろう）。にもかかわらず工藤晃飛行士は発症せず、他の四人は発症した。ということは免疫能力自体ではなく、工藤晃飛行士が船内で飲食していた物、その何らかの成分が血液に影響を与えた可能性がある。

茉由の手帳には、打ち上げ前日から順に飲食物名が羅列されている。

健康維持のために必要な栄養素が詰まった基本パックの他、各飛行士が選択できるカレーやシチュー、パスタ、鯖の味噌煮、竜田揚げなどのフリーズドライフード。フロリダからの打ち上げ前には、宇宙酔いを防ぐための酔い止めも飲んでいたようだ。

一通り目を通した後は、携帯電話で飲食物それぞれについて検索して、その成分をデスク上にあったメモ用紙に書き込んでいった。

そんな作業の途中で、茉由が伊吹美穂を連れてスタッフルームに戻って来た。

「あたしに何か用ですか」

緊張している様子の彼女に、深田は紙とペンを渡した。

「美穂さん、ここに、そうですね、五日前から君が食べた物を書いてくれませんか」

「食べた物……別にいいですけど、何のためですか」

「封鎖区域にいる医療従事者の健康状態が維持されているかどうかの調査です。それを測った上で今後の補給物資の内容を決めていくので、正確に書いてください」

そんな嘘がよくもペラっと出るな、という眼で茉由に見られた。

一方の伊吹美穂はやはり緊張の顔のまま。

「警察の人なんですか？」

「僕？　いや救助隊の人です」

伊吹美穂の母親を瓦礫の下から助け出すときに会ってはいるが、忘れている（と言うか視界に入っていなかった）ようなので、そのことはあえて伏せておく。

彼女は視線を左右させた後、口を開いた。

「わかりました、五日前からでしたっけ？」

「はい。よく思い出して書いてくださいね」

ペンを持った伊吹美穂はたまに記憶を辿るような仕草を見せながら、五日前の朝・昼・晩、四日前の朝・昼・晩……と駄菓子類などまで丁寧に書いてくれている。深田も自分の作業に戻って五分くらいが経つと、あの、と伊吹美穂から声をかけられた。

「この二日間はサプリメントが多かったんですけど、それも書いた方がいいですか」

こういうのです、と彼女は腰のポシェットからビニール袋を取り出し、そこに封入されているサプリメントを見せてくれた。深田はビニール袋は閉じたまま、サプリメントのパッケージに表示されている含有成分（鉄やカルシウム、亜鉛など）をメモしていく。

「他は書き終わりました？」

「はい、覚えてるのは全部書きましたけど」

紙に目を向けると、食べた分量まで事細かに書いてくれている。

「好きな食べ物、普段からよく食べている物とかあります？」

「それって〝健康状態の維持〟に関係あるんですか」

「十分関係ありますよ。普段からよく食べる物によって体内環境は変化しますから」

というペラっとした説明で、彼女は納得してくれたようだ。

「ふーん……何だろ、チーズは好きです。あと、好きかって言われると微妙ですけど、部活の帰りにコンビニで昆布おにぎりを買って食べるのが習慣になっていました」

深田がその二つをメモしていると、もう、と声が聞こえた。

「もう、いいんですか、行っても」

「ああ、はい。どうもありがとうございました」

彼女の血液の中に偶然にもシャクルトンウィルスに結合できる免疫グロブリンが産生されているかもしれないので、できれば血も欲しいけれど、先のRNA検査のときに採血しているだろうから医療センター側からそれをもらえればいい。

ただ、マスクとゴーグルをきちんとするよう忠告してから(発症はしていない=体内に存在するウィルス量は少ない、けれど彼女が感染していることは間違いないので他の者にうつさないように)、話の区切りにもう一度、ありがとうございます、と言った。

ところが、伊吹美穂はうつむいたままその場を動かないでいる。

「あたしを……」

「ん」

「逮捕、しないんですか」

「逮捕?」

「あたし、今回のことがJAXAのせいだって勘違いしてて、それで……」

不安そうな伊吹美穂がちらと向けた視線の先には茉由がいて、その茉由も深田から目を逸らした。一瞬のその流れで、何となくは察した。ただ、〝そのとき〟どういう状況だったのかはわからないけれど、茉由が何も言わない限り深田が何かを言うことはない。

深田はあえて首をかしげて、

「さっき言ったように僕は警察じゃないから人を逮捕する権限は持っていません。JAXAのことで何か相談があるなら、身近にいるお姉さんに相談したらどうでしょう?」

と言って茉由に指を向けた。

伊吹美穂は曖昧にうなずいた後、早足でスタッフルームから出て行った。

「ありがとう」

と聞こえてきた茉由の言葉に深田は首を横に振り、それより、と言った。

「茉由さん、この作業を手伝ってくれると助かるんだけど。これまでに挙げられた飲食物中に多く含まれている成分をネットで調べて紙に書き出していく、っていう。僕はこのまま工藤晃飛行士の方を調べるから、茉由さんは美穂さんの方をやってくれないかな」

「もちろん、何でも手伝うよ」

それから二人でデスクに並んで、携帯電話片手に紙に向き合う。

オリオン3号船内でロドニー飛行士が感染症で亡くなった後、深田が専門家として管制室にお呼ばれしてからの食事は実際にモニターしていたが、感染症ばかりに気を取られていた深田の記憶には残っていなかった物まで、茉由はしっかり記載してくれている。

助かる、でもすごく丸文字なんだよなあ……


十五分くらい経つと深田は茉由に声をかける。

「医療センターの中の様子はどうだった？」

「意外と荒れてはいなかったかな。さっきの浄化作戦放送で医師や看護師が逃げて減ったことは間違いないんだけど、それより多くの患者がいなくなったから、一時的に治療者の比率が高くなっているみたいで。新しい発症者も出てないみたいだったし」

「それはよかった。正直、今は院内のことには対応できないから」

「うん、今はこっちに集中しよ――あ」

「何？」

「またマグネシウムだ」

そう言った茉由に深田は目を向ける。

「マグネシウム？」

「オリオン墜落前の昼食に、美穂ちゃんが食べた納豆巻きの成分。納豆にはマグネシウムが多く含まれているみたい。美穂ちゃんがさっき言っていた昆布おにぎりの昆布も海苔もマグネシウムが多いらしいんだけど、それらを結構食べていたのかな」

実は、と深田は手元のメモ用紙を見せる。

「工藤晃飛行士の飲食物成分にも、マグネシウムがよく出てくる……」

クルー共通の基本パックはバランス重視だが、その他に工藤晃飛行士が選択した食事にはマグネシウムが多く含まれている。いわしの丸干し、干し昆布、玄米のドライフードなどがそれに当たる。特に彼はナッツが好きだったようで打ち上げ前から宇宙に出た後も毎日の夕食後に必ず食べていた。このナッツ類にもマグネシウムは含まれているようだ。

「お兄ちゃん、日本に帰ったときもずっとピーナッツかじってた」

「宇宙船内でもかじっていたよね……？」

「うん」

言うまでもなくマグネシウムは骨や歯の形成や血液循環を正常に保つのに必要なミネラルで、エネルギー生成のサポートや神経の興奮の抑制などにも利用される。過剰摂取すると下痢や嘔吐、昏睡、錯乱、血液中のマグネシウム濃度によっては心停止が起こることもあるから、工藤晃飛行士の場合も一日に食べていい量は決められていたのだろうが。

「まさか、マグネシウムが……？」

深田がつぶやくと茉由が、そう言えば、と口を開いた。

「月表側の土壌にはトリウム濃度の高い物質が多いんだけど、裏側の方の土壌はマグネシウムに富んでいるの。特にシャクルトン・クレーターの永久影内、月試料を採取した場所〝採掘場〟の土壌は、マグネシウム濃度が高くて、って――関係ある？」

深田は口に手を当てて考える。ウィルスは細菌芽胞の中に在ったわけだから、マグネシウムに富む土壌成分がウィルス生育に関係しているかどうかはわからない。ただ事実このウィルスは、マグネシウム濃度の高い月土壌に在ったときは休眠状態だった。未発症者二人の食事環境と照らし合わせて考えると、無関係と断じることはできない。

「血中のマグネシウム濃度がウィルス増殖を抑制している可能性はある、かも」

「え、やった！」

今にも飛び上がりそうな茉由を、手で制する。

「落ち着いて、まだ確定じゃないから。実験で確かめないと」

「でも、どうやって確かめるの？」

一瞬、市役所にあったオートクレーブや安全キャビネットのことが頭を過《よぎ》ったけれど、一類感染症クラスの危険ウィルスを扱う実験を、封鎖区域の中心地で行うわけにはいかない。やはりBSL4対応実験室内で行う必要がある。

深田はすぐに電話をかける。

『おお、深田。まだ生きていたか』

浅川のつまらない冗談を無視して尋ねる。

『昨日の特別対策本部会議以降、何か進展は？』

『いや、あの後もＢＳＬ４実験室での研究は続けているけど、ワクチンや抗ウィルス薬に繋がりそうな進展はないな。台風への対策もまだ決まっていない』

一日二日程度でどうにかなるものではない――その上で一日二日でどうにかしなければならないのが、一類感染症災禍というもの。できなければ、死者が爆発的に増える。

『うちのＢＳＬ４チーム、今から時間取れる？』

『ん？』

『大至急そっちで試してほしいことがあるんだ』

深田は伊吹美穂のことと、未発症者である二人の食事環境に加えて、月の土壌成分についても説明した。かなり早口に話したが、浅川はちゃんと理解しているようだった。

『ウィルスがマグネシウムで不活性化するかを調べてほしい』

『マグネシウムか。確かにこっちではそういう実験はしてないな』

『今の状況下でも、時間を割く価値は十分にあると思う』

これでもしもマグネシウムでウィルスを不活性化できれば、根絶はできないまでも、ワクチンや抗ウィルス薬を開発するまでの時間を稼ぐことができるかもしれない。

それは現状ではとても大きな効果を生む。

『わかった、すぐ取り掛かる』

『頼むよ。それから伊吹美穂さんから採った血液を、そっちに送る方法を考えておいて。現状だと封鎖区域にある物を封鎖ラインから外に搬出することは無理だろうけど、工藤晃飛行士の血液同様、伊吹美穂さんの血液もＢＳＬ４で検査しなければ――』

『皆まで言うな。そっちはうちの所長に伝えておく』

深田はうなずく。ウィルス特別対策本部員である理研・筑波研究所所長なら厚労省上層部に話が通る。現在は封鎖ラインのいたるところで抗議活動や暴動が起きていて近づける状況ではないが、そんな中でも可能な血液の搬出方法を厚労省が考えるはずだ。

『とぐろを巻いている状態について、何かわかったことは？』

前に浅川が言っていた〝増殖をやめたとぐろ状態のシャクルトンウィルスが感染者の脳に溜まる〟という狂犬病にも似た性質について。これもやはり気にかかる。

しかし浅川から返ってきたのは、いや、という言葉だった。

『それはまだ何も』

『そうか。何かわかり次第、すぐ連絡して』

そこで浅川が、今更どうしようもないことだが、と言った。

『やっぱりお前にはこっちにいてほしかったよ』

『……僕は今は、現場にいて良かったと思っている』

『え』

『マグネシウムの件は、ここにいたからこそ得られた手がかりだから』

そして封鎖区域から出るのがいつになろうとも、そのときは茉由と一緒にだ。

『後悔は無いのか』

『無いよ。とにかく頼む』

電話を切ると、深田は茉由に向き合った。

「筑波研の結果がどうなるかわからないけど、念のため、街に出てマグネシウムが含まれている食べ物や医薬品を探しに行こう。確保しておいた方がいい」

マグネシウム欠乏症という病気もあるので院内にはマグネシウムを血中に送る点滴などもあるはずだけれど、それは患者のための物なので奪い取るわけにはいかない。

「私も一緒に行っていいの？」

「もちろん。これは感染症対策チームの深田班としての役割だからサポートして。医療センターには僕から事情を説明して茉由さんを引き抜くよ」

「私、何でもする。……きっと、アタリだよね」

「ああ、きっとアタリだ」

芽生えた希望を、繋ぎたい。


深田と茉由はエントランスに築かれたテント村に行く。

看護師やボランティアを仕切っている女性看護師長に声をかけ、茉由に感染症対策をサポートしてもらいたい旨を伝えた。やはり患者が院内から出て行ったことで医療従事者の比率が高くなっているので、問題なく茉由を借りることができた。

念のために深田と茉由は採血をしてもらい、採血管に入れた血液を渡してもらった。伊吹美穂の血液についても、前回RNA検査で採取したものを持ってきてくれた。

礼を言うと、看護師長は、その代わり、と言った。

「やることが終わったら戻ってきてくださいね、茉由ちゃんは大事な戦力ですから」

「わかりました。そのときは僕も戦力に加わります」

「まあ、それは頼もしい」

深田たちはすぐに医療センターを出て、車で最寄りの商店街に向かった。

封鎖ラインに向かっているのか行き交う車はあるけれど、交通ルールに従う者はない。

深田も前の車に倣って信号を無視しようとしたら、横から茉由にパンチされた。

「なに普通に行こうとしてるの。社会のルールは守らないと」

「で、ですよね」

深田が運転する間、茉由がマグネシウム含有物を調べてくれる。

「飲食物だと、美穂ちゃんの食事にもあった納豆とかサプリ、枝豆、生ガキにも含まれてる。海藻類の含有量が多いけど……シャクルトンウィルスは海のある星から月に来たのかな、なんて。後は、へぇ、便秘薬にもマグネシウムが含まれてるのがあるんだ」

「便秘薬、僕は使ったことないな」

「女性はけっこう使う人もいる、かな」

「そう言えば、シャクルトン出血熱の発症・死亡者数は、今のところ男性の方が多いみたいなんだけど、そういうことも関係しているのかもしれない」

「何か、便秘薬に助けられてるって……恥ずかしい」

商店街に着くと車をコインパーキングに停め、鍵をしっかりと閉めて外に出た。時折、浄化作戦情報の再放送が流れる中で、深田たちは無人商店街のコンビニやスーパーを回っていくも、食べ物はおろか店内の物品はすべて持ち去られてしまっている。

「ここはだめみたい。他のとこ行ってみよ」

と言った茉由に、深田は首を横に振った。

「この様子だと、どこも同じかもしれない」

「うーん……」

腕組みをした深田は、そうだ、と言って提案する。

「マンション倒壊現場周辺の、立ち入り禁止になっているエリアに行ってみようか。昨日行ったときには携帯電話の充電器もけっこう残っていたんだ」

でも、と茉由は顔をうつむける。

「あそこは全身防護服がないと入れないよ」

「大丈夫。茉由さんが脱ぎ捨てた防護服も、ちゃんと車に積んで持ってきてるから。感染症対策チームに消毒と補修をしてもらっているから安心して」

穴の外側と内側からテープを隙間ができないように張りつけて、それが剝がれないように縫いつけてくれている。更にその上からテープで覆う念の入れよう。

「……何から何まで、ありがとう」

その言葉に深田は頭を搔く。

「礼はいいよ、やってくれたのは市役所にいた感染症対策チームだし」

「でも、深田さんがずっと私のことを気にかけてくれてたってことだから」

「まあ、うん」

深田たちは車のトランクから防護服を持ち出して、人のいないカラオケ店の個室に別々に入った。ウィルス・細菌が付着している可能性がある今の服の上から防護服を着るわけにはいかないので、下着姿になって着替えなければならない。

自分の防護服を手早く装着し終えた後、深田は茉由の個室をノックする。

「茉由さん、準備できた？　開けるよ」

「あ、ちょ、ちょっと待って。もうちょっと待って」

深田はドアのガラス窓の横に立って、ねぇ、と声をかけた。

「感謝するのはこれで最後にする」

「え？」

「──ってエヴァ飛行士が言ってたよね。協力して当然、呼吸をするようにお互いを補い合おうっていうようなことを、英語で工藤晃飛行士に言っていた。覚えてる？」

JAXA管制室でオリオン3号船内映像をモニターしていたときに見た。

「うん」

「月に降りた英雄たちに倣って僕たちもそうしない？　茉由さんだってさっき普通に僕の

作業を手伝ってくれてたけど、僕はそれに対してお礼を言い忘れちゃってるし。今更そのお礼を言うのも何だから、これからは当たり前のように助け合うことにしよう」

返事が聞こえないからノックをして聞く。

「だめ？」

ドアが開いた。

「……ううん、いい」

そこにいた茉由は言って、照れくさそうにうつむいた。

茉由の防護服の点検、呼吸具や酸素ボンベなどのセットを手伝って車に戻ると、すぐに立ち入り禁止エリアに向かう。六丁目交差点付近のマンション駐車場に車を停めた。

鳴り響いていた瓦礫撤去作業の音は、職務放棄した作業員の分、小さくはなっているけれど、それでもまだ響いている。浄化作戦放送の後でも仕事を続けている人がいるのだ。

封鎖区域外で文句を言っているだけの人もいれば、こんな職人気質の人もいる。

……どっちも日本人の真の姿なんだろう。

深田を先頭に、前に充電池をいただいたコンビニに入る。床面に散っていた商品はやはりほとんどなくなっていて（救助隊員が必要に応じて持って行ったのだろう）、残っている物は賞味期限が切れた食品や靴下・パンツなどの衣類、雑誌類だけとなっている。

マグネシウム入りのサプリメントなんかが残されていたら、その表面を市役所の感染症対策チームに消毒してもらおうと思っていたけれど、見通しが甘かったか。

横倒しになった棚の下を覗き込んでいた茉由が、何かを持ってくる。

「煮干し発見。マグネシウム含有量もそこそこだよ」

深田は首を横に振った。

「パッケージがラップフィルムだからだめだね。マンション倒壊現場付近にある食べ物だと、まずはパッケージごとオートクレーブにかけなきゃいけないから――」

「ラップフィルムだと破れちゃうのか」

「そう。近くに薬局もあるから、そっちも行ってみよう」

一区画離れた薬局に行ったものの、そこで入手できたマグネシウム含有薬はスタッフルームの隅にあった便秘薬一箱だけ。それでも手に入れられただけよかった。

深田は服用タイプの便秘薬を片手に茉由の方を向いた。

「茉由さん、とりあえずこれを飲んで」

「それは……レディファーストってことじゃないよね？」

「ああ、違う。茉由さんはこれを飲まないといけない、絶対」

「だよね……」

「僕は自分が現時点で感染していないことには自信がある、けど、茉由さんが現時点で感染していないことには確信がない。だから飲んでおいて」

仮にマグネシウムがシャクルトンウィルスの不活性化に対して効果があることが実験で認められたとしても、それで発症を完全に防げるかどうかはわからない。初期症状によって感染・非感染が判別できない以上、茉由には念のために飲んでおいてほしい。

茉由は傷がある脇腹に手を当ててから顔を上げた。

「この防護服を脱いだときは、死んでもいいやって思ったの。何かもうどうでもよくなっちゃって……でも、何だか今はすごく生きたい。だからいただきます」

「そうして。宿主に死なれたらバクテリオファージも生きていけない」

深田は便秘薬を渡した。

「ありがとう——は言わない」

「僕も」

「これもオートクレーブにかけないといけないの？」

「いや、奥のスタッフルームにあった物だし、箱と瓶の二重になっているから大丈夫だと思う。あ、ただその便秘薬、即効性があるみたいだ。それならトイレがあって防護服も脱げる場所に行ってから飲まないと。どこか、排便できる場所に移動しよう」

そう言うと、茉由は眉間に皺を寄せて視線を逸らした。

「そういうこと口に出さないでよ、デリカシーないなあ……」

「だったら何て言えばいい？」

「落ち着けるところとか、何かあるでしょ」

肩をすくめた深田に、そこで電話がかかってきた。ビニール袋に封入している携帯電話に、もしもし、と応じると、相手は厚労省の職員だと言った。

血液の搬出方法についての連絡のようだ。

『封鎖ラインまで伊吹美穂さんの血液を持ってきてください』

その場所は向こうが厳密に指定してきた。

浄化作戦が通告された現在、封鎖ラインのほぼ全域で抗議活動・暴動が起きているけれど、その中の一か所で封鎖部隊員の中から発症者が出たと言う。それで集まった住人たちは蜘蛛の子を散らすように逃げていき、今も人が寄りつかない状態になっているから、そこに来て封鎖部隊に血液を渡してほしいという話だった。

『了解しました。血液は二つに分け、筑波研にも送ってください』

『もちろんそのように搬送車両を手配しております』

『ありがとうございます。じゃあすぐに指定封鎖ラインに向かいます』

電話を切ると、隣の茉由に言う。

「伊吹美穂さんの血液を搬出するために封鎖ラインまで行くことになった」

「うん、すぐ行こう」

「丁度いいからその近くで排べ――落ち着ける場所を探そう。そこで茉由さんは便秘薬を飲んでゆっくりしてて。その間に僕が封鎖部隊に血液を渡しに行ってくる」

ずっと一緒にいるとは言ったものの、さすがに発症者のウィルスに汚染されたとわかっている場所に茉由を連れて行きたくない。茉由も納得してくれた。

急いで車に戻り、指定された封鎖ラインに向かう。

その場所で封鎖部隊員が発症したという情報は抗議者の常識になっているのか、近づくにつれて車も人も明らかに減少していく。発症者が出たという情報がこれほど効果を発揮するなら、デマでもいいから各封鎖ラインで発症者情報を流せばいいと少し思った。

指定封鎖ラインへの道すがらに見つけたスーパーに車を停め、その中まで一緒に行く。人がいたら場所を変えるつもりだったけれど、幸いにも誰もいないようだ。商品が何もない棚が並んでいる店の中を進んでいって、奥のトイレまで茉由を誘導する。

「排べ――落ち着きが終わったら、そのままここにいて」

と深田が言うと、茉由は頬を膨らませた。

「落ち着きが終わったらって何よ？　わざと言ってるでしょ」

それはともかくとして――

「今度は逃げないで待っていてよ」

「わかってる！」

声を上げて言った茉由が防護服のままトイレに入った後、深田は車に戻ってそこから500mほど離れた指定封鎖ラインに行った。抗議者がまったくいないバリケードの前方に簡易クリーンユニットが作られているから、その場所で発症者が吐血したのだろう。バリケードの真ん前に車を止め、やってきた封鎖部隊員に深田と茉由、そして伊吹美穂の血液が入った採血管を手渡した。これが希望への橋渡しになると信じて。

＊

茉由と合流した後は、再び防護服姿での市街地探索を続行した。

約三時間の探索の中で深田たちは、マグネシウムが含まれるサプリメントを五パックと干しエビを三パック、ひじき一パック、そして特にマグネシウム含有量が多いという乾燥したアオサを一パック手に入れることができた。立ち入り禁止エリア内の店よりもむしろ、市役所や警察署、消防署付近の店の方が商品が残っているのは盲点だった。

そして午後八時過ぎ、見つけた無人喫茶店で探索の成果を確認しつつ休憩を取る。店内の電気を点けて窓際の席に座り、携帯電話で情報を収集する。

シャクルトン出血熱の発症・死亡者数の増加は言わずもがな、気になったのは浄化作戦に対する各地での反応。封鎖区域内の抗議活動は今なお続いているが、それに対して封鎖区域の外では賛成という意見が圧倒的に多く、素早い決断をした政府を称えている。

特に千葉県内（台風によるウィルス拡散被害を最も受ける地域）では〝浄化作戦賛成運動〟なるものすら起こっている。予想はしていたけれど、外でこれほど一方的な流れになっているとは思わなかった。大衆心理に操られているかのようで恐ろしくなる。

そんなときに浅川から電話があった。

通話をオンにすると、弾んだ声が飛び込んできた。

『深田、お手柄だ！』

この数時間の間に何度も行われた実験によって、血中のマグネシウムにシャクルトンウィルスを不活性化させる効果があることが実証された、という報告だった。

『血中マグネシウムによるウィルス不活性化の検証は何度もしたし、感染研でも同じ結果が出ている。それを裏づける証人が伊吹美穂さんだ。彼女の血液にはウィルスが存在しているが、血中マグネシウム濃度が高くてウィルスが増殖していない状態だった』

『それなら厚労省——政府も、その事実を知ったわけだ』

『喜べ。封鎖区域内への補給物資としてマグネシウムを大量に搬入するよう、すでに手配がされたらしい。現時点で発症している人にはマグネシウム欠乏症への対策、つまりマグネシウム水酸化物を筋肉や静脈に注射するように各医療施設に通達したそうだ』

とはいえ、増殖したウィルスがすでに体中に散ってしまっている場合、マグネシウムを投与したところで手遅れの可能性も十分にある。更には、マグネシウムの過剰投与による症状（脱力や嘔吐、低血圧、錯乱から昏睡や呼吸停止など）も懸念される。

——しかしこれでこのシャクルトンウィルス災禍に対抗できる。

それは間違いない事実。

この先、各研究機関がこぞって研究を始める。健常者、感染者、発症者それぞれに対してどれくらいのマグネシウムを投与すれば、ウィルスを不活性化させられるのかが検証されていく。そしてゆくゆくはマグネシウムによる対抗策を確立できるかもしれない。

ただな、と浅川の声が言う。

『この件の情報公開に関してホワイトハウスが取引を持ちかけてきている』

『ホワイトハウス——ケインズ大統領が？』

『いや、大統領首席補佐官だ』

『……その内容は？』

『要は情報公開はアメリカがしたいってことらしい。いろいろなことで落ちた名声を少しでも回復したいんだろ。今後、一切の災害支援を惜しまない代わりに、アメリカが情報公開に必要な準備を整えるまで一日待ってくれと言ってきてる』

『そんなに待っていられるわけがない！　日本にはその一日が大切なんだ』

『ああ。ったく、どこから情報が漏れたのやら』

ホワイトハウスともなるとどこにでも耳を持っているんだろう。

『それで、筑波研の意向は？』

『もちろんいくらホワイトハウスが相手だろうと、うちはそんなのは聞けない。けど問題は、国交悪化を懸念した官房長官がその取引に応じる方向に傾いてるってこと』

まずいな、と深田はつぶやいた。

『官房長官はシャクルトンウィルス特別対策本部のトップだ』

『ああ、うちの所長を中心に特別対策本部員が意見書を作ってるところだ』

『必ず説得してくれ』

と言ってから深田は、ちょっと待って、と通話を中断した。餌を待つ犬のような顔をしている茉由にマグネシウムについての朗報を伝えると、彼女は手を叩いて喜ぶ。

「だったら美穂ちゃんは大丈夫なのね」

「まだ確かなことは言えないけど、増殖を抑えられているなら美穂さんの体に在るウィルスは少ないはず。マグネシウムを採り続ければ今後も発症しないかもしれない」

「美穂ちゃんに知らせてあげていい？」

普通なら情報公開を待った方がいいけれど、伊吹美穂一人の不安を取り除くくらいなら構わないか、と考えて深田はうなずく。

「その代わり、ちゃんと口止めしてね」

「はい！」

うれしそうに電話をかける彼女を横目に、深田も再び自分の携帯電話を耳に当てた。

すると浅川は一転して緊迫感に満ちた声で聞いてくる。

『今、工藤茉由さんが近くにいるのか』

『ああ、いるけど……』

嫌な予感の中、浅川が少し間を置いてから言った。

『お前と工藤茉由さんの血液も調べた。お前の血液中にはウィルスは存在しなかったが、工藤さんの血液からは活性化しているシャクルトンウィルスが検出されたんだ』

視界が暗くなる、永久影の底に落ちたかのように。

『なん、だって』

しかし、そういう事態も予想しなかったわけではない。

この探索中にも茉由を見ていて気になっていたことがあった。それは彼女が時折、顔や体を掻いていたこと。マンション倒壊後に街を回って救助活動をしていたときの彼女にはなかった仕草で、大方あせもだろうと思いながらも不安は募っていた――

あの、血を流しながら歩いていた女性発症者もしきりに体を掻いていたから。

深田はふらりと立ち上がり、店の出入り口に向かって歩く。

目の前にいる茉由に動揺を悟られたくない。目を輝かせながら伊吹美穂と会話をしている茉由に作り笑顔でうなずきかけて、深田は携帯電話を片手に店の外に出ていった。

そして喉の奥から声を絞り出す。

『本当に……活性化していたのか、ウィルスは』

『ああ。検出されたほとんどすべてが活性化状態だった』

『そ、そんな……』

でも大丈夫だ、という浅川の声があった。

『発症はマグネシウムで抑えられるはずだ』

『ああ、茉由さんには優先してマグネシウム含有物を摂取させた……』

『お前、工藤さんの感染に気がついていたのか』

『確信があったわけじゃないけど』

痒みのことを話すと浅川から、そうか、と声が返ってくる。

『同じような報告は他の感染症対策チームからも受けている。ただ別の症状を報告する者もいるから、シャクルトン出血熱の初期症状についてはまだ検証が必要だ。出血性の劇症が発現する前も無症候じゃなくて、何らかのサインがあるかもしれないな』

『ああ……』

という呻きにも似た声が口から出る。

『とにかく工藤さんにはこれからもどんどんマグネシウムを採らせた方がいい。発症を抑えられる分量はまだ不明だけど、血中マグネシウム濃度が高いに越したことはないはず。仮にマグネシウム過剰症になったとしても、シャクルトン出血熱よりはマシだ』

『やむを得ない……』

『工藤さんにはどう言うつもりだ』

深田は目を閉じて、いや、と言った。

『今は言わない』

もし言えば、彼女は再び深田の前から姿を消してしまう、今度はシャクルトンウィルスを深田にうつさないために。そうなったらもう二度と彼女を探し出せなくなる。

『だけど無自覚の感染者が他人に接触するのが最も怖いことだぞ』

『今は皆が他人との接触を避けている状態だし、僕が傍で注意していれば他の人にうつすことはない。僕は茉由さん一人のための感染症対策チームってことになるけど』

『それは……お前の感染リスクを大きく高める行為だぞ』

『わかっている』

『いや、わかってないな。感染者は隔離するのが本人のためでもあるんだ』

しかし、茉由がおとなしく隔離に応じるとは思えない。

逃げられたらそれまで……彼女はおそらく人気《ひとけ》のない場所に行って、マグネシウムすら採らずに死を選ぶ。彼女は〝今はすごく生きたい〟と言っていたけれど、仮に今の時点で感染を知ったら、誰にも迷惑をかけないような死を選ぶ気がするのだ。

だから近くにいて、マグネシウムを摂取させ続けたい。

『もう覚悟は決めている』

深田が言うと、変わったな、という言葉が返ってきた。

『筑波研のモグラの異名を取るお前が、ウィルスより人を優先するなんて』

『ウィルスより優先したい人ができたんだ』

『はっきり言葉にしておけ、現実に立ち向かう力になる』

深田は店内にいる女性に目を向けて、告げる。

『茉由さんは僕の宿主。僕が護る。そのために僕は生まれてきた』

――のかもしれない、と思っている。

そうか、と浅川。

『宿主か、それならお前自身のためにもウィルスに勝たないとな』

『ああ、もちろん、勝つ』

と言って通話を切り、深田は胸を押さえて息を吐き出した。

深田はこれまでウィルスという存在に対して、その多様性や効率的な増殖システム、シンプルな構造であるが故の強さには、尊敬に近い感情を抱いていた。生涯をかける研究対象として感染症を選んだのも、ウィルスへの純粋な好奇心からだった。

しかし今はウィルスが憎い。

茉由の体に居座るウィルスが憎くて仕方ない。

喫茶店内に戻ると、電話を終えていた茉由がすぐに声をかけてくる。

「何かあったの？　急に外に出て」

「ああ、浅川から台風への感染症対策について少し込み入った相談を持ちかけられたんだよ。そっちの対策は、ほとんど何もできてない状態みたいだったけど」

「でも台風でウィルスが拡散されたとしても、マグネシウムを採っていれば大丈夫なんじゃないの？」

「そうだね……きっと、大丈夫だ」

と無意識に声が沈んでいってしまう。

「どうしたの？　お腹が痛いなら便秘薬使う？」

緊張を緩和しようとしてくれる茉由の笑顔が辛いけれど、深田が暗い表情をしていれば気づかれかねない。無理に笑顔を作って、いやいや、と言った。

「それは茉由さんの落ち着き用だから」

「もう！　ふふ、じゃあこれからどうしようか」

少し考えてから、とりあえず、と言葉を出す。

「マグネシウムも手に入ったから医療センターに戻ろう。たぶん医療従事者へマグネシウムを投与する予防接種が始まっているはず」

「マグネシウムの、予防接種……」

日本政府がマグネシウムの効果を認めた場合、ワクチン接種と同じく、公表（アメリカが行うにしろ日本が行うにしろ）よりも先に水面下で医療施設へ通達され、医療従事者にまず投与されるだろう。そして公表後から患者を含めた住人への投与が開始される。

深田と茉由は防護服姿のまま喫茶店を出て車に乗った。車中でも茉由はうれしそうに話を続けているが、深田は頭の中から思考を消して、運転だけに集中する生き物になる。

船橋総合医療センターに到着すると、院内に騒がしさがあった。

エントランスから何人もの人たちが出てくる——逃げているようにも見える。

「院内で何かあったみたい！」

と言った茉由と車を降り、深田たちは人をかき分けてエントランスに入った。

事態は一目瞭然だった。待合室を兼ねた広いエントランスに築かれていた医療チームのテント村から、シャクルトン出血熱の発症者が出たのだ。しかも……

発症者が自分の足で動いている。

看護師の服を着た男性、目や鼻から出血している。

自分で外したのかマスクをつけておらず、咳き込んで血を撒き散らし、ぶるぶると全身を痙攣させながらゆっくり歩いている。時折その場に倒れて動かなくなるも、また息を吹き返したようにむくりと起きて動き始める。足取り自体はよろよろととても遅いので、鬼ごっこのように人に近づいては逃げられ、近づいては逃げられ、を繰り返している。

その口からははっきりとした言葉が出ている。

「そんな、何で俺が」

「マスクも消毒も、してた、のに」

「誰か、助けてくれ、ゲホッゲホッ、誰か……」

前に街で遭遇した女性と同じ状態（ただし吐血量は彼女よりも少なく、意識もよりはっきりしているよう）で、出血症状による痛みを感じていないかのように見える。

この状態は今では封鎖区域のいたるところで確認されていて、暫定的に〝ジャクルトン出血熱性・出血浮浪状態〟と呼ばれている。

そんな出血浮浪患者を初めて見たらしい茉由は、眉間を寄せたままその場で固まっている。無意識にか深田の腕を両手で摑んできたから、深田はその手を握り直した。

出入り口付近で状況を見守っていた女性看護師長に声をかける。

「看護師長、状況を教えてください！」

「あ、あ、深田さん、茉由ちゃん、た、大変です！」

「ええ、市役所に連絡はしましたか？」

「は、はい、担当の者が……」

「彼が発症してからどれくらい経ちます？」

「えと、五分くらいです。トイレで突然、血を吐いたみたいです」

「そのとき吐血を浴びた人はいませんか？」

「いないと思いますけど……」

「彼と一緒にトイレ内にいた人は把握してますか？」

「いえ、何しろパニックが初めに来たような状況だったので……」

　ということは、逃げ出した人たちと一緒に院外に出てしまった可能性が高い。現状だと発症者と一緒にトイレにいた人を全員隔離し、即刻マグネシウムの注射をして経過を診るのが最も適切な対処法だったが、行方が摑めないなら医療センター側にはどうしようもない。マグネシウム情報が公表された後、自発的に病院に行ってもらうしかない。

　隣で茉由が、わ、わ、と言った。

「わ、私たちが、できることは、あるの？」

　いや、と深田は首を左右させる。

「市役所への連絡はしたみたいだから、専門の部隊がすぐに到着すると思う。下手なことはしないで彼らに任せてしまった方がいい」

「何であんな状態で、あ、歩けるんだろう」

という茉由の疑問には、深田も首を振るしかない。

ただ、見るからに凄惨な状態だけれど、通常の発症者のようにすぐに亡くなるということはない。前に見かけた女性も出血浮浪患者専用の施設で、今も生きているらしい。

程なく、救助隊・発症者搬送チーム（感染症専門家・医師・機動隊員・自衛隊員によって構成されている）の特殊車両が二台、総合医療センターの出入り口前に停まった。

防護服を着た彼らは即、出血浮浪患者を取り囲んで声をかける。

「その場から動かないでください！　じっとして！」

犯罪者に対するような呼びかけだが、下手に動かれると救助隊員に危害が及ぶ（発症者が暴れて救助隊員の防護服が傷つけられたりなどの）事態になりかねない。

しかし出血浮浪患者は、違う、違う、と口走りながら歩くのをやめない。

「違うんだ、これは、何かの間違いだ」

「動かないでください！」

「止まらない、体が勝手に、助け、助けて」

「大丈夫です！　すぐに救助します！　安心してください！」

「死にたくない、死にたくない、ゲホッゲホッ」

痙攣する彼の口から、ぶるるる、という音が漏れ出た。

対する救助隊員たちは害獣を捕らえるような大きな網を三人で広げた。発症者に対応するチームには、出血浮浪患者への独自の対応マニュアルが通達されているのだろう。網を手にした彼らは、出血浮浪患者を包囲して詰め寄っていく。

「確保！」

というリーダーの号令と共に、網が放たれた。

広がった網が出血浮浪患者を包み、彼はそれに足を取られてその場に倒れた。そこに一斉に救助隊員たちが寄り集まって彼の手足を取り押さえる。そして四人でその体を持ち上げて拘束具のあるキャリーマットに乗せて繋ぎ、統率された動きで院外に向かった。

「道を開けてください！」

「危険です！　離れてください！」

彼らは特殊車両まで運んだ患者を後部から乗せた。出血浮浪患者は通常の医療施設では対処ができない（動き回るので隔離が難しい）ので、専用の施設に連れて行くのだ。

車両が去った後も震えている茉由の手を、深田は離さなかった。

院内の慌ただしさは続いている。残った救助隊員たちが、目撃者に状況を聞きながら汚染された箇所を消毒していき、それと同時に院内での緊急対策会議が開かれる。

深田と茉由もマグネシウム注射を受けた後で、この会議に参加した。

トイレから続く血液付着エリアは広く、以降はエントランス全体を汚染ゾーンとして立ち入り禁止にするしかない。問題となったのはそこにいた者への対処。通常なら全員を隔離するのだが、それよりも順次マグネシウム注射をする方がいいとの結論に至った。

患者への予防接種のスケジュールを組んでいるときに、電話がかかってきた。会議室から一旦出て登録のない番号に応じると、Ｈｅｌｌｏ、と英語で話しかけられる。

『ドクター・ナ、ナオミチィ、フ……カーダ？』

——外国人か。

イエス、ディス・イズ・フカダ、と答えると、相手も英語で話してくる。

『私はＮＡＳＡ管制室で管制員をしているミュラーです』

まさか、と思って聞き返す。

『オ、オリオン３号のミュラー・フライトディレクターですか？』

『そうです。我々が日本国内にもたらしてしまったシャクルトンウィルスを不活性化させる方法を、あなたが発見したそうですね？』

最新の情報を把握しているようだ。

『ええ、偶然が重なってマグネシウムのことを見つけ出せました』

『とても素晴らしい。ＣＤＣでさえ未だ辿り着いていない事実です。——であるならその公表は日本から行ってほしい。ホワイトハウスの意向は無視してください』

先の電話で浅川が言っていた〝マグネシウムの情報公開についてホワイトハウスが取引を持ちかけてきている〟件で、ミュラー・フライトは電話をかけてきたようだ。

深田が無言でいると、彼は言葉を続ける。

『ホワイトハウスはNASA・CDCからマグネシウム情報の公開を行って、政府機関のダメージを軽減させようとしていますが、我々は今回の件を真摯に受け止めています。アキラ・クドウという優秀な日本人を死なせてしまった上に、こちらの勝手な都合で更なる迷惑をかけるわけにはいかない。日本はできるだけ早く情報公開を行ってください』

『わかりました――そのつもりでした』

日本政府がアメリカとの国交悪化を懸念して公表を一日延ばすと言うなら、浅川とともにテレビ局に不活性化実験のデータを渡してでも公表を強行するつもりだった。

ミュラー・フライトのほっとしたような声が聞こえてくる。

『要らぬ心配でしたか。念のためにこのことはこちらから日本政府に伝えますが、まずは大きな発見をしたあなたに伝えたかったのです』

『ありがとうございます。でしたら……一つ頼んでもいいですか』

『ん？』

『この公表は日本政府とCDC、同時に行っていただけませんか。そのために必要なデータはもちろん、理研・筑波研究所からそちらにお送りします』

病原体に関しては、日本政府よりCDCが発表した方が影響力は大きい。

それによって、マグネシウムがシャクルトンウィルスを不活性化させる、という情報はすぐに世界中に知れ渡るだろう。対抗策を得て安堵感が全国に広がる中で〝感染者を見捨てる〟ような浄化作戦を実行したら、日本政府は世界からの信用を失うことになる。

――浄化作戦は止まる。

日本政府・CDCによる情報公開は午後九時半過ぎだった。

内閣官房長官が総理官邸・記者会見室の壇上で、まず封鎖区域内外のシャクルトン出血熱による国内死亡者数が三百人を超えたことを述べた後、そのウィルスに対するマグネシウムの有効性が日本の研究所とCDCによって確認されたことを報告した。

すでに浅川から聞いているように、封鎖区域内へのマグネシウム搬入や住人への注射も随時開始されるとのことだった。そして今後確実に発生するであろう、血中マグネシウム濃度が高まった場合の過剰症に対する注意喚起には、最も長い時間が割かれた。

ただ――

記者団との質疑応答の時間が終わっても、封鎖区域内浄化作戦の停止は官房長官の口から出てこなかった。一度公表した作戦を取りやめるには時間がかかるし、さすがに現時点ではそこまで検討して発表できる段階には至らなかったためだろうが……

午後十時丁度、拡声器から放送が流れる。

『現時刻から二十三時間後、八月八日午後九時にウィルス及び細菌を滅菌するための薬品を、自衛隊ヘリコプターから市街地に向けて散布いたします。この薬品は人体にも有害ですので、封鎖区域内の皆様は薬品散布時には決して外出しないようにお願いします』

深田と茉由は医療センターの駐車場に停めた車で夜を過ごした（トイレとシャワーはスタッフルームの物を使わせてもらう）。できれば市役所に行って久川市長に茉由を会わせたかったが、彼女の感染のことを考えて病院から離れない方がいいと判断した。

車内から空を見たけれど、今夜は曇天、月は見えなかった。

＊

夜が明けた午前七時現在、茉由は発症していない。

深田と茉由は職員食堂で配給食を採りながら、情報を確認していた。

マグネシウム情報が功を奏したのか、あの政府発表以降はシャクルトン出血熱による死亡者数の増加はそれまでよりも緩やかになった。発症者には感染症対策チームがマグネシウムを注射することで対応し、それ以外の者も予防のためにマグネシウム含有物を摂取したためだろう。発表から二時間程度で封鎖区域外の多くの店でマグネシウム含有物が売り切れ状態になったらしく、今はネット上でグラム当たり千円単位で取引されている。

マグネシウムの鉱物をそのまま食べる配信者の動画がネットに出回る中、封鎖区域内へのマグネシウム搬入が実行された。第一陣はとりあえず封鎖区域外各地からかき集められた物――血液中に注射する医療用マグネシウムやサプリメントなどの飲食物だったが、住人全員にはとても行き渡らないので、医療施設に優先的に配布されることになった。

その正確な時刻は公式に発表されなかったにもかかわらず、封鎖ラインに届けられたマグネシウムを受け取りに行った医療施設側の車が襲われ、補給物資が奪取されるという事件が各所で発生した。中学校体育館に築かれたテント村が三十人規模の覆面集団に襲撃される事件も起こり、医療従事者に怪我人が出たとのことだった。封鎖ラインや医療施設を常時見張っている者が住人の中にいることは間違いないので、次回の搬入時にはこのようなことが起こらないよう、搬入システムを再検討しているという政府発表もあった。

その痛ましい事件を受けて〝マグネシウム情報の発信は時期尚早だった〟〝先に搬入を

済ませてから発信すべきだった〟という意見も出たようだが、早い情報公開によって発症を免れた人がいるのは事実だし、そもそもこういった情報の隠ぺいは不可能なので、これは搬入システムを軽んじていた政府の責任ということ、後で必ず問題になる事案だ。

封鎖区域内住人の政府に対する不信感も日に日に大きくなっている。昨日、CDCなど海外からの調査チームや日本各地から集まったボランティア医師団が封鎖区域に入ったらしいが、中でも厚労省から派遣された医師たちが感染者に対して人体実験まがいのことをしているというありもしない噂も流れていて、追い出そうとする動きまである。

そして、浄化作戦のカウントダウン放送は依然続いている。

船橋総合医療センター内の感染症対策を確認して回った後で茉由と市街地に出たが、街からは人が消えていた。道路を走る車も救助隊の車両以外は無く、住人は屋内に閉じこもっているようだ。もし浄化作戦が決行されたら、船橋はこの先ずっとこうなる。

封鎖区域外にも浄化作戦を問題視する動きも出てきてはいるもののまだまだ少数で、大多数は依然、高みの見物を続けている。〝とりあえず浄化作戦はしてほしい〟〝台風が止められないなら浄化作戦だ〟〝汚れた都市を洗剤で洗濯しろ〟〝封鎖区域内の意見は聞くな〟などというのが、台風予測範囲内に住んでいる人たちの忌憚《きたん》のない意見だろう。

わからなくはない意見だが、深田は決して首肯することはできない。

現在、補給物資のマグネシウムは封鎖区域内のすべての人には行き渡っていない、それどころか医療施設にしか配布されていない。そんな状況下で街が劇薬まみれになったら、感染者を病院に連れて行くこともできないし、救助隊も感染者の元に行けなくなる。

この浄化作戦は必ず、感染者にとってよくない結果をもたらす。

そして茉由は……感染者だ。

不安になる、浄化作戦を止めないと、茉由が死ぬんじゃないか、と。

午前十時に〝残り十一時間〟という放送が流れた後、深田は市役所に電話で問い合わせてみたが、浄化作戦を中止するという連絡は今のところ受けていないとのこと。

「だめだ」

と深田が頭を振ると、茉由が口を開いた。

「霧島補佐官なら政府の対応がわかるんじゃないかな」

うなずいた深田は続けて霧島補佐官の携帯電話にかける。

すぐに、もしもし、という声がある。

『深田さん、どうしました？』

『補佐官、どうして浄化作戦の中止を流さないんですか！』

『中止？　そんな予定はありませんよ』

深田は奥歯を噛む。やはり、そうなのか。

『マグネシウムがウィルスを不活性化させるんです！　これは人類が感染を防ぐ手立てを得たということです！　事実、血中マグネシウム濃度が高かった工藤晃飛行士と伊吹美穂さんは発症はしていません！　それならもう浄化作戦をする必要はないでしょう！』

『封鎖区域の内外合わせて十五人、血中マグネシウム濃度が高い未発症者を政府は把握しています。しかし彼らの体内にウィルスが存在していることには変わりありません』

『マグネシウムを摂取し続けて発症を抑えれば、いずれ抗体が生まれるはずです！』

『いずれ？　はず？　確定している情報は零ですね』

『マグネシウムがウィルスを不活性化させることは確定しています！』

『いや、それも正確な言葉ではありませんね。確定していることは〝不活性化させること〟ではなく〝とぐろを巻かせること〟でしょう？　聞くところによると、そのとぐろ状ウィルスも増殖こそしないものの、狂犬病ウィルスにも似たパターンを示していると言うじゃないですか。それならば現時点では完全に無害かどうかはわかりません』

深田は苦い顔をする。よく把握している。

『確かにその通りです、このウィルスをとぐろ巻き状にすることはシャクルトン出血熱災禍の解決にはなりません。でも増殖は抑えられるんです。それなら今は様子を見て、浄化作戦用の劇薬よりも、大量に必要になるマグネシウムの調達に力を入れた方がいい』

『様子を見ることができる状況であったなら、浄化作戦の決行を先延ばしにすることも可能だったのですが、台風が迫っているのでそうもいきません。国を守るために必要なことをするのが我々、政府というもの。市街地浄化は予定通りに決行されます』

もっともらしい言葉。しかしそれはあくまで封鎖区域の外にいる者の論理。〝封鎖区域内の人々を見捨てる〟という選択を正当化させているだけだ。国を守るためと言うなら、政府と言うなら、どんな状況でも国民を見捨てるような選択をすべきではないはず。

ただ、深田が何を言っても止まらないだろう。

天啓のように抗ウィルス薬が開発されないと、政府は浄化作戦を止めない。封鎖区域内の抗議の声を無視して、政府は〝日本のために取りうる最善策〟と繰り返している。

電話を切ると、深田は茉由に向き合って首を横に振る。

「政府に、僕たちの声は届かない……」

少し間があって茉由が、それなら、と言った。

「外の人たちの声なら？」

「もちろん、たくさんの人たちが浄化作戦の中止を訴えれば政府も聞かざるを得ないと思うけど、封鎖区域にいる人たちのことを考えてくれている人なんて僅かだ」

「それはたぶん、封鎖区域の中の状況がわからないからだと思う」

「わかろうともしていないから、かもしれない」

「ううん、きっと知る方法がないからだよ」

「うーん……」

だったら、と茉由。

「知ってもらおうよ。拡散させてみるの、ウィルスみたいに」

「何を……？」

「封鎖区域内に閉じ込められた人たちが今の船橋の街並みとか無人になった駅とかを撮影して配信する動画が、軒並み高い視聴回数を記録しているのは知ってる？」

深田は首を縦に振った。もちろん知っている。宇宙船墜落時からシャクルトン出血熱災禍が始まった後もそういう動画はネット上に溢れていて、ずっと問題になっていた。深田にしても、街をうろついて動画を撮っている者たちを何人も見てきた。

それを逆手に取るの、と茉由は続けて言った。

「私たちも封鎖区域内から動画を撮影して、外の人たちに浄化作戦の中止を呼びかけてみよう。封鎖ライン状況とか浄化作戦前の街並みなんかも映せば、見てくれる人も多くなるかもしれない。その動画自体はすぐに消されちゃうかもしれないけど――」

深田は、そうか、と言って顎を触る。

「見た人に動画のコピーを拡散してもらうんだ」

「そう、コピーがコピーを作って広がるの」

「それは確かにウィルスだ！」

「でしょ？」

そんな発想、深田の中にはなかった。

「よし、やってみよう！」

午後三時過ぎ。浄化作戦開始までは、もう六時間を切っている。

深田と茉由は昨日訪れた封鎖ラインに近いマンションの屋上に来ていた。

動画の生配信はすでに始まっている。

抗議者が一人もいなくなって封鎖部隊だけになった封鎖ラインの様子を深田はしばらく映してから、パソコンと繋がっているカメラを茉由に向けた。その間にも視聴者の数はぐんぐんと伸びている。世界中の人たちが今この動画を見てくれているのだ。

動画タイトルは茉由が〝月の落とし子〟とつけた。

緊張した面持ちの茉由はうつむいて、私は、と言った後、顔を上げて言い直した。

『私はＪＡＸＡで管制員をしている工藤茉由と申します』

そして付け加える。

『宇宙飛行士だった工藤晃の、妹です』

現状、本名と顔を晒《さら》すこと以上に工藤晃飛行士の妹だという情報を出すことはリスクが高いから、画面に映る役割は深田が担当したかったけれど、茉由がどうしてもと譲らなかった。オリオン３号に乗っていたのは私の兄だから、と。

『私は今、封鎖区域の中にいます。自衛隊によるウィルス及び細菌の浄化作戦決行まで残り六時間を切っていて、先ほどから視察のヘリコプターが上空を飛んでいます』

と言って茉由が顔を空に向けた。

その視線を追うように深田はカメラを空に向けて自衛隊の観測ヘリコプターを映す。向こうもマンション屋上にいる深田たちには気がついていて、先ほども一度『浄化作戦が近づいています。危険ですから屋内に入ってください』と警告してきた。

もちろん、この動画を撮り終わるまで退くつもりはないけれど。

深田が焦点を茉由に戻すと、彼女は言葉を発する。

『私はこの封鎖区域で一人の少女に出会いました。彼女のお母さんは宇宙船オリオン３号が墜落した当初にウィルスに感染し……二日前に亡くなりました。お母さんとずっと一緒だった少女も同時期に感染し、実際、彼女の血液中にはウィルスが存在しています』

茉由は言葉を区切り、にもかかわらず、と語気を強めて言った。

『彼女は今でも発症せずに元気にしているんです。彼女の血中マグネシウム濃度は高く、それゆえにウィルスが血中で不活性状態になっているからだそうです』

伊吹美穂にはすでに〝血液中にシャクルトンウィルスが存在していること〟と〝血中マグネシウム濃度が高く発症まで至っていないこと〟は説明してある。その上でこの動画で彼女の状況を話してもいいかと聞いたところ、少し悩んでから了承してくれた。

『私の兄の好物は、ピーナッツやカシューナッツやアーモンドでした。小さいころからずっとそういう物が好きで……日本にいるときも、夕食後には必ずかじっていました。かじりながら話したりするからボロボロこぼして、それを片づけるのが私の役目で……』

茉由はそこで一旦深呼吸をして、続ける。

『種実類《しゅじつ》にはマグネシウムが多く含まれています。その他、兄は訓練で外国にいるときも魚介類や海藻類なんかのマグネシウム含有物をよく食べていて、実際、血中マグネシウム濃度が高かったことが血液検査で数値として表れていました』

宇宙飛行士選抜時の初期データ、健康管理プログラムの最新データを初めに見たときには気づかなかったが、両方とも他の飛行士よりも血中マグネシウム濃度が高かった。

そして、と茉由。

『オリオン3号がこの船橋市に墜落する最後の瞬間まで、兄は発症していませんでした。健康が第一の宇宙飛行士五人の中でただ一人、兄だけが発症しなかったんです』

工藤晃飛行士が最後の瞬間まで発症していなかった、という事実は深田や茉由にとっては当たり前のことだが、一般的には知られていない情報。宇宙船の墜落、マンションの倒壊、と悲劇が続いたことで、工藤晃飛行士の情報は人々に拡散しなかった。

『マグネシウムを採っていた兄が発症しなかったという、証拠があります』

茉由は顔をうつむけて更に言う。

『兄の、最後の音声です。それがオリオン3号のブラックボックスに記録されていたんです。もしシャクルトン出血熱を発症していたら、こんな音声は遺せません』

瓦礫の中から露出した宇宙船内からは、船体の状態などを記録したブラックボックスも発見されていた。宇宙船最後の瞬間には通信機能は失われていたけれど、工藤晃飛行士の言葉はブラックボックスにしっかりと記録されていたのだ。その音声データが残骸となった宇宙船内から発見され、政府から両親に、両親から茉由に渡されていた。

それをこの動画で流す、という決断は茉由がした。

事故調査が終わっていない段階での極秘情報の勝手な公開には罰則がある、という圧力を政府にかけられていたが、それでも流す、と茉由は譲らなかったのだ。

『兄の最期を聞いてください』

携帯電話を出した茉由は、保存されたその音声を再生した。

ゴー、という音の中に荒い息遣い、そして英語での呼びかけが聞こえてくる。

『ヒューストン、こちら晃。可能なら墜落予測地点を教えてください』

一拍してもう一度、管制への呼びかけが繰り返される。

『ヒューストン、墜落予測地点を教え――』

そこで言葉が切れて、そんな、というつぶやきが漏れ聞こえた。

機械を操作するような音がしばらく続いた後、

『申し訳ない、日本の皆さん』

工藤晃飛行士は日本語で言った。

『オリオン3号は宇宙の果てに廃棄するつもりだったが、できなかった。現状、機械船をアンドッキングすることもできず、パラシュートも開けない。数分後に司令船は機械船を接続したまま日本に墜落する。現時点でコックピットで制御可能な五つのスラスターを使ってオリオンを海に墜とす。しかし、落下スピードに対して噴射力はあまりにも弱く、軌道を変えることができないかもしれない。父さん、母さん、茉由、そしてオリオンの――

俺の、着陸許可を出してくれた寛大な日本政府には、迷惑をかけることになる』

茉由はうつむいたまま言葉に耳を傾けている。

だが、と工藤晃飛行士。

『日本でよかったと俺は思っている。宇宙船の墜落という事態に対応できない国も多くある中、日本なら即座に適切な対処法を実行できるからだ。日本の対空防衛システムは優秀だ、自衛隊出身の俺が言うんだから間違いない、必ずこのオリオンを迎撃してバラバラに粉砕し、海に墜としてくれるはず。仮に地上に墜落してしまったとしても』

と言って一旦、言葉を区切ってから、彼は続ける。

『小さな島国の中で頻発する大震災や大津波にも団結して対処してきた日本なら——それらを乗り越えてきた日本人なら、この未曽有の危機にも対処することができる』

そうだろ、日本の皆さん、と言う声に熱がこもる。

『訓練で世界を飛び回っていると、日本は団結力のない国民性なんて言われることもあるんだ。自分では動かずに、物事を傍観して、口だけは達者な民族だってな。だがそんなことはない！　日本に来たこともない奴らに日本の何がわかる！　信じているぞ、俺は、この国に育ててもらった子供の一人として、日本の底知れない力を信じてい——』

そこで轟音が響き渡って言葉が永遠に消えた。

深田がこの工藤晃飛行士の最期を初めて聞いたのは、昨夜だった。泊まった車の助手席で、決意した表情の茉由が自分から聞かせてくれたのだ。

墜ちる宇宙船の中、限られた時間しか残されていないことは当然、工藤晃飛行士もわかっていたはずだ。にもかかわらず彼は家族に対して〝迷惑をかける〟というたったの一言しか発さなかった。自分の想いなど、遺言など、一片たりとも口にしなかった。

そして命が尽きるまでの時間をすべて、日本へのエールとしたのだ。

しかしこれが宇宙飛行士というもの。

兄のことを慕っていた茉由も、兄からもっと言葉をかけてほしかっただろう。何分も残されていない最後の時間を、どうして家族への言葉に当ててくれなかったのかと悩んだだろう。けれど彼女はそのことについて一言の不満も文句も口に出さなかった。

兄と同じく〝この国に育ててもらった子供の一人として〟――

そして〝月の落とし子〟の妹として――

音声が止まって少し経つと、うつむいていた茉由が顔を上げた。

『兄が乗ったオリオン3号は、自衛隊のミサイルによって迎撃されました。でも船体は兄が望んだようにバラバラにはならず、また、望んだように海に墜ちることも叶いませんでした。そして、皆さんも知っている通り、最悪な結果になってしまったんです』

その言葉に息切れのような吐息が混じる。

『マンションに激突した司令船内に奇跡的に残されていた遺体に、私は立ち合う機会を与えてもらいましたけど、兄の体はちぎれて……上下に分断されていて……』

茉由の左目から、涙がこぼれた。

『わた、わたし……私は……』

涙を流す茉由の口から出るのは、言葉にもならない嗚咽とカチカチと鳴る歯音だけ。顔を片手で抑えて話を続けようとしているけれど、形にはならない。

もう無理だ。

もう耐えなくていい。

いてもたってもいられず、深田はカメラを三脚で固定し、動画の中に出ていった。

レンズに向かって、僕は、と言ってから咳払いをして言い直す。

『僕は理研の筑波研究所で感染症の研究をしている深田直径という者です』

本来は茉由が話す予定だった言葉を、深田が代わりに言う。

『昨夜、日本政府が発表したようにマグネシウムはシャクルトンウィルスに対して効果があります。これは日本とアメリカのBSL4対応実験室で検証した結果なので間違いありません。人類はシャクルトンウィルスに対抗できるということです。であるなら浄化作戦をする必要はありません。人が人に毒を撒くなんてことは、しなくていいはずです』

深田はカメラの丸いレンズを見据えて話を続ける。

『この作戦は封鎖区域内の人たちにとって逆効果になります。例えば、補給物資のマグネシウムは現在は封鎖区域内の医療施設にしか配布されていません。しかし浄化作戦中は外出禁止なので、もしその間に発症者が出ても医療従事者は救助に行けなくなります。浄化作戦後も、街に劇薬が撒かれれば必ず救助のレスポンスは遅れるし、その劇薬自体による被害も必ず出ます。このままではウィルスによる感染災禍ではなく、人による災禍になってしまいます。だから、お願いです、皆さんの力でこの人災を止めてください』

そう言って深田は一礼した。

『聞いてくださって、ありがとうございました』

台本を用意していた言葉はそこまでだった。撮影すべき封鎖状況や浄化作戦の観測ヘリコプターを映し、言いたかったことをすべて話して、工藤晃飛行士の音声も流した。

けれど深田の中で言葉はまだ終わっていなかった。

いや、違う。言葉は終わっている、終わっていないのは想いだ。

伝えきれていない想いだけが、心の奥底に残っている。

気がつくと深田は拳を握り、もう、と言っていた。

『僕たちの声は、政府には届きません』

自分の足がカメラに向かって進んでいく。

『もう、封鎖区域の中にいる人間の声は、どうやっても政府には届かない、だから〝外〟の人たちの声が必要なんです、あなたたちの意志が必要なんです』

深田はカメラに歩み寄り、その向こう側に、助けてください、と言った。

『助けてください、船橋を、感染者を』

――茉由を。

『この重たい国を動かしてください、大震災や大津波にも団結して対処してきた日本人の力で。浄化作戦が始まるまでもう時間がないんです、すぐに行動してください』

続けて、僕は、と言ってから唾を飲んで、顔をうつむけた。

『僕は……普段は研究所の最奥にある実験室に籠って感染症のことばかり考えている、モグラのような研究者です。それが、宇宙船が降ってきてからこの三日間は実験室という穴蔵から出て、シャクルトンウィルスが飛散している封鎖区域を動き回っていました』

深田は眉を寄せて続ける。

『それは防護服を着ていても怖いことで、できれば閉め切ったホテルに閉じこもっていたかった。でも、そんなことは言っていられない状況が目の前にあったから。僕が感染者の人たちにできたことはほとんどなかったけど、多くの人に助けられながらモグラなりにできることをしたつもりです。……モグラにできるなら、人間にもできるでしょう？』

そう言って深田は顔を上げて、レンズを見据える。

『これを見ているあなたに言っているんです。見ず知らずの他人のために何かをするのが難しいことはわかっています。けど見ず知らずの他人じゃない、ここにいるのは同じ〝日本に育ててもらった子供たち〟なんだ。兄弟がウィルスに感染したら、もう兄弟じゃないのか？　安全な場所から感染者を笑うことが、今やるべきことなのか？　月から帰還した工藤晃飛行士が信じたのは、こんな日本人の姿じゃないはずだ、そうだろう！』

深田はカメラを両手で摑んで訴えかける。

『今すぐ政府に抗議の電話をかけてくれ！　今すぐ駅に向かって浄化作戦中止の署名活動をしてくれ！　テレビやネットでこの動画を流してくれ！　人災を止めるようより多くの人に呼びかけてくれ！　何でもいいからできることを今！　開始して――』

そのときだった。

防護服姿の救助隊員たちが屋上にやってきた。上空を巡回しているヘリコプターから連絡を受けた警察官だろう、未だに外出している者を取り締まっているのだ。

「何をやってるんだ！」

「動画を撮っているぞ！　止めろ止めろ！」

「浄化作戦が近づいてるんだ！　屋内で待機していなさい！」

という言葉は聞こえてきたが、深田はカメラの前から離れない。

『頼む！　すぐに行動してくれ！』

左右から警察官たちに拘束されても、言葉だけは届くはず。

『浄化作戦を止めてくれ！　頼むから――』

「こら、暴れるな！　いいからこっちに来なさい！」

＊

八月八日、午後七時四十分。

漆黒に染まった空に、薬剤散布ヘリコプターの光がいくつも舞っている。

深田と茉由が撮った生配信の録画映像はネットに拡散され、各国語の字幕をつけられて海外にも拡散されていった。それによって浄化作戦反対の声は封鎖区域外にも広がり、浄化作戦の意義を問う声が溢れ、集められた反対運動の署名が内閣府に提出された。同様の動きは海外でも起こっていて、日本政府に対して浄化作戦の中止を呼びかけている。

しかし、それでも浄化作戦の決行は止められなかった。

カウントダウンは今も続けられている。理研・筑波研究所所長が台風への感染症対策案を持って厚労省に直訴しに行ったらしいけれど、それも却下されたという。

『申し訳ない、深田さん』

と広瀬管制員の声が言った。

『あの動画を見て、うちも家族揃って駅で声がけを始めたのですが、時間がとても足りなかった……力が及びませんでした』

『そんなことありません、この作戦中止には間に合いませんでしたけど、日本政府にもきっと何らかの影響があったはずです。本当に、ありがとうございます』

『そう言っていただけると助かります。今後もできることをしようと思います』

『封鎖区域外の協力者は得難《えがた》いので是非、お願いします』

『あ、工藤さんは今、傍にいるんですか？』

『いえ、今はトイレに行ってます』

『では、甘えられる場所が見つかって良かったですね、とお伝えください』

『え、甘えられる場所……？』

『はい。深田さん、引き続き工藤さんをよろしくお願いしますね』

よくわからなかったけれど、深田はうなずく。

『もちろん。ずっと一緒にいると約束しました』

『それを聞いて安心しました』

続いてかかってきたのは霧島補佐官からの電話だった。通話をオンにすると、彼は開口一番、動画を拝見させていただきました、と言った。

『やはりあなたは変わった。動画の言葉を借りて言うなら、モグラから人間になった、ということでしょうか。私はまあ、モグラだった頃のあなたの方が好きだったのですが。あの工藤茉由という方が、あなたをすっかりと変えてしまったのでしょうね』

今更自分のことなどどうでもいい。深田が言えることは一つだけだ。

『浄化作戦を止めてください』

『私にはそんな権限はありませんよ。もう政府の誰が何を言おうとも、浄化作戦は止まりません。そしてそれは、この政府判断が正しく確かなものだからなのです』

『正しく確かな……』

『ええ。工藤晃飛行士の着陸許可を出したのも日本政府の正しく確かな判断です。決して情などではなく、その事態に対応できるから着陸許可を出したのです。この浄化作戦も、それと同じく正しく確かな判断によって下されたもの。いかなる結果になろうと我々はこの浄化作戦が間違っていたなどと思わないし、これからも必要な判断をします』

『わかっています、政府とはそういうものです』

と言って電話を切ろうとしたとき、深田さん、と霧島補佐官の声が言う。

『くれぐれも無茶はしないでください』

『え？』

『薬剤散布中は屋内で大人しくしていてください、ということです。今回のことであなたが意外と無茶をする質《たち》だと知ったので、念のために注意しておきます』

鋭い。

正直、劇薬が降る中で防護服を纏っての抗議、ということも考えた。ただその場合、茉由も一緒に劇薬の中に来てしまうかもしれないと思ってやめておいた。

『まだ深田さんには特別対策本部で仕事をしてもらわなければなりませんから』

『とっくに本部から除名されているかと思っていました』

『外したりしません。……あなたは我々に必要な人です』

という言葉と共に電話は切れた。

いずれにしても、浄化作戦開始まではあと一時間。

まずはマンション〝プライムタワー船橋〟の倒壊現場から、劇薬の散布が行われる。瓦礫の撤去作業はまだ終わっていないが、熱源や音響を探査する装置、小型無人機の走査によって、現在、残った瓦礫の下に生命活動がないことが確定したと政府が発表した。

その死の宣告が、人災開始の合図だ。

約一時間後、深田と茉由は倒壊現場から距離のある雑居ビルに来ていた。

その階段室五階の窓ガラスに張りついて、空を飛び交う散布ヘリコプターに視線を向けている。迫る大型台風は南の方角、勢力を保ったまま船橋を直撃することが確実となっている。遙か遠くの空には黒雲が立ち込め、時折、竜のような稲妻が走っている。

茉由が祈るように手を合わせ、引き返して、と言った。

「お願い、引き返してよ……」

その言葉はヘリコプターに向けられたのか、台風に向けられたのか。

そこで防災放送が流される。

『封鎖区域にいる皆様、船橋市長をしている久川です。市役所からこの放送を流しています。間もなく……もう間もなく、薬剤の散布が開始されます』

久川市長の声には、諦めにも似た響きがある。

『散布はプライムタワー船橋の倒壊現場——現在は立ち入り禁止となっているエリアから順次行われます。皆様、外出は控えてください。繰り返します。立ち入り禁止エリアから薬剤散布が開始されます。皆様、絶対に、絶対に屋外に出ないでください』

深田の口から、

「始まる」

という言葉が出ていた。時刻はすでに、午後九時を過ぎている。

そして流れの速い雲の下、その瞬間が音もなく訪れた。

ヘリコプターから薬剤が放出される。

「雨……みたい」

と言った茉由の言葉の通り、薬剤散布用ヘリコプターに取りつけられたスプリンクラーから撒かれる薬剤は、市街地のライトに照らされ、遠目から見ると都市に降る雨に似ている。ただし人間の降らせる雨は、人間をも殺せる毒でできている。

ヘリコプターが空で交差する度に、雨のカーテンがオーロラのように揺れる。

「きれい」

茉由がつぶやいた。

都市を滅ぼす毒が撒かれているとは思えないほど、とても静かで美しい景色だった。深田は茉由と自然と手を繋いで、その景色を見る。お互いの手が震えている。

何も、思った通りにはいかなかった。

感染症災禍とはそういうものなのだ。人間は遙か昔からウィルスや細菌と戦い、未だに対処法が確立されていないものもある。どこからともなく治療薬やワクチンが降ってくるわけではないし、災禍に対抗しようとする政府の意思を変えることも不可能なのだ。

それでも戦い続けなければならない。

戦い続けることでしか感染症を終息させることはできないのだから。人の生と死によって得られる情報を積み重ね、撲滅への手がかりを摑んでいかなければならない。

どれだけ絶望的な状況であろうとも、その先に希望があると信じて。

ふと気がつくと、茉由がその場に膝をついていた。

「茉由さん！」

自分の胸と口に手を当てて、荒い呼吸をしている。

深田は慌ててその体を支えた。彼女が必死にマスクを押さえている両手を払い除けて、それを口から引き剝がすと、白い生地にぽつぽつと血が付着している。

震えるその口がゆっくりと開く。

「知って、たんでしょ？」

「え？」

「私が感染してること、知ってたんでしょ、深田さんも。知ってて隠してたんでしょ？　私が傷つかないように。私がまた、逃げないように」

深田も同じことを考えていた。マスクに付着している血は今さっきの物ではなく、とっくに乾いている。そのことから考えても、茉由は自分の感染に気がついていたのだ。

そんな深田の視線に応えるように茉由は、わかるよ、と言った。

「自分の体のことだから。昨日から少し体が熱いような感じがしてて、今朝は熱が出てたから、総合医療センターにいるとき、採血して調べてもらったの。その後はマグネシウムをたくさん採るようにしてたんだけど……やっぱりだめだったみたい」

「何で、言わなかったんだ……？」

「言っても体の中のウィルスが消えるわけじゃないし、隔離されたらあの動画は撮れなかった。運命が変えられないなら、どうしても、お兄ちゃんの言葉を伝えたかったの」

深田は拳を握る。違う、運命は変えられる……希望はある。

ねぇ、と茉由が言った。

「動画の最後に深田さんが言ってたこと、感染者のために行動してほしいって、私が感染してること知ってたから、必死に言ってくれたの？　……そうなら、ぅれしぃ」

言葉の最後がぶれた。彼女は自分の言葉にむせたように咳をし始めた。口を両手で押さえて止めようとしているけれど、止まらない、激しく咳き込み続ける。

深田は茉由の背中と膝を支えて、抱え上げた。

「えっ、な、何――」

「しゃべるな！」

　と言い放って、慎重に階段を降りていく。

「おろして。病院でマグネシウムを打っても、もう遅いから」

「いや、まだわからない」

「ううん」

「マグネシウムをあれだけ飲んでたんだ、大丈夫なはず」

「冷静になって。状況を考えれば明らかなことでしょ。私はお兄ちゃんや美穂ちゃんとは違う。元からマグネシウムを採っていた人は助かるけど、私は感染してからマグネシウムを採り始めた。だからだめだよ。たぶんエヴァ飛行士と同じ状態だと思う」

　いや、と言って深田は首を横に振る。

「いいや違う！　エヴァ飛行士とは違うんだ！」

「ううん」

「そんなはずない、そんなはずない！」

「あのね、昨日から食べた物に含まれてるマグネシウムの量を毎回、手帳に書き留めておいたの……それを使って、このウィルスの被害を止めて」

「大丈夫、茉由さんは大丈夫だ。シャクルトンウィルスのミステリーを解いたんだ、法則を見つけた、だから茉由さんは大丈夫なん――」

茉由が、お願い、とすがるような目で言った。

「お願いだから……約束、してよ」

深田は奥歯を噛み、うなずいた。

「ああ、約束する！　だから希望を捨てるな！」

「希望は捨ててないよ……私は直径《なおみち》さんを信じてるから……」

それだけ言い、茉由は深田の腕の中で気を失った。

「違う……違うんだ」

深田はつぶやくように言う。

実際、茉由はエヴァ飛行士とは、ある、こと、が異なっている――

それはマグネシウムの〝摂取量〟。

サプリメントで少しのマグネシウムしか摂取できなかったエヴァ飛行士とは違い、茉由は昨日から今日にかけてかなりの量のマグネシウム含有物を食べていた。過剰症になってもおかしくないくらい。現に茉由の出血量は、エヴァ飛行士よりも明らかに少ない。

幾度もの崩壊、幾人もの死、そして茉由の状況に鑑《かんが》みて見えてきた。

このシャクルトン出血熱の発症パターンには、いくつかの法則があることが。

通常、シャクルトンウィルスは人間の体内（特に血液の中）に入った時点で猛烈な勢いで増殖し、短い潜伏期間の後、出血を伴う劇症を発症して感染者を死に至らしめる。

しかし、元々の血中マグネシウム濃度が高い場合は、シャクルトンウィルスは不活性状態《とぐろ》になって脳に溜まるが、増殖はしない。工藤晃飛行士と伊吹美穂はこの状態で、彼らのような人たちは引き続きマグネシウムを採り続ければ発症を抑制できるだろう。

……問題は、感染後にマグネシウムを採り始めた場合。

感染から発症までの間《潜伏期間》に少量のマグネシウムしか摂取できなかったのならば、エヴァ飛行士のように発症までの時間が伸びはするけれど、死を免れることはできない。

では潜伏期間に大量のマグネシウムを摂取したらどうなるのか。

感染後に血中マグネシウム濃度を急激に上げると、おそらくシャクルトンウィルスは狂犬病ウィルスのように脳の中で増殖する——それがあの〝出血浮浪状態〟なのだ。マグネシウム摂取量によってもその状態の進行速度に差は出てくるだろうけれど、街灯の下にいた女性、病院内を歩き回っていた男性は、共に今も厳重な隔離環境下で生きている。

だから厳密に〝違う〟のだ。

茉由は死なない。……ただ、出血浮浪状態には間違いなくなる。

目覚めたときにはもう、体が自分の意志とは関係なく動くようになってしまっているかもしれない。そんな状態の出血浮浪患者を総合医療センターで初めて目にした茉由は、当然だが大きなショックを受けていた、ずっと震え続けていた。

だから、あの状態に茉由もなる、という事実をどうしても言えなかった。

深田は茉由を抱えたまま、雑居ビルの出入り口まで降りた。

ガラスドアの向こうには劇薬の雨が――

散布がもうここまで来たか。深田は無数の滴に打たれているドアの前に立ち尽くす。思いの他、散布速度が速い。台風を警戒して一気にやってしまおうということか。

車はもちろん、外に停めてある。

ここから50mくらい離れた、屋根のある駐車場。車体が劇薬散布を受けないように配慮したのが失敗だった、このビルの出入り口前に乗り捨てておくべきだったのだ。あるいは、車の中にあった傘を持ってきてさえいれば……悔やんでも悔やみきれない。

――〝街に劇薬が撒かれれば必ず救助のレスポンスは遅れる〟。

先の動画配信で自分で言った言葉だ。劇薬散布の危険性を十分に理解していたにもかかわらず、まるで対処できていないじゃないか。冷静でいるつもりだったけれど、茉由の感染を知ってからは先の状況を見越して行動することができなくなっている。

一人で外に出て、車を近くに持ってくるしかない。

茉由は郵便受けの陰に横たえる。たとえ茉由がどんな過酷な状況に置かれようと生きながらえさせる。どれだけ血を流しても輸血し、どれだけ体が壊れても縫合する。生命を繋ぎ止めてさえいてくれれば、助ける方法を見つけ出せるかもしれないから。シャクルトンウィルスを撲滅する方法を見つけ出せるかもしれないから。

いや、と声に出して深田は外を見据える。

「必ず見つける」

シャクルトンウィルスを滅ぼす。この世から消し去る。

深田はマスクとゴーグルをしっかりと装着し直した。劇薬はおそらくグルタラールを主成分とした混合液。粘膜は絶対に守らなければならない。

ガラスドアを開く。

劇薬の雨が止んだ瞬間を狙って外に踏み出した。過ぎ去ったばかりの雨の後を追って走れば、雨をざっぷりと浴びることはないはずだ。

が、雨足は速い。すぐに離され、今度は別の雨に追われる。

右に左に雨を避け、ときに後退し、ときに屋根下に隠れながら懸命に駆けた。夜空を飛行するヘリコプターからは、地上をひた走る一匹のモグラなど見えないだろう。

口はマスクで覆われているけれど、呼吸をすると喉が詰まるような刺激が来てむせる。

できるだけ建造物の材質を壊さずに滅菌を行えるよう劇薬の調整はしているはず、それでもかなり強い。両手でマスクを押さえて咳をした後は、息を止めて車に向かう。

と、波状攻撃のように横から劇薬のカーテンが迫ってくる。

だめだ、早い——

深田は雨を避けて、ビルの隙間に転がり込む。

けれど一瞬遅く、ボタボタと降る雨に左腕が捕まった。

服に浸透してくる劇薬に、腕を焼かれる。

「うあああぁぁ……」

右腕で左腕を押さえた。化学損傷で、皮膚が爛《ただ》れていく。

そのあまりの痛みに視界が狭まり、景色がぐんぐん遠くなる。地面に吸い込まれていくかのように全身の力が失せる中、とっさに壁に寄りかかった。

「はぁ、はぁ、はぁ」

数十秒、あるいは数分の後、暗くなった景色が徐々に戻ってくると、深田はその場に膝をついていた。距離にしてまだ20mも来ていない。劇薬が付着した服を脱ぎ捨てたいけれど、焼けた服と爛れた皮膚がくっついてしまっている。このまま、行くしかない。

耳鳴りのしていた頭を掌で叩いているときに、ふと気がついた。

劇薬の雨が地面を打つ音が聞こえなくなっている。

……何？

深田は頭を叩きながらその場に立ち上がる。依然ヘリコプターのローター音は響いているし、黒い影がいくつも夜空を飛び回っている。けれどやはり、雨音は絶えている。

その代わりに……風に乗って何かが聞こえてくる。

耳鳴りの奥から響いてくる、これは――

「歌、だ」

誰もが子供の頃に一度は歌ったことがあるメロディーだった。

いま私の願いごとが叶うならば　翼が欲しい
この背中に鳥のように白い翼つけてください
この大空に翼を広げ　飛んで行きたいよ
悲しみのない自由な空へ　翼はためかせ
行きたい

「〝翼をください〟」

——それも一人二人の鼻歌じゃない。大合唱。

それにつられるように、深田は左腕を押さえたまま路地から顔を出す。

大通りの先で、何か巨大な物がうねっている。

人間だ。

車の屋根に乗った数千、いや数万人規模の人たちが、道を埋め尽くしている。

先頭を走るのは自衛隊のNBC偵察車や化学防護車、消防隊の特殊災害対策車で、その屋根に乗っている人たちは陽圧式化学防護服や毒劇物防護服を身に纏っている。

マンション倒壊時のパニックを思い出すけれど、それとは違う。

この行進には意志がある。

歌がある。

ウィルスにも負けない、人間の群れが生み出す圧倒的な力を感じる。

深田は拳を握った。車道を覆うほどのこのうねりは空からもはっきりと見える、歌も届いているだろう、だから散布部隊も劇薬の雨を止めざるを得なかったのか。

彼らは歌と共に薬剤散布の中心地に向かって行進していく。まだ薬剤の雨を降らせているところもあるというのに、それをまったく恐れていないようだ。

そのとき電話があった——浅川から。

『深田！　大変なことになってるぞ！』

うん、と深田は言ってつぶやく。

『今、目の前にある』

『テレビでも全チャンネルで流れてるぞ！　日本中から集まった人たちが封鎖ラインを取り囲んで今なお増殖中だ！　封鎖を破ってどんどん中に入っていってる！』

やはりここにいるのは、封鎖区域の〝外〟から来た人たちなのか。確かに封鎖区域内だけでは、これほどの人数とこれほどの装備は集められないだろう。しかし――

『何で、突然こんなこと……』

『何言ってるんだよ、号令をかけたのはお前と工藤兄妹だろ』

『え？』

『お前たちの動画だ。彼らが掲げているのは〝日本に育ててもらった子供の一人として〟ってスローガン。その旗の下にこれだけの人たちが集まったんだ！』

工藤晃飛行士の言葉が、これだけの人たちを動かしたのか。

『でも、封鎖部隊は……』

『封鎖部隊は警告はしてるけど、銃口は一切向けてこないってさ。それどころかその部隊からそのまま行軍に加わった隊員もいるらしいぜ』

信じられなかった。二十四時間体制で封鎖ラインを防衛し、越境者を容赦なく撃ったあの封鎖部隊が、銃さえ向けず政府の命令を無視してこの行軍に参加するなんて……

『俺も今そっちに向かってる。増殖に加わるんだ！　待ってろ深田！』

『あ、ああ、気をつけて』

言って通話を切る。

……何だろう、劇薬まみれの地の底を這っていた体の奥から、ふつふつと力が湧き出してくる感じがある。体が燃えるように熱くなってくる。

何も思った通りにいかない——

なんてことはなかった。自分たちの言葉でこれだけの人が動いてくれたのだ。危険を顧みず封鎖区域まで来てくれたのだ。この先、どんなに台風の威力がすさまじく、ウィルスが封鎖の外に広がろうと、この底知れない力があれば日本は乗り切っていける。

と、行軍中の消防車が止まり、防護服を着た若い隊員数人が窓から顔を覗かせた。

「あ、あなたは動画の！　マスクをつけてますけど、そう……ですよね？」

「はい」

とうなずくと、車内で声が飛ぶ。

「おいみんな、動画配信者の一人だ！」

「その腕はどうされたんですか！　薬剤にやられましたか！」

「乗ってください、すぐに手当てします！」

いや、と深田は首を横に振る。焼かれた痛みなどもう感じない。

「僕のことより助けてほしい人がいます。出血浮浪状態の発症者です」

皆が防護服を着ているから乗せても平気だろうと思って言った。

消防隊員たちはうなずき、若者から救助者の顔になる。

「了解です、場所はどちらですか」

「すぐ近くなので並走してついてきてください」

「わかりました。みんな、患者を迎える準備をしろ」

深田は消防車を先導して、来た道を駆け戻る。

「ここです、今連れてきます」

言って消防車を待たせて、雑居ビルのガラスドアを開けた。

郵便受けの陰に横たえたはずの茉由が、その場に立ち上がっている。体はゆらゆらと揺れているけれど、まだ意識は眠っているらしく両目を閉じている。

その左目からこぼれ落ちた涙には、薄く朱が混じっていた。

助けて――

茉由の声が確かに聞こえた。

うなずいて、深田はその体を抱きしめる。

「大丈夫、茉由、必ず助ける」

そう声に出して誓い、彼女の血に染まった唇に口吻《くちづけ》をした。

今はこのマスクは外せない——

けれどいつかマスクを外し、必ずもう一度、誓う。

そう、希望はある、いつだって。

深田は焼けた腕で茉由の体を抱えてビルから出た。

彼女の重みを両手に感じながら、薬剤で濡れた地面を一歩、一歩、踏みしめる。暗闇の中で迎えるのは、消防隊員たちの手と、空気を震わせる大合唱の響き。

流れの早い雲の隙間から、宇宙に浮かぶ上弦の月が見えた。


——聞こえますか、人の声が。

主要参考文献

長谷部信行、桜井邦朋編『人類の夢を育む天体「月」 月探査機かぐやの成果に立ちて』（恒星社厚生閣、二〇一三年）
浅島誠、黒岩常祥、小原雄治編『極限環境生物学 現代生物科学入門10』（岩波書店、二〇一〇年）
バイオメディカルサイエンス研究会編『バイオセーフティの原理と実際』（みみずく舎、二〇一一年）
坂本史衣『基礎から学ぶ医療関連感染対策 標準予防策からサーベイランスまで』（南江堂、二〇〇八年）
小林寛伊編『新版 増補版 消毒と滅菌のガイドライン』（へるす出版、二〇一五年）

解説

北上次郎

いやあ、すごいなあ。再読して、また唸っている。

冒頭は、月着陸船アルタイル7が高度15キロで軌道を離脱。降下を開始する場面である。ボコボコとした月面に大きく口を開けた穴が迫ってくる。直径21キロ、外縁部からの深さ2キロのクレーターで、シャクルトン・クレーターという。コンパスで描いたような美しい円だ。そこに、ゆっくり、ゆっくり、降下していく。

地球の管制室から呼びかけが入る。

「アルタイルは間もなく、シャクルトンの永久影に入る」

「了解、ヒューストン」

アルタイル7に乗っているのは、ロシア人宇宙飛行士エヴァ・マルティネンコと、日本人の工藤晃。月着陸船が月に降下していく場面にすぎないのに、最初から不気味でスリリングだ。なぜこんなに、どきどきしてくるのか。

それはすぐに判明する。

先に、クレーター内の平地に着陸して、月裏側のマグネシウム分布などを調べるため、無人掘削機によって掘り出されている土壌試料を採取して持ち帰るという活動をしていた船長エドガーと副船長のフレッドが、突然血を吐いてのたうちまわったのだ。

月面でのたうつ二人の宇宙服がライトアップされた映像を、本船内の晃たち、遥か離れた地球にいる管制官たちはどうすることも出来ず、ただただ見るしかない。そのうちに宇宙服から送信されてくる生命反応も消える。ここからエヴァと晃がアルタイル7の外に出て、エドガーとフレッドの遺体を回収する様子が、リアルに不気味に、描かれていく。

地球を無事に飛び立ったときに五人で喜び合った短い回想を挟んでから、オリオン3号本船に戻り、地球に向けて帰還する途中、今度はロドニーが血を吐いて倒れる。どうやら正体不明のウィルスが、宇宙飛行士たちの生命を奪っているらしい。酸素がなく、真空状態の月にウィルスが存在するとは信じがたいが、そうとしか考えられない。

粗筋の紹介はここらあたりまででいいような気がするが、あともう少しで、工藤晃が主人公を務める章が終わるので、そこまではご紹介。ようするに、オリオン3号本船は地球に帰還するのだ。ウィルスに感染したかもしれない晃を乗せて。

普通に考えれば、正体不明のウィルスに感染したかもしれない自分が、地球に帰還するのはまずいと考えるだろう。晃もそう考えた。ところが幾つもの不幸な偶然が重なって、宇宙船は地球に帰ってくる。いや、落ちてくる。その過程のディテールは本書を読まれたい。こういう小説のコクはストーリーにあるのではなく、そのディテールにこそある。だからそれはいくらなんでもここで紹介しない。たっぷりと堪能されたい。

宇宙船が落ちてきたのが千葉の船橋で、駅前のタワーマンションであることだけは書いておく。船橋小説として当時話題になったので、ご記憶の方もいるかもしれない。紹介が遅れたが、本書は第九回のアガサ・クリスティー賞の受賞作である。単行本の帯に選考委員の選評の一部が引用されているので、まずはそれを引く。

読み始めてすぐに「これは傑作だ。すごいすごい」と興奮してしまった。採点は5点満点だが、6点を付けようと思ったほどである。——北上次郎太古の生物であるウィルスと「遅れてきた者」である人間の戦い、あるいは「功利主義」の是非など壮大なテーマを擁しています。本作に私は最高点をつけました。――鴻巣友季子

文句なく面白かった。受賞間違いないと決め込んで選考会に臨んだ。言葉でのデッサン力がないと、専門知識を織り交ぜながら、宇宙を舞台にした作品は書けない。――藤田宜永

受賞作であるから推薦の言葉が並ぶのは当然だが、それにしてもここまで絶賛の言葉が並ぶのは珍しい。

穂波了は本書がデビュー作でないことも書いておく必要がある。二〇〇六年に『削除ボーイズ0326』という作品で、第一回のポプラ社小説大賞を受賞してデビューしている(そのときの筆名は、方波見大志)。これは、3分26秒間の出来事を消すことが出来る「制限事象削除装置」を手にいれた小学生の物語だ。出来事を消すことが出来る、とは何か。たとえば、カッターで切られた少年がいたとする。この事実をなかったことにしたいときは、その事象が起きた時刻から3分26秒間の出来事を消せばいいのだ。「制限事象削除装置」を使えば、傷痕もさっと消えていく。で、カッターで切られたという記憶もなく

なるのだ。ただし、ノルセロトンという活性薬を飲めば、削除前の出来事を覚えていることが出来る。この基本設定で作り上げた長篇小説で、なかなか面白かった。

方波見大志は『ラットレース』(二〇〇七年/ポプラ社)を上梓したが、その後長い沈黙期間を経て、二〇一九年に『月の落とし子』で穂波了として復活する。なぜ『ラットレース』以降、沈黙せざるを得なかったのかは、推測の域を出ないけれど、特異な状況を設定する小説の作り方に無理を感じたのではなかったか。特異な状況はたしかに読者の目を惹くが、あまりにそのことにこだわりすぎると小説にとって大切なものが失われていく。推測にすぎないのに断言しては申し訳ないけれど、穂波了はその壁にぶつかってその壁を乗り越えるまで、時間を必要としたのだと解釈している。『削除ボーイズ0326』と『月の落とし子』を読み比べてみれば一目瞭然だが、この作家が見違えるほど成熟し、大きくなっていることがわかる。十二年の空白はけっして無駄ではないのだ。

先に紹介した「工藤晃の章」は全体の三分の一弱で、まだ三分の二強が残っている。そちらをまだ紹介していなかった。始めの三分の一がSFなら、後ろの三分の二は、パンデミック・サスペンスだ。

正直に書く。選評で私は次のように書いた。

「問題は、話が地球にかえってきてからは普通のパニック小説になってしまったことだ。

凡百のパニック小説に比べればそれでも遙かに面白いのだから、普通というのは厳しすぎるか。冒頭の宇宙の場面があまりに素晴らしかったので、その落差が少しばかり残念であった、ということだろう。いまではそう解釈している」

いま読み返すと、えーっ、これで普通のパニック小説なのかよ、と言いたくなるが（面白すぎるのだ）、ネタばらしになってしまうのでその面白い点を詳しく紹介できない。後半は晃の妹茉由、そして感染症専門家の深田直径が活躍することになるのだが、ようするに、このウィルスの弱点を探し出して、いかに人類が危機を脱出するのかという話になっていく。たとえば他の宇宙飛行士たちは四人ともに感染発症したのに、晃だけが感染しても発症しなかったのはなぜか、という謎がある。それを深田研究員が解いていくのだが、その過程がダイナミックで興味深い。

もうひとつは、いま本書を読むと大変に興味深いことだ。本書が刊行されたのは二〇一九年の十一月である。その前月には、アガサ・クリスティー賞の受賞パーティが行われた。この業界では珍しいことではなく、毎年そういうことが行われてきたので、今後も永遠に続くのだろうと思っていた。

アガサ・クリスティー賞だけでなく、各社の各賞は翌年から、受賞者だけが出席する会、あるいはリモート方式に変わり、大勢の出席者が集う賑やかな受賞パーティは行われていない。新型コロナ感染症のためである。世界中に猛威を振るったこの感染症のために大混乱は続き、いつになったら正常に戻るのか、いまだにはっきりしていない。

そういう時代に本書を読むと、複雑な気持ちになる。ウィルスの怖さが身にしみているので、本書で描かれていることが絵空事ではないのだ。本来は紙上の物語のはずであるのに、現代に生きる私たちがそんな余裕を持てるわけもなく、とてもリアルな恐怖の物語にどんどんひきつけられるのである。宇宙飛行士工藤晃や、JAXA職員工藤茉由、そして深田研究員が最後まで諦めずに戦う姿に、元気を貰いながら読み進むのである。

この物語はフィクションであり、実在の人物・団体とは一切関係ありません。

本書は、二〇一九年十一月に早川書房より単行本として刊行された作品を文庫化したものです。

グラン・ヴァカンス

廃園の天使 I

飛 浩隆

仮想リゾート〈数値海岸〉の一区画〈夏の区界〉では、人間の訪問が途絶えてから千年、取り残されたＡＩたちが永遠に続く夏を過ごしていた。だが、それは突如、終焉のときを迎える。謎の存在〈蜘蛛〉の大群がすべてを無化しはじめたのだ――仮想と現実の相克を描く〈廃園の天使〉シリーズ第一作。解説／仲俣暁生

日本SFの臨界点［恋愛篇］

死んだ恋人からの手紙

伴名　練・編

『なめらかな世界と、その敵』の著者・伴名練が、全力のSF愛を捧げて編んだ傑作アンソロジー。恋人の手紙を通して異星人の思考体系に迫った中井紀夫の表題作、高野史緒の改変歴史SF「G線上のアリア」、円城塔の初期の逸品「ムーンシャイン」など、短篇集未収録作を中心とした恋愛・家族愛テーマの九本を厳選。それぞれの作品・作家の詳細な解説とSF入門者向けの完全ガイドを併録。

日本SFの臨界点［怪奇篇］

ちまみれ家族

伴名 練・編

「二〇一〇年代、世界で最もSFを愛した作家」と称された伴名練が、全身全霊で贈る傑作アンソロジー。日常的に血まみれになってしまう奇妙な家族のドタバタを描いた津原泰水の表題作、中島らもの怪物的なロックノベル「DECO-CHIN」、幻の第一世代SF作家・光波耀子の「黄金珊瑚」など、幻想・怪奇テーマの隠れた名作十一本を精選。日本SF短篇史六十年を語る編者解説一万字超を併録。

ハヤカワ文庫

マルドゥック・スクランブル〔完全版〕（全3巻）

冲方 丁

The 1st Compression――圧縮
The 2nd Combustion――燃焼
The 3rd Exhaust――排気

〔日本SF大賞受賞作〕賭博師シェルにより爆殺されかけた少女娼婦バロット。彼女を救ったのは、委任事件担当官にして万能兵器のネズミ、ウフコックだった。法的に禁止された科学技術の使用が許可されるスクランブル－09。この緊急法令で蘇ったバロットはシェルの犯罪を追うが、眼前にかつてウフコックを濫用し殺戮のかぎりを尽くした男・ボイルドが立ち塞がる。代表作の完全改稿版、始動

永遠の森　博物館惑星

菅　浩江

〈日本推理作家協会賞受賞作〉全世界の芸術品が収められた衛星軌道上の巨大博物館〈アフロディーテ〉。そこでは、データベース・コンピュータに直接接続した学芸員たちが、いわく付きの物品に対処するなかで、芸術にこめた人びとの想いに触れていた。切なさの名手が描く、美をめぐる九つの物語。**解説／三村美衣**

ハヤカワ文庫

100文字SF

北野勇作

100文字SF、集まれ！ 新しい船が来たぞ。えっ、沈んだらどうしようって？ 馬鹿、SFが死ぬかよ。それにな、これだって100文字SFなんだ。**北野勇作**がそう言ってたろ。さあこの紙の船に、乗った乗った！

早川書房

これだけ数が揃うと自分の頭が考えそうなことは大抵入っていて、そう言えばこんなのを書いてたな、とすぐに百文字で取り出せるようになって便利。でも同時に、これさえあればもう自分はいらないのでは、と思ったり。ツイッターで発表された二千篇から二百篇を厳選、100文字で無限の時空を創造する新しいSF

ハヤカワ文庫

ポストコロナのSF

日本SF作家クラブ編

天沢時生、柞刈湯葉、伊野隆之、小川一水、小川哲、北野勇作、柴田勝家、菅浩江、高山羽根子、立原透耶、津久井五月、津原泰水、飛浩隆、長谷敏司、林譲治、樋口恭介、藤井太洋、吉上亮、若木未生――新型コロナウイルス禍の最中にある作家たちの想像力がポストコロナの世界を描いた書き下ろしSFアンソロジー。

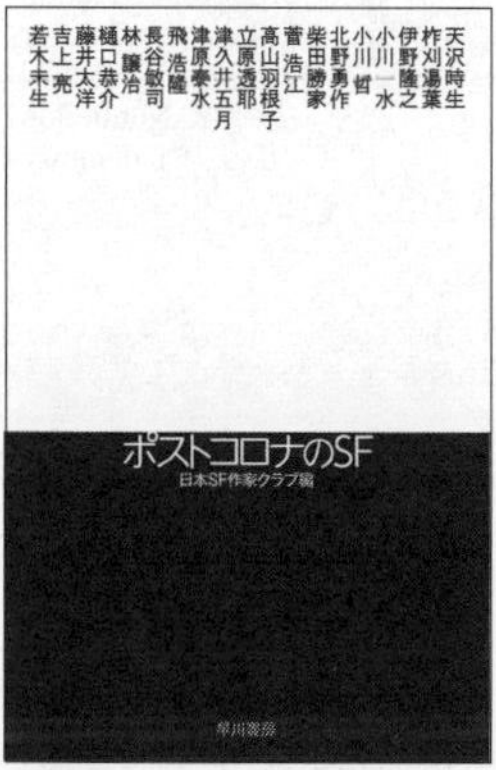

ハヤカワ文庫

著者略歴　1980年千葉県生，作家　本書で第9回アガサ・クリスティー賞受賞　著書『売国のテロル』（早川書房刊）

HM=Hayakawa Mystery
SF=Science Fiction
JA=Japanese Author
NV=Novel
NF=Nonfiction
FT=Fantasy

月《つき》の落《お》とし子《ご》

〈JA1501〉

二〇二一年十月十日　印刷
二〇二一年十月十五日　発行
（定価はカバーに表示してあります）

著者　穂《ほ》波《なみ》了《りょう》
発行者　早川浩
印刷者　草刈明代
発行所　株式会社　早川書房
郵便番号　一〇一 - 〇〇四六
東京都千代田区神田多町二ノ二
電話　〇三 - 三二五二 - 三一一一
振替　〇〇一六〇 - 三 - 四七七九九
https://www.hayakawa-online.co.jp

乱丁・落丁本は小社制作部宛お送り下さい。
送料小社負担にてお取りかえいたします。

印刷・中央精版印刷株式会社　製本・株式会社フォーネット社

JASRAC 出 2107832-101
ISBN978-4-15-031501-6 C0193

本書は活字が大きく読みやすい〈トールサイズ〉です。